La Belle du Caire

DU MÊME AUTEUR

Aux Éditions Denoël

La Chanson des gueux
Dérives sur le Nil
Miramar
Chimères
Vienne la nuit
La Quête
Akhénaton le renégat

Chez d'autres éditeurs

Passage des miracles
Impasse des deux palais
Le Voleur et les chiens
Palais du désir
Récits de notre quartier
Le Jardin du passé
Le Jour de l'assassinat du leader
Les Fils de la Médina
Mahfouz par Mahfouz
La Trilogie
Le Voyageur à la mallette
Mon Égypte
Le Mendiant
L'Amour au pied des Pyramides
Les Mille et Une Nuits
Matin de roses
La Malédiction de Râ
Le Cortège des vivants

Naguib Mahfouz
La Belle du Caire

ROMAN TRADUIT DE L'ARABE (ÉGYPTE) PAR PHILIPPE VIGREUX

DENOËL
& D'AILLEURS

Ouvrage publié sous la direction de
Selma Fakhry Fourcassié

Traduction publiée en accord avec
The American University in Cairo Press

Titre original : Al Qahira al Jadida
Éditeur original : Maktabat Misr, Le Caire

9, rue du Cherche-Midi, 75006 Paris
ISBN 2.207.24728.7
B 24728.9

Le soleil dévia légèrement de son zénith et son disque, qui semblait posé sur l'énorme coupole de l'université, comme s'il en jaillissait ou revenait y finir sa course, caressa la cime des arbres, la terre verdoyante, les murs argentés des bâtisses et la grande rue qui traversait les jardins d'el-Ormane, de tendres rayons dont le froid de janvier adoucissait la flamme, les auréolant d'une sérénité bienveillante.

La coupole se dressait au-dessus des deux hautes rangées d'arbres qui bordaient la rue, tel un dieu adulé de ses prêtres à genoux, en cet instant de l'après-midi où le ciel est d'une limpide clarté, ourlant çà et là ses vastes étendues de fins nuages, et où un air glacial se rue dans les arbres dont le feuillage renvoie la plainte et le sanglot.

Une volée de milans tournoya dans le ciel, tandis que sur terre des groupes d'étudiants s'égaillaient. Ils sortaient de l'université et s'élançaient vers la rue, tout absorbés par leurs discussions. Quelques étudiantes, cinq tout au plus, marchaient parmi eux, d'un pas timide, en échangeant des confidences.

Voir des jeunes filles à l'université était encore un spectacle inédit, suscitant l'intérêt et la curiosité, surtout parmi les nouveaux qui se mirent à échanger clins d'œil et murmures, et dont les voix, sans doute soudain plus fortes, parvenaient aux oreilles de leurs condisciples.

– Pas une dans le tas qui ait un visage décent ? fit l'un.

À quoi un autre répondit avec une certaine ironie :

– Elles sont ambassadrices du savoir, pas de l'amour !

– Pourtant Allah les a créées pour ça ! rétorqua un troisième avec ferveur, en dévisageant les frêles demoiselles qui approchaient.

Le premier éclata de rire et rétorqua, sans réfléchir, mû par une bouffée d'arrogance :

– N'oublie pas que nous sommes à l'université et qu'il s'agit d'un lieu où ni Allah ni l'amour n'ont droit de cité.

– Pour Allah, rien de plus logique, mais pour l'amour ?...

Un autre affirma du ton sentencieux de l'éternel étudiant :

– L'université est l'ennemie d'Allah, pas de la nature.

– Tu as raison. Ne désespérez pas de la laideur de ces filles ! C'est la première fournée de représentantes du beau sexe. Il en viendra d'autres. C'est une nouvelle mode qui va bientôt se répandre, et... tout vient à point à qui sait attendre.

– Tu crois que nos Égyptiennes vont se ruer sur l'université comme elles se sont ruées sur les cinémas, par exemple ?

– Et même pire ! Tu vas bientôt voir ici des filles d'une autre allure.

– Qui bousculeront les garçons sans pitié ?

– La pitié relèverait ici du péché.

– Elles ne s'embarrasseront pas de fausse honte. Les tyrans ne rougissent de rien.

– Peut-être que le feu va prendre entre les deux sexes ?

– Ah, ça serait formidable !

– Regarde les arbres et les buissons, l'amour y naît spontanément, comme les vers dans un pot de fromage.

– Mon Dieu ! Connaîtrons-nous cette ère bénie ?

– Libre à toi de l'attendre…

– Nous sommes à l'orée du chemin et l'avenir s'annonce radieux…

Passé les considérations d'ordre général, ils critiquèrent chaque fille, une par une, avec une raillerie amère et une âpre ironie.

Quatre garçons marchaient côte à côte, d'un pas tranquille, et devisaient eux aussi, en prêtant sans doute une oreille attentive au caquetage des plus jeunes.

Étudiants en licence, âgés d'environ vingt-quatre ans, arborant sur le visage la noblesse de la maturité et du savoir, ils allaient, conscients, ou plus exactement, imbus, de leur importance.

– Les garçons n'ont que les filles à la bouche ! lança Ma'moun Radwan d'un ton incisif.

– Comment les en blâmer ? rétorqua Ali Taha. Voilà deux moitiés qui se cherchent depuis l'éternité !

– Pardonnez-leur, ustadh [1] Ma'moun, renchérit Mahgoub Abd el-Dayim, nous sommes jeudi, et le jeudi pour les étudiants, rien à faire, c'est le jour des filles.

Ahmed Badir – il était à la fois étudiant et journaliste – esquissa un sourire et proclama :

– Mes frères, je vous invite à émettre votre opinion sur la femme, mais en quelques mots seulement. Qu'en dites-vous, ustadh Ma'moun ?

L'intéressé se crispa, puis sourit.

– Tu voudrais m'amener à débattre de ce sujet, alors que je critique ceux qui le font ?

– N'essaie pas de te dérober ! Allez, rien que quelques mots. Je suis journaliste, et un journaliste ne renonce jamais à aucun témoignage !

Sachant combien il était difficile d'échapper aux arguments d'Ahmed Badir, Ma'moun Radwan obtempéra.

– J'en dis ce qu'en a dit Notre Seigneur… Et si tu veux ma rhétorique personnelle, eh bien la voilà : La femme est la sérénité du monde d'ici-bas, et la voie facile vers la paix de l'Autre Monde.

Ahmed Badir se tourna vers Ali Taha, et d'un signe de tête, l'exhorta à parler.

– On dit que, dans la vie, la femme est l'associée de l'homme. Mais cette association, à mon avis, doit être fondée sur l'égalité absolue des droits et des devoirs.

1. Ustadh : titre académique, enseignant, professeur. Également titre honorifique donné aux intellectuels.

Pour finir, Ahmed Badir se tourna vers Mahgoub Abd el-Dayim et lui demanda en riant :

– Qu'en pense notre cher démon ?

– La femme…, répondit Mahgoub Abd el-Dayim avec gravité, est la soupape de sécurité de la chaudière !

Ils rirent, comme ils riaient toujours de ses opinions, puis, les trois se tournant vers Ahmed Badir :

– Et toi ?

– Le rôle du journaliste, dit-il d'un ton altier, est d'écouter, non de parler, surtout par les temps qui courent…

Ils tournèrent sur la première artère coupant la rue de l'université et marchèrent en direction de l'hôtel du gouvernorat.

Ma'moun Radwan était le plus élancé des quatre, Mahgoub Abd el-Dayim presque aussi grand que lui. Ali Taha était de stature moyenne, solidement charpenté, et Ahmed Badir tout petit avec une très grosse tête.

Ma'moun Radwan, qui voulait finir doctement sa semaine d'étude, dit de sa voix vibrante, passionnée :

– Notre parenthèse sur la femme nous a distraits de notre propos initial. Quelle conclusion tirez-vous du débat auquel nous avons assisté ?

Ils avaient abordé la question des « principes » : Étaient-ils nécessaires à l'homme, ou bien constituaient-ils la première chose dont il devait se débarrasser ?

– Nous sommes d'accord sur le fait que les principes sont nécessaires à l'homme, répondit Ali Taha. Ils lui sont ce qu'est la boussole au navire perdu sur l'océan…

– Baste ! lança Mahgoub Abd el-Dayim.

Ali Taha l'ignora et ajouta à l'adresse de Ma'moun :

– Oui, mais nous divergeons sur la nature de ces principes…

– Comme d'habitude ! s'exclama Ahmed Badir en haussant les épaules.

Ma'moun répliqua, avec cette lueur fugace qui brillait dans ses yeux quand il se piquait au jeu :

– Contentons-nous des principes érigés par Allah, le Très-Haut !

– Je suis vraiment stupéfait qu'un garçon comme toi croie encore aux légendes, rétorqua Mahgoub Abd el-Dayim, l'air étonné.

– Je crois à la société, la cellule vivante de l'humanité. Suivons ses principes, sans pour autant les sanctifier, car ils doivent évoluer d'une génération à l'autre, grâce aux savants et aux éducateurs.

– Et de quelle sorte de principes notre génération a-t-elle besoin ? s'enquit Ahmed Badir.

À quoi Ali répondit, enjoué :

– Croire à la science plutôt qu'au surnaturel, à la société plutôt qu'au Paradis, et au socialisme plutôt qu'à la rivalité.

– Baste et baste et baste ! commenta Mahgoub Abd el-Dayim.

– Eh bien, maître Mahgoub, l'interpella Ahmed Badir, quel est votre point de vue ?

– Baste…, répondit-il calmement.

– Les principes sont-ils nécessaires à l'homme ?

– Baste !

– Inutiles, alors ?
– Baste !
– Vous êtes pour la religion ou la science ?
– Baste !
– Pour laquelle ?
– Baste !
– Vous n'avez donc aucune opinion ?
– Baste.
– Et ce « baste » est une opinion ?
– C'est un idéal ! répondit Mahgoub avec son calme feint.

Ma'moun Radwan se tourna vers Ali Taha et déclara, plus soucieux de donner son avis que de ranger quiconque à son point de vue :

– Allah au ciel, et l'islam sur terre, voilà un principe !

Ali Taha sourit et rétorqua, reprenant la formule de Mahgoub Abd el-Dayim :

– Je suis vraiment stupéfait qu'un garçon comme toi croie encore aux légendes…

– Baste ! ponctua Mahgoub dans un éclat de rire.

Sur quoi il les enveloppa d'un rapide coup d'œil et déclara, comme ils reprenaient leur marche :

– C'est drôle, comment pouvons-nous vivre sous un même toit côte à côte ? Moi, j'ai la tête creuse, maître Ma'moun est un flacon rempli de vieilles légendes, et Ali Taha un musée de légendes contemporaines…

Ils l'ignorèrent, ayant depuis longtemps renoncé à distinguer dans ses propos le sérieux de la plaisanterie, et lassés de le voir s'en sortir toujours par des pirouettes.

Arrivés à la hauteur du foyer des étudiants, Ahmed Badir les salua et prit le chemin du journal où il travaillait le soir, tandis que les trois autres rentraient pour se préparer à cette soirée du jeudi.

Le foyer des étudiants était situé au coin de la rue Rachad-Pacha. C'était une énorme bastille dotée d'une vaste cour circulaire, autour de laquelle se déployait un bâtiment composé de trois étages, formés chacun d'une couronne de pièces contiguës ouvrant sur un étroit vestibule avec vue sur la cour. Les trois amis y occupaient trois pièces voisines au deuxième étage.

Ma'moun Radwan gagna sa chambrette et commença à se déshabiller.

La pièce était meublée d'un petit lit auquel faisait face une penderie, avec entre les deux, sous la petite fenêtre, un bureau sur lequel s'éparpillaient livres et documents.

Le jeune homme avait un amour immodéré des livres. Lorsque ses yeux se posèrent sur le dictionnaire Lalande, un léger sourire plissa ses lèvres, disant son amour et sa dévotion. Toutefois, sans plus tarder, il fit ses ablutions, sa prière, enfila sa « tenue de week-end » et sortit.

Comme il s'en allait dans la rue, sa silhouette élancée donnait à son pas une allure martiale et attrayante. Il avait, sans être maigre, un corps gracile, un visage pâle, légèrement empourpré, qu'ornaient deux grands yeux noirs et fendus où brillait un regard luisant de beauté et d'intelligence.

Il marchait droit devant lui, d'un pas sonore, le regard tendu vers un unique but, qui était pour l'heure le domicile de sa fiancée, à Héliopolis.

Ma'moun traitait ses affaires de cœur avec la même probité, la même rectitude, que les autres choses de sa vie.

C'était sur le conseil de son père qu'il avait demandé la main de sa promise, fille d'un proche parent, officier supérieur. On était convenu que le mariage aurait lieu une fois ses études achevées. Ainsi allait-il chez elle chaque jeudi, faisant salon avec la famille au complet, passant quelques heures en agréable compagnie.

L'idée ne lui était jamais venue d'inviter la jeune fille au cinéma ou de biaiser pour être seul avec elle. C'est que, selon sa propre expression, il rejetait les mœurs au goût du jour et s'insurgeait contre elles, en vertu de quoi il jouissait dans la famille de sa fiancée – une famille très attachée aux traditions – de la plus haute estime et de la plus totale admiration. D'ailleurs, cela n'empêchait pas son cœur de battre, alors qu'il empruntait son itinéraire attitré.

Au bout de quelques minutes, il arriva rue Guizeh et monta dans le tramway.

Assis dans sa posture habituelle, le regard clair, le corps délié, il semblait doté de tous les attributs de la noblesse et de la beauté. S'il avait voulu être Omar ibn Abi Rabi'a [1], il l'eût été à coup sûr. Mais il avait une pudeur, une droiture, une candeur, rarement réunies chez un garçon de son âge. C'était une conscience pure, une âme sereine, un cœur sincère aspirant à la vraie religion, à la foi authentique, à une morale intègre. Né à Tanta d'un père enseignant dans une institution religieuse, homme pieux et droit, il avait grandi dans un milieu dont la simplicité, la ferveur religieuse, la morale et le courage le rendaient très proche de l'esprit bédouin.

Une maladie survenue dans son enfance avait fortement influencé le cours de son existence et l'avait empêché de fréquenter l'école jusqu'à l'âge de quatorze ans. Il avait ainsi connu la douleur et l'amertume de l'isolement, et avait été mis à rude épreuve. Mais il avait pu apprendre de son père les principes de la religion, et devint savant en la matière dès son plus âge. C'est ainsi que lorsqu'il entra à l'école primaire, déjà adolescent, il était fort d'un cœur magnanime, d'un esprit vif, d'une intelligence zélée, mais capable aussi d'intransigeance et d'âpreté. Il était la proie de violents accès de démence où s'asséchait la sève de son esprit ; il s'emportait, telle une langue de feu happant tout sur son passage, engloutissant tout obstacle. Il réagissait en travaillant comme deux, se consumait dans la prière, s'enflammait dans de longues discussions et, quand il se retrouvait seul, sombrait dans la tristesse et l'anxiété… Tout au long de cette vie sobre,

1. Poète mecquois de poésie légère et érotique (644-712).

seul le travail lui avait permis de s'affirmer. Aussi surpassait-il ses pairs. Il pouvait passer des heures entières en dévotion, sans se lasser d'invoquer Allah, et consacrer en fin d'année scolaire vingt heures par jour à l'étude. Il fut reçu premier au baccalauréat, et on savait qu'il serait premier à la licence. La perfection était devenue l'une de ses aspirations majeures, au même titre que l'islam, l'arabisme, la vertu. Il ne permettait à personne de l'égaler. Toutefois, grâce à sa force prodigieuse, sa grande confiance en lui et sa solide foi en Dieu, jamais les effluves pervers de la rivalité ne s'étaient insinués en son cœur. Il portait l'humanité à son plus haut degré et, partant, ne faisait pas de sa foi l'instrument d'un ascétisme stérile ou d'une totale abnégation de soi. Il avait coutume de dire : « La foi, c'est être investi de la puissance divine pour réaliser les idéaux d'Allah sur terre »... C'était un jeune homme extraordinaire, bien qu'il échouât à se faire aimer, parce que sa supériorité suscitait la jalousie des envieux, et que sa conduite exemplaire ternissait involontairement celle des autres. En outre, il ne pouvait se défaire d'un certain penchant pour la solitude, ancré dans son caractère depuis sa longue maladie, ceci allié à une ignorance des règles de la sociabilité, une absence d'humour, et une passion de la franchise qui faisait parfois de ses remarques un fouet brûlant. Ses détracteurs le surnommaient tantôt « l'universitaire de campagne », tantôt « le prophète non attendu ». Une fois, un étudiant avait dit de lui : « Maître Ma'moun Radwan est l'imam de l'islam contemporain. Si Amr ibn al-As [1] a jadis introduit l'islam en Égypte grâce à son ingéniosité, Ma'moun Radwan va bientôt l'en chasser à cause de son caractère antipathique ! »... Si le jeune homme restait dévoué à la perfection, il lui arrivait aussi de la craindre et de la haïr. Oui, il redoutait ce sentiment d'excellence et de supériorité et, sans pouvoir toutefois le réprimer, priait Allah de l'en protéger. C'est pourquoi il ne regardait jamais les grands personnages avec une réelle admiration. Le jour où le roi avait inauguré l'université, il avait ouvertement affiché son mépris des représentants de l'État. Pour la même raison, il haussait les épaules chaque fois qu'il voyait les étudiants s'enthousiasmer pour ceux qu'ils appelaient les chefs. Il réprouvait les partis en général, se refusait à reconnaître « la question égyptienne », et disait avec son ardeur accoutumée : « Il n'y a qu'une seule question : Celle de l'islam en général et de l'arabisme en particulier. »

Chose véritablement étonnante, il ne s'était pas laissé gagner par la mode de l'athéisme, en vogue parmi les étudiants de l'université depuis qu'il la fréquentait. Cela pour la simple raison qu'il y était entré à l'âge de vingt-trois ans, et croyait fermement en trois choses qu'il ne devait jamais renier par la suite : Allah, la vertu et la cause de l'islam.

Son regard n'avait pas cillé face au prestige nouveau de l'université, et contre le roc escarpé de sa foi étaient

1. Général arabe, conquérant de l'Égypte (573-668).

venues se briser les vagues de la psychologie, de la sociologie et de la métaphysique. Ainsi armé, il défiait d'un bloc et la science et la philosophie, rangeant l'une et l'autre parmi les instruments et ingrédients de sa croyance. Et quelle joie pour lui de voir les plus grands philosophes – Platon, Descartes, Pascal et Bergson – se rassembler malgré tout sous l'égide de Dieu. De fait, son cœur sincère saluait la réconciliation prônée par le XXe siècle entre la science, la religion et la philosophie. Aujourd'hui, la matière se décomposait en charges électriques plus proches de la constitution de l'âme que de la matière elle-même ; aujourd'hui, le spiritualisme retrouvait son trône usurpé ; aujourd'hui, les savants se préoccupaient de la pensée religieuse, et les hommes de religion s'abreuvaient des préceptes de la science et de la philosophie... Alors, béni soit l'apprenti philosophe croyant !

Et puis le jeune homme de Guizeh n'était plus le garçon malade de Tanta. Il était plus ouvert, plus tolérant. Cela lui permettait d'écouter les facéties de Mahgoub Abd el-Dayim avec le sourire, de discuter avec Ali Taha des mérites respectifs de la religion et de l'athéisme, de recevoir, stoïque, les traits de ses adversaires moqueurs ; sauf lorsqu'il s'enflammait, que ses yeux s'allumaient, et que lui venait ce regard terrifiant. Là, il perdait sa lucidité et devenait aveugle... Il comptait néanmoins parmi ses pairs des croyants sincères, et ne se sentait pas isolé dans sa foi, même si, à l'heure où d'autres sujets occupaient les esprits, telle la question égyptienne, la Constitution de 1923, le boycott des marchandises étrangères, il ne s'en trouvait guère pour partager son ardeur à prêcher l'islam et l'arabisme. Mais il ne désespérait pas de cette solitude. Du reste, le désespoir ne pouvait pénétrer un cœur comme le sien. Et s'il était animé par de grands projets, ce cœur savait aussi humer la vie à pleins poumons, et l'embrasser joyeusement.

D'ailleurs, le voilà qui observait la rue à travers la vitre avec un rien d'impatience ; il aurait voulu que le tramway parcourût en un éclair la route qui le menait à Héliopolis.

Ali Taha resta dans sa chambre jusqu'au coucher du soleil, assis à sa fenêtre, les yeux braqués sur le balcon d'une maisonnette vétuste flanquée d'un kiosque à cigarettes, et sise au coin de la rue al'Azba, dans le prolongement de la rue Rachad-Pacha en venant du quartier de Doqqi, devant le foyer des étudiants.

Vêtu de sa tenue de week-end, à l'exception de son tarbouche, élégant comme à son habitude, on devinait en lui, en voyant ses larges épaules, un gymnaste accompli. C'était un beau garçon aux yeux verts, aux cheveux d'un blond doré, à l'allure aristocratique.

Il demeura ainsi, le regard rivé à la maisonnette, tourmenté par les affres de l'attente, jusqu'à ce que ses yeux s'animent d'un regain de vie lorsqu'une jeune fille apparut au balcon.

Il se leva, agita la main. La jeune fille lui sourit et lui fit signe de descendre. Aussitôt il coiffa son tarbouche, quitta sa chambre et s'élança vers la rue Rachad-Pacha.

Lentement, il déambula sur l'avenue bordée de hauts arbres derrière lesquels palais et villas étaient assoupis, jetant de temps à autre un regard derrière lui, jusqu'à ce qu'il vît, dans la douce lumière du couchant, la demoiselle du balcon qui approchait d'un pas dansant. Aussitôt, la joie au cœur, il retourna sur ses pas et s'avança vers elle, le visage enflammé. Leurs mains se rencontrèrent, leurs doigts s'entremêlèrent.

– Salut…, murmura-t-il.

– Bonsoir…, chuchota-t-elle, le visage éclairé d'un gracieux sourire.

Elle retira doucement ses mains, passa son bras sous le sien, et ils reprirent leur marche en direction de la rue Guizeh, du pas lent des promeneurs qui vont sans but.

C'était une jeune fille de dix-huit ans au teint d'ivoire, avec de beaux yeux que le noir tranchant de la pupille et les cils effilés dotaient d'un charme ensorceleur, et qui, par le contraste harmonieux entre ses cheveux de jais et la blancheur de sa peau, captivait les regards. En outre, elle cachait sous son manteau gris un corps souple et épanoui, plein de charme et d'incandescence.

Tandis qu'ils flânaient, auréolés par la grâce rayonnante de la jeunesse et de la vie, Ali Taha se mit à regarder alentour d'un œil inquisiteur, comme s'il guettait un moment d'inattention, tandis que la jeune fille l'observait à la dérobée, dans l'expectative, heureuse et vibrante de désir. Enfin, s'étant assuré de l'absence de témoins, il plaqua ses doigts sous le menton de sa compagne, attira son visage vers lui et colla ses lèvres aux siennes jusqu'à ce qu'elles fussent humides de salive. Puis il releva la tête avec un profond soupir, et ils continuèrent leur promenade en silence.

Soudain, voyant qu'il l'inspectait du coin de l'œil, elle se souvint, malgré le charme et la fascination du moment, de son manteau presque élimé, et sa joie retombant, elle lui dit malgré elle :

– Ça te déplaît de voir tout le temps ce vieux manteau ?

Les traits du jeune homme trahirent sa réprobation.

– Pourquoi t'attaches-tu à ces futilités ? dit-il avec reproche. Ce manteau cache un trésor, que je dois à ma bonne étoile…

Elle ne considérait pas ce manteau comme une « futilité ». Au contraire, elle se disait souvent avec regret : « La belle vie, c'est être jeune et bien mis ! » Aussi eut-elle envie de critiquer l'élégant costume de laine de son compagnon.

– Quel hypocrite tu fais ! s'exclama-t-elle. Tu trouves que les vêtements sont des futilités et tu parades avec élégance !

Il rougit, gêné, et avec l'air d'un enfant pris en faute, il dit comme pour s'excuser :

– C'est un costume neuf. On n'achète pas des costumes usagés ! D'ailleurs, les vêtements sont des accessoires sans importance. N'est-ce pas, ma chérie ?

Elle se garda de le contredire. Car lorsqu'elle s'y risquait, il se piquait au jeu, prenant vis-à-vis d'elle une attitude de mentor. Elle n'aimait pas cela. En réalité, il était plein de contradictions. Il méprisait les vêtements, la nourriture, les classes sociales, mais en même temps s'habillait avec goût, se nourrissait de mets raffinés et dépensait sans compter.

Elle, Ihsane Shehata, avait son mot à dire et savait que son opinion lui importait, aussi reprit-elle de sa voix douce et aguichante :

– J'ai presque fini le livre que tu m'as prêté...

L'intérêt pointa sur le visage du jeune homme. Il voulait l'aimer autant pour son intelligence que pour son physique

– Qu'en penses-tu ? demanda-t-il.

– Je n'y ai pas compris grand-chose, avoua-t-elle. Et ce peu ne m'a guère apporté.

– Pourquoi ? fit-il, déçu.

Elle lui sourit pour le rasséréner et précisa :

– Ce livre, que tu qualifies de roman, est une succession d'idées et d'opinions, or ce que j'aime dans les livres, ce sont la vie et les sentiments !

– Mais la vie est en soi pensée et sentiment !

Rassemblant tout son courage, elle répondit :

– Ne m'enferme pas dans ta logique ! Je ne pourrai sans doute pas la contrer, mais elle ne changera pas mes goûts. La musique est pour moi le critère de l'art véritable, et je n'apprécie guère ce qui n'y fait pas référence !

Son point de vue l'effraya. Il eut un pâle sourire et déclara, navré :

– Tu te prives des plus savoureux fruits de l'art !

– Magdeleine[1], *Les Souffrances du jeune Werther*, Raphaël, voilà l'art que j'aime ! répliqua-t-elle en riant.

Elle l'avait dit comme on dit : « À vous votre religion ; à moi, ma Religion[2]. » Il ne souffla mot, se demandant s'il devait réellement renoncer à la faire changer d'avis. Il désirait sincèrement que leur relation soit sentimentale et spirituelle, que l'association de leurs deux vies soit totale et harmonieuse, qu'Ihsane soit pour lui l'aimée, la consœur, une égale respectée. Il était sous l'emprise totale de son amour pour elle, et la souhaitait différente de l'épouse orientale traditionnelle.

Débouchant sur la rue Guizeh, ils prirent à gauche et Ali poussa un soupir de soulagement. La rue était presque déserte, son ombre complice. Il lui prit la main, la porta à ses lèvres et la baisa avec passion, puis il se pencha sur elle et vola sur sa bouche tendre et pulpeuse un baiser calme et savoureux.

Lorsqu'il la vit fermer les yeux sous son étreinte, son corps vigoureux tressaillit et une étincelle de joie s'alluma en son âme.

– Tu es si douce, si belle…, murmura-t-il.

Un silence suivit, enchanteur et suave. Puis il soupira et reprit avec un accent de regret :

– Plus que quelques mois avant l'examen de fin d'année… Et toi ?

1. Adaptation arabe de l'œuvre d'Alphonse Karr, *Sous les tilleuls,* par l'écrivain égyptien M.L. al-Manfaluti.

2. Coran, CIX, 6.

– L'épreuve du baccalauréat est en juin, dit-elle. À ma place, qu'est-ce que tu envisagerais après ?

– Ma faculté ! lança-t-il, enjoué.

Las, elle avait beau savoir qu'elle devait terminer ses études, elle aurait préféré qu'il lui dise, par exemple : « Suffit les études, direction notre nid ! » C'est la raison pour laquelle elle demanda, avec une légère amertume :

– Pourquoi choisirais-je « ta » faculté ?

– Pour que nous soyons une même intelligence, une même discipline et un même métier !

– Un même métier ?

– Bien sûr, ma chérie, insista-t-il avec une ardeur jamais émoussée. Le rôle d'une femme ne se réduit pas à un travail de servante. Ce serait absurde de renier mes principes ou de me résoudre à priver la société d'un membre aussi beau et utile que toi !

En un sens, l'idée la séduisait, car il lui faudrait bien choisir une profession un jour ou l'autre. Toutefois, sans savoir pourquoi, sa proposition l'agaçait ; elle aurait voulu en avoir été l'instigatrice, et être en mesure de la lui imposer de gré ou de force.

Ils longèrent la rue déserte, cherchant dans leurs espoirs matière à une conversation qu'ils entrecoupaient de baisers.

Ihsane Shehata avait une conscience aiguë de deux choses : sa beauté et sa pauvreté. Son extrême beauté fascinait les occupants du foyer des étudiants qui, de chaque chambre, dardaient vers le balcon de la maisonnette délabrée les épanchements de leur âme, et les jetaient aux pieds de la belle et fière jeune fille. Mais dans la masure, aucun miroir ne reflétait cette beauté radieuse. De fait, la pauvreté était une réalité bien présente, dont ses sept frères en bas âge constituaient le rappel constant, comme la pensée que leur unique source de revenus provînt d'un kiosque à cigarettes de pas plus d'un mètre carré, avec les seuls étudiants pour clients. Elle redoutait souvent que sa beauté succombe aux assauts de la pauvreté, de la malnutrition. En vérité, sans les recettes de sa mère – ex-chanteuse de la rue Muhammed-Ali [1], avant son mariage avec Shehata Turki –, elle eût été maigre et eût vu s'affaisser cette croupe qu'un poète de la faculté de médecine avait louée dans une ode sonore.

Elle avait rencontré Ali Taha, et son cœur l'avait élu parmi tant d'autres prétendants du foyer des étudiants, conquis par sa jeunesse, sa beauté, sa noblesse et son avenir. Toutefois, deux idéaux majeurs s'étaient disputés son âme dès le premier instant : sa vie amoureuse et sa vie de famille, en d'autres termes, Ali Taha et ses sept frères.

Elle avait fréquenté, avant Ali Taha, un jeune étudiant en droit fortuné. Mais elle avait compris à son attitude qu'il ne recherchait en elle qu'un plaisir amoureux et un passe-temps de jeunesse. Aussi était-elle restée sur ses gardes. Ses parents savaient tout des secrets de sa vie, et rien ne l'effara davantage que les exhortations de sa mère et la convoitise de son père envers l'argent du jeune

1. Haut lieu de la musique et de la danse au Caire, jusqu'aux années 1930.

homme. Ainsi prit-elle conscience des âpres réalités de son existence et de ses dessous affligeants.

En réalité, ses parents n'avaient aucun respect pour la morale, et leur relation avait d'abord été charnelle avant de se solder par le mariage. Son père, grâce à son charme et son audace, avait un temps vivoté du commerce de la beauté, avant de se marier et de s'approprier l'argent que sa femme avait épargné, argent qu'il avait dilapidé à loisir dans la drogue et le jeu, se retrouvant finalement avec ce kiosque à cigarettes pour seul bien. Ce qui ne l'empêchait pas de songer avec satisfaction : « Vrai, ma vie est fichue, mais il me reste Ihsane, grâce au ciel ! » De fait, lui et sa femme furent pour la jeune fille des alliés de Satan et les instruments de sa chute. Mais elle s'en releva le jour où son orgueil blessé précipita sa rébellion et la sauva. Ce matin-là, surprenant son jeune ami en compagnie de son père dans le kiosque, elle comprit qu'ils marchandaient son honneur. Folle de rage, et se sentant couverte d'humiliation et de honte, elle rompit violemment avec le jeune homme sans espoir de retour.

Elle était sortie victorieuse de l'épreuve, mais elle savait désormais qu'elle vivait au fond d'un abîme. Puis elle se sentit soudain émancipée des regards des autres et de leurs chaînes, libre de faire ce qu'elle voulait sans avoir de comptes à rendre. La conscience de cette absolue liberté avait fait poindre en elle la révolte, restée un temps sans but mais aussi sans obstacle. Une folle effervescence s'empara de ses sentiments et gonfla ses voiles, toute muselée qu'elle était par la pudeur et l'hésitation. L'atmosphère était étouffante quand elle rêvait de respirer à pleins poumons, et rien en apparence ne pouvait changer le cours d'un destin tout tracé.

Son dépravé de père lui dit un jour, déplorant sa rupture avec le jeune homme fortuné : « Tu es responsable de nous, et surtout de tes sept frères. » Seigneur Dieu ! Pouvait-elle persévérer dans sa quête de liberté devant de tels arguments ? Elle et ses parents ne pouvaient-ils plutôt faire œuvre de patience, le temps qu'elle achève ses études et trouve un métier honorable dont elle puisse vivre ?

Elle se résigna à son sort, sans foi ni conviction, comme les veules… Jusqu'à ce qu'elle rencontre Ali Taha.

Elle trouva en lui un amour fraternel, une sincérité sans mélange et de nobles desseins. Il soutint sa volonté chancelante, la sauva du brouillard de l'incertitude et de la peur, et lui rendit un sentiment de fierté et de respect de soi. C'est ainsi qu'elle l'aima et fonda sur lui ses espoirs. Son père, Shehata Turki, considérait le jeune homme avec mépris : « C'est un pauvre, raillait-il, il ne fume même pas de cigarettes ! » Il dit une fois à sa fille d'un ton narquois : « Je te félicite pour ce beau jeune homme… Allah nous l'envoie pour nous affamer ! » Mais elle s'entêta, plaça ses espoirs dans l'avenir, seul capable de lui procurer un métier honorable et de réaliser les rêves de son cœur.

De son côté, Ali Taha était un garçon plein de qualités, un bel exemple de l'esprit de société au vrai sens du terme. Au tout début de ses études, il avait été un membre éminent de la Section spéciale, de l'Association des voyages scolaires, de la Guilde des orateurs et des journalistes. Il parlait, prêchait, cuisinait et chantait à merveille, avec un penchant louable pour l'instruction et la culture, et un attachement sincère à la vertu. À son entrée à l'université, le champ de son activité s'était rétréci, mais en même temps approfondi et rehaussé. L'ustadh Ali était devenu président de l'Assemblée des débats, et se distinguait de ses condisciples par sa puissance oratoire, sa culture générale, sa vivacité d'esprit. Il se préoccupait d'idéal, et parlait avec une ardeur enflammée de la Cité Vertueuse. Mais si ses pairs l'adulaient, certains esprits critiques répandaient le bruit qu'il était « un filou de première qui conquérait tous les milieux en s'affublant du masque de la vertu, raflait les belles au nom de la science et du mérite, et parlait de la morale comme une fiancée d'un époux qu'elle n'a jamais vu ».

Mais c'était là mensonges et calomnies. Il était en fait franc et loyal, et s'il aimait la beauté, c'était en toute sincérité. Sa vie pourtant n'était pas exempte de crises graves. Ses convictions vacillaient depuis le début de sa vie universitaire. Il subissait les douleurs déchirantes de cette métamorphose, mais il était courageux et honnête, et accueillait sa nouvelle vie avec une volonté alerte et un esprit jaloux de vérité. Il n'avait rien d'un plaisantin, d'un fêtard. Il ne cachait pas son admiration pour Ma'moun Radwan, sa franchise et son courage, même s'il s'était jeté pour sa part dans les bras de la philosophie de Engels et Marx, et croyait à une vision matérialiste de l'existence. Il se satisfaisait pleinement de l'idée que l'existence est matière, que la vie et l'esprit sont un jeu d'interactions matérielles complexes, et que la conscience est une qualité contingente non efficiente, tel le crissement de la roue qui en accompagne la rotation sans avoir sur celle-ci aucun effet. Et qu'importait si Ma'moun Radwan lui avait maintes fois répété : « La philosophie matérialiste est une philosophie non seulement facile, mais qui n'apporte de réponse valable à aucune question. »

Ali Taha était un jeune homme sociable qui ne supportait pas longtemps la méditation. Il mettait une semaine à apprendre ce que Ma'moun, sans doute, eût appris en deux jours. Et il accordait autant d'importance à la lecture qu'au sport, à la discussion, à la promenade ou à l'amour. Il ne demandait donc rien d'autre à la philosophie que cette explication globale, au-delà de laquelle il était libre d'organiser sa vie. Mais il y avait là un écueil redoutable qui menaçait de devenir précipice : la morale. Jadis, sa morale avait reposé sur le socle de la religion. Sur quoi reposerait-elle désormais ? Qu'est-ce qui garantirait aux vertus de l'âme leur valeur après Dieu ? Allait-il les rejeter comme il avait rejeté la foi, pour se livrer, sans conscience ni retenue, au flot tumultueux de la vie ? La logique était claire et l'issue fatale. Pourtant il hésitait, se refrénait, se retranchait derrière sa propre inertie. « Pourquoi ne pas vivre comme Abou al-Alâ [1] ? » son-

1. Abou al-Alâ al-Ma'arri, poète syrien (973-1058), connu pour sa vie austère et sa philosophie pessimiste de l'existence.

geait-il. Mais Abou al-Alâ était un aveugle véroleux, atrabilaire, et lui un beau jeune homme aux muscles noueux, d'humeur sociable ! Comment prétendre alors à l'ascèse et au renoncement ? Il sombra dans la même incertitude qu'Ihsane Shehata lorsqu'elle fut libérée de la tutelle de ses parents. Finalement, il découvrit en Auguste Comte – l'homme de la société – son sauveur, comme Ihsane avait trouvé en lui le sien. Le philosophe prêchait un nouveau dieu, la société, et une religion nouvelle, la science. Il se mit à croire à la société des hommes et à la science humaine. Il pensait que l'athée – tout comme le croyant – peut, s'il en a d'une manière ou d'une autre la volonté, avoir des principes et des idéaux, et que le bien a des racines plus profondes dans la nature humaine que la religion. Car c'était l'homme qui avait créé jadis la religion, et non pas, comme il se l'était imaginé, la religion qui avait créé l'homme. Il disait de lui-même : « J'étais vertueux par conviction, non par raison. Je le suis aujourd'hui par raison et sans superstition… »

Il était allé vers ses idéaux confiant et tranquille, plein d'ardeur et de force. Il se passionnait pour la réforme sociale, rêvait du paradis sur terre, étudiait les doctrines sociales, au point qu'il crut bon de se dire socialiste. Son périple spirituel, commencé à La Mecque, s'achevait à Moscou. Un temps, il avait ambitionné d'attirer ses amis vers le socialisme, mais sans résultat. Ahmed Badir s'était défilé en disant : « Je suis un journaliste wafdiste[1] et le Wafd est un parti capitaliste. » Quant à Ma'moun Radwan, il avait déclaré avec son assurance habituelle : « Le socialisme n'est pas un concept étranger à l'islam. Celui-ci prêche l'aumône légale qui garantit, scrupuleusement appliquée, la justice sociale, sans préjudice des instincts d'où l'homme tire la force de sa survie. Si tu veux pour le monde un système qui lui garantisse la fraternité vraie, le bonheur et la justice, eh bien, tu as l'islam ! » Mahgoub Abd el-Dayim avait quant à lui haussé les épaules avec dédain et lâché son laconique « baste ! ».

Quoi qu'il en soit, il avait maintenant dans sa vie un but qui le sauvait de l'égarement, de l'errance et de la perdition. Il pouvait dire de lui, heureux : « Voici ma carte d'identité, fi de toute autre introduction ! Je suis pauvre et socialiste, athée et loyal, amoureux platonique ! »

1. Partisan du Wafd (litt. « délégation »), parti nationaliste égyptien fondé par Saad Zaghloul en 1919 et qui, avec des fortunes diverses, dirigea l'Égypte jusqu'en 1952.

Mahgoub Abd el-Dayim attendait lui aussi dans sa chambre, mais sans avoir changé de vêtements, cela pour la simple raison qu'il n'avait pas, contrairement à ses deux amis, de tenue spéciale du jeudi.

Comme il observait la rue de sa fenêtre, il vit Ma'moun Radwan quitter le foyer de son pas martial, puis il remarqua le tendre signal qu'Ihsane adressa à Ali du haut du balcon de la vieille maison, et suivit des yeux les tourtereaux qui s'étaient rejoints dans la rue Rachad-Pacha. À chacun d'eux il adressa un « baste » plein d'ironie et de rancœur.

Son ironie dissimulait toujours une certaine amertume. Il attendait lui aussi l'heure de son rendez-vous, mais il préférait l'obscurité et l'anonymat. Voilà pourquoi il était presque seul, à cette heure, au foyer.

Mahgoub Abd el-Dayim avait la taille et la minceur de Ma'moun Radwan, mais il avait le teint blafard, les cheveux crépus et des yeux couleur de miel proéminents surmontés de sourcils en épi, cela ajouté à un regard anxieux et agité dont l'éclat trahissait le défi et l'ironie. Si, à l'encontre de ses deux amis, il n'était pas beau, ses traits n'étaient pas non plus d'une laideur repoussante. Quiconque le regardait prenait la mesure du défi contenu dans son apparence, et éprouvait la crainte d'essuyer à tout moment quolibet, raillerie, ou remarque blessante.

Sa vie représentait pour lui un amas de problèmes, au premier rang desquels venait son problème sexuel, qu'il définissait comme un cas « aussi difficile à résoudre que la question égyptienne, ni plus ni moins ».

Il ne voyait en Ihsane Shehata, qui attisait sans cesse le volcan de ses sens – comme d'ailleurs en toute autre femme –, que poitrine, croupe et jambes. Un seul de ces appas produisait en lui l'effet d'une décharge électrique. Ihsane avait cependant, selon son expression, fait le bon choix, en préférant le beau blond aux yeux verts, laissant sa vie à lui déserte et solitaire, son cœur dans l'obscurité et son esprit en perpétuelle insurrection.

Il avait sa propre philosophie, puisée selon son gré à la source de divers esprits. Sa philosophie était la liberté, dans sa conception égocentrique, et « baste » sa plus juste devise. C'était l'affranchissement de tout : valeurs, idéaux, doctrines, principes. Bref, tout le legs de la société. Il se disait, cynique : « Puisque ma famille ne me léguera rien dont je puisse jouir, je ne veux rien hériter d'elle dont j'aie à pâtir ! », ou encore : « La meilleure équation au monde, c'est : religion + science + philosophie + morale = baste ! » Il interprétait les philosophies avec une logique cynique conforme à son goût, et adorait l'adage de Descartes, « Je pense, donc je suis ». Il l'approuvait sur le fait que l'être est le fondement de l'existence et affirmait, conséquemment, que son être à lui était la chose la plus importante au monde, et que le bonheur de cet être était tout ce qui l'intéressait. De même, il appréciait l'opinion des sociologues suivant laquelle la société est créatrice de toutes les valeurs morales et religieuses, et partant, considérait comme une sottise et une aberration qu'un principe ou une valeur quelconques pussent entraver sa route et son bonheur. Et si la science lui avait permis de se libérer des chimères, cela n'impliquait pas qu'il crût en elle ou lui vouât sa vie tout entière. Il l'utilisait et en profitait, voilà tout.

Sa dérision envers les hommes de science ne le cédait en rien à celle qu'il témoignait aux hommes de religion. Il n'avait dans l'existence qu'un seul but : le plaisir et la puissance, par les voies et moyens les plus simples, sans obéir à une morale, une religion ou une vertu.

S'il s'était forgé cette philosophie guidé par sa fantaisie, il en portait les germes depuis longtemps. Il devait sa formation à la rue et à ses dispositions naturelles. Ses parents étaient braves et ignorants et, dans ces circonstances, ce fut dans les venelles d'al-Qanatir [1] qu'il paracheva son éducation. Ses compagnons étaient des gamins malicieux, livrés sans frein ni correction à leurs penchants. Il insulta, injuria, frappa, écopa en retour, et

1. « Les Barrages », localité située à l'entrée du delta du Nil, à 25 kilomètres au nord du Caire.

glissa lentement vers l'abîme. Mais lorsqu'il accéda à un cadre nouveau, l'école, il prit conscience peu à peu qu'il vivait une vie infâme, et ressentit soudain l'amertume de la honte, de la peur, de l'angoisse et de la révolte.

Puis, étudiant à l'université, il se retrouva dans un autre milieu, entouré de jeunes gens éduqués, porteurs de grandes espérances et de vastes desseins. Mais il découvrait en même temps des tendances inhabituelles, des points de vue qui ne l'avaient jamais effleuré. Il découvrait la mode de l'athéisme et de l'exégèse prônée par les grands psychologues, sociologues, spécialistes des sciences morales et autres phénomènes sociaux. Il y puisa une joie démoniaque et tira de leurs criblures une philosophie personnelle qui apaisa son cœur rongé par le sentiment de la médiocrité. De voyou minable et perdu, il passait d'un coup philosophe ! La société était donc un magicien éprouvé, qui transformait certaines choses en vertus, d'autres en tares ! Et lui qui maintenant était au fait de ses secrets, versé dans ses principes, transformerait-il la vertu en vice et le vice en vertu ?

Il se frotta les mains de jubilation et se remémora son passé sous le plus beau jour, regardant son avenir sous de riants auspices et jetant par-dessus bord son sentiment de médiocrité.

Toutefois, il avait compris dès le premier instant que sa philosophie était vouée au secret. Si Ma'moun Radwan pouvait prêcher l'islam ouvertement, si Ali Taha pouvait proclamer son adhésion à la liberté de pensée et au socialisme, sa philosophie à lui devait rester secrète, non par égard pour l'opinion générale – il avait pour principe de tout mépriser – mais parce qu'elle ne rendrait tout son suc que si les gens la réfutaient et lui seul y croyait. Allons donc ! Si tout le monde se mettait du côté du vice, comment se distinguerait-il des autres, comment établirait-il sa supériorité ? Il garda donc pour lui sa philosophie, ne dévoilant d'elle que ce qui seyait à l'air du temps, comme la libre pensée et l'athéisme, et lorsqu'il se sentait abattu, vaincu par un sentiment de solitude, il soulageait son cœur par la gouaille et l'humour, passant auprès des gens pour un bon drille, et non un démon pernicieux. Il suivait ainsi sa voie, pauvre et sans moralité, guettant toute opportunité et bondissant sur elle avec une audace sans bornes.

Il demeura dans sa chambre, guettant l'obscurité.

Son cœur aussi avait ses aventures. Mais son amour, comme sa philosophie, ne s'exprimait pas au grand jour. Sa belle, en vérité, n'était qu'une vile ramasseuse de mégots. Que tel fût son lot en amour, cela le révoltait. Mais qu'espérer d'autre quand son malheureux subside satisfaisait à peine aux nécessités de l'existence ! Souvent, il se dénigrait en songeant : « Je ne vaux pas mieux qu'elle : elle ramasse les mégots de cigarettes, et moi les mégots de philosophie ! D'ailleurs, aux yeux de la société, je suis bien pire. »

Un hasard de circonstances l'avait jetée sur son chemin. Il n'avait pas laissé filer l'occasion, se disant pour sa consolation : « Qui s'abaisse d'un cran, Allah l'élève d'autant[1] ! »

Il l'avait surprise avec un portier de la rue Rachad-Pacha, derrière un figuier, un soir qu'il flânait dans la rue al'Azba désertée. Il l'épia un moment, puis la voyant s'éloigner seule, après que le Nubien eut tourné le coin de la rue, il l'aborda avec son audace habituelle et, lui posant la main sur l'épaule, lui dit avec un sourire :

– J'ai tout vu !

La jeune fille s'arrêta et, tandis qu'elle le dévisageait d'un œil étonné, il l'examina à la lumière de la rue. Suffoquant au spectacle de sa peau foncée et de sa poitrine généreuse, il la fixa d'un regard de bête fauve.

La jeune fille, une fois ressaisie, demanda d'un ton détaché :

– Et qu'as-tu vu ?

À quoi Mahgoub répondit, avec l'air de qui ne s'en laisse pas compter :

– Le figuier… le portier…

– Que veux-tu ? répliqua-t-elle avec la même nonchalance.

– La même chose…, bredouilla-t-il, troublé.

– Où ça ?

– Disons… même endroit.

Elle se détourna et, faisant mine de partir, l'avertit :

– C'est trois piastres !

– Parfait ! grommela-t-il, soulagé.

1. Hadîth.

Une somme modique qui ne grèverait pas son budget. Et… la gueuse avait ce qu'il fallait ! Il espérait seulement que sa peau foncée fût naturelle, et non l'effet d'un amas de poussière et de crasse. Cela posé, il ne lui restait plus qu'à supporter son odeur détestable. Tant pis, mieux valait tenir que courir. D'ailleurs, oubliait-il que lui-même, à al-Qanatir, ne se lavait que dans les grandes occasions ? Et puis l'obscurité ne rendait-elle pas toutes les femmes semblables ?

– Ce portier, tu le vois depuis longtemps ? s'enquit-il, comme ils revenaient sur leurs pas.

– Oh non ! C'est la première fois.

– Vous avez repris rendez-vous ?

– Non, non…

– Alors que pour nous, fit-il, enjoué, cette nuit ne sera pas la dernière !

– À votre service…, murmura-t-elle en rajustant son voile sur sa tête.

Comme l'obscurité engloutissait le monde, il restait posté à la fenêtre, dans l'attente de son rendez-vous. Soudain, on frappa à la porte. Il alla ouvrir et vit le portier du foyer qui lui tendait une lettre. Il la prit, referma la porte et, jetant sur l'enveloppe un rapide coup d'œil, reconnut le cachet d'al-Qanatir. Il remarqua aussitôt que l'écriture n'était pas celle de son père. Qui cela pouvait-il être ? C'était bien la première fois qu'il voyait cette écriture…

Surpris, il déchira l'enveloppe et lut :

Cher Monsieur Mahgoub effendi Abd el-Dayim,

Le salut d'Allah soit sur vous. Nous avons le regret de vous informer que votre cher père est souffrant et alité. Nous prions Allah de faire en sorte que le dénouement lui soit favorable.

Il faudrait cependant que vous vous rendiez sur place le plus tôt possible afin de constater son état de santé. On me presse de vous écrire ces mots, aussi ne tardez pas.

Bien à vous,

Shalabi al-Afsh (épicier d'al-Qanâtir al-Khayriyya).

Cela signifiait que son père était trop faible pour prendre la plume. Qu'avait-il donc ? En relisant la lettre, la consternation assombrit son visage blafard, et il se mit à triturer son sourcil gauche du bout des doigts. Chose étonnante, jamais il n'avait entendu son père se plaindre d'être souffrant. Lui qui avait toujours été de constitution robuste, solide sur ses jambes, nul doute qu'une grave maladie l'avait brusquement immobilisé. Que mijotait donc le destin ? Que leur réservait-il, à lui et aux siens ?

Mais il ne devait plus perdre de temps, ni s'attarder une minute. Il rédigea un mot à l'intention de Ma'moun Radwan, expliquant la raison de son départ inopiné, enveloppa sa *galabeyya*[1] dans un vieux journal et quitta le foyer.

Il ne passa pas par la rue al'Azba comme il en avait d'abord eu l'intention. Il prit par la rue Rachad-Pacha, ou encore « la rue d'Ali et Ihsane » comme il l'appelait plaisamment.

Il se mit à réfléchir et songea : « Si l'heure de cet homme a sonné, tous mes espoirs sont enterrés. Seigneur ! Une chose pareille peut-elle m'arriver à quatre mois seulement de l'examen final ! » Il pressa l'allure, longeant la rue déserte aux palais repliés dans la majesté du silence, n'entendant que le bruit de ses pas.

Arrivé rue Guizeh, il monta dans le tram, le visage et les yeux assombris, puis, tristement assis, il laissa ses pensées s'envoler vers ses deux amis, Ma'moun Radwan et Ali Taha, leur enviant la tranquillité et l'assurance dont ils jouissaient. Le père de Ma'moun Radwan était enseignant dans un institut, et son salaire confortable mettait la famille à l'abri du besoin. Il donnait à son fils le néces-

1. Longue robe traditionnelle évasée, sans col et à larges manches.

saire, et même davantage. Et si Ma'moun n'avait pas été assez sot pour dédier sa jeunesse à l'étude et à la dévotion, il aurait pu jouir de tous les plaisirs de l'existence. Or il était sot, et les sots ont toujours de la chance... Quant à Ali Taha, son père était traducteur à la municipalité d'Alexandrie, et percevait un traitement considérable. Mais le jeune homme ne jouissait de la vie que dans les limites prescrites par son idéal. C'était un garçon heureux – il pouvait l'être, avec Ihsane pour dulcinée !... Jamais être humain n'avait sans doute autant excité sa jalousie que ce beau garçon à qui tout souriait.

Le plus misérable dans tout ça, c'était lui, lui ! Son père – mais avait-il encore un père ? – était employé de bureau à la Société grecque des Produits laitiers d'al-Qanatir. Vingt-cinq ans de service, salaire : huit guinées ! Et en cas de cessation d'activité, une indemnité de quelques mois de paie. Durant l'année scolaire, l'homme prélevait pour son fils sur ses gages une somme de trois guinées par mois, somme qui couvrait le logement, la nourriture et l'habillement. Le jeune homme s'en accommodait, rebelle réduit au silence, guignant de loin les plaisirs du Caire, prêtant l'oreille à ses rumeurs avec un appétit douloureux, brûlant d'une faim d'autant plus impétueuse qu'il réprimait d'ardentes ambitions.

Ces pensées le taraudaient, et il lui sembla vivre l'instant le plus amer de son existence. Insensible aux paysages de champs et de canaux que traversait le tram dans sa course rapide, il songea à la relation qui l'unissait à ses deux camarades, à ce qu'on appelait l'amitié. Avait-il vraiment un ami ? Hélas ! L'amitié était une des vertus qu'il reniait. Certes, il avait avec eux beaucoup d'affinités. La conversation de Ma'moun le charmait. L'esprit d'Ali l'attirait. Il avait plaisir à les retrouver pour discuter, argumenter. Mais cela avait-il un lien avec ce qu'il est convenu d'appeler l'amitié ? Car, cela mis à part, il les enviait, les méprisait, et n'aurait pas hésité à les éliminer s'il y avait trouvé son compte.

Il se mit à se répéter avec fougue : « Liberté en tout et… baste pour tout ! Et que le diable soit mon modèle favori. Le symbole le plus parfait de la perfection, à la fois révolte, orgueil, concupiscence à l'état pur, et rébellion contre tous les principes ! »

Le tram atteignit le terminus d'al-Isaâf. Il descendit, prit un autre tram en direction de la place de la Gare, puis, de là, pénétra dans la gare. Il alla droit au guichet des troisièmes classes, acheta un billet. En se détournant, il se trouva face à face avec un jeune homme d'une trentaine d'années, assez court de taille, du genre corpulent, le visage massif effilé en triangle, percé de deux yeux ronds au regard vif et aux sourcils épais, qui regardait autour de lui d'un air hautain, plein d'assurance et de fatuité.

L'ayant reconnu, il s'approcha, lui tendit respectueusement la main et s'exclama :

– L'ustadh Salim al-Ikhshidi ! Comment allez-vous ?

Le jeune homme se tourna vers lui avec cet air impénétrable dont il se défaisait rarement. Jamais il ne s'étonnait, jamais ne se troublait, ni n'affichait joie ou tristesse.

Voulait-il exprimer sa colère – c'était là chose courante, il jouait des accents rugueux de sa voix.

Se tournant vers Mahgoub, il lui dit impassible :

– Comment va ?

– Très bien, merci… Mais que fait donc l'ustadh Salim à la gare ?

– Je vais chez moi, à al-Qanatir, rendre visite à mon père, répondit al-Ikhshidi de sa voix étale. Et toi, qu'est-ce qui t'amène, ce n'est pourtant pas la période des vacances ?

– Je vais aussi à al-Qanatir, au chevet de mon père malade, répondit Mahgoub, visiblement attristé.

– Abd el-Dayim effendi, malade ? Dieu lui rende la santé ! Transmets-lui mes amitiés.

Ils cheminèrent côte à côte, jusqu'au quai. Mahgoub, qui n'avait pas vu al-Ikhshidi depuis quelque temps, demanda :

– Toujours secrétaire de Qasim bey Fahmi, ustadh Salim ?

Al-Ikhshidi répondit, une étincelle dans le regard :

– Je suis candidat au poste de directeur de son cabinet ! Le décret de nomination est à la direction du personnel.

Mahgoub répondit avec une joie feinte :

– Félicitations, ustadh… ! Félicitations !

L'autre releva fièrement les sourcils et martela d'un ton sec :

– Cinquième échelon !

– Félicitations !… Félicitations !… s'exclama Mahgoub. Et bonne chance pour le quatrième…

– Notre pays, commenta al-Ikhshidi, est pillé, spolié, gouverné par des faibles et des imbéciles, et nous ne progresserons jamais aussi vite que nous le méritons !

– C'est exact, ustadh…, opina Mahgoub.

Sur ces mots, al-Ikhshidi prit congé et se dirigea vers le wagon de premières, dans lequel Mahgoub le regarda disparaître, avant de gagner les troisièmes classes, la mine triste et songeuse.

Il s'assit à sa place, en proie à la réflexion. Il ne pouvait chasser al-Ikhshidi de ses pensées. Deux ans auparavant, celui-ci était encore, comme lui aujourd'hui, étudiant en licence. Peut-être même, comme lui également, reniait-il les principes, mais sans en faire état. Peut-être ne différaient-ils en rien foncièrement l'un de l'autre. En termes d'intelligence, ils se valaient, en matière de morale – ou d'absence de morale ! – aussi, mais ils s'opposaient de manière radicale question tempérament : alors que Salim al-Ikhshidi pesait scrupuleusement ses mots et n'avait jamais, que l'on sache, égratigné le moindre principe ou la moindre doctrine, Mahgoub lui, malgré sa prudence, se moquait de tout. Ce dont il se souvenait parfaitement, c'était que le garçon avait eu, vers la fin de son séjour à la faculté, la réputation d'un important leader estudiantin, l'un des acteurs principaux des comités de boycott et des distributions de tracts contre la nouvelle Constitution. Il se souvenait aussi parfaitement qu'al-Ikhshidi avait été appelé un jour à rencontrer le ministre, et que l'entrevue avait donné lieu à moult commentaires. Beaucoup s'étaient attendus à une sanction sévère, une injustice. Mais il n'en fut rien. Le jeune homme changea brutalement, sans transition. Il se retira complètement du champ de la politique, et son activité débordante s'arrêta net. On ne le voyait plus que dans les salles de cours. Et si quiconque l'interrogeait sur les raisons de sa volte-face, il répondait avec sa froideur coutumière : « Pour les étudiants, le véritable terrain de lutte, c'est le savoir ! » Il obtint sa licence, et fut nommé – avant les premiers reçus, et sur intercession du ministre lui-même – secrétaire de Qasim bey Fahmi. Mieux encore, on l'affecta directement au sixième échelon – un pays de cocagne à l'époque ! – et voilà que, deux ans à peine après son affectation, et après que le ministre responsable eut démissionné depuis belle lurette, il se portait déjà candidat au cinquième ! Tout cela prouvait qu'il avait gagné la confiance personnelle de Qasim bey Fahmi, et poursuivait son ascension. Quel bel exemple à suivre ! Quel personnage que cet homme qui méritait autant l'admiration qu'il suscitait l'envie ! Et comme le prestige de sa fonction, la prospérité de son existence, rejaillissaient sur sa personne ! En quoi le mépris de Ma'moun Radwan ou d'Ali Taha aurait-il pu l'atteindre ? Et baste !…

Le train filait à bonne allure, et le froid, malgré la fermeture hermétique des vitres, pénétrait au-dedans. Toutefois, il ne le sentit vraiment qu'à l'instant où il cessa de méditer ; il boutonna aussitôt sa veste et se redressa sur son siège. Très vite, il repensa à son père malade, et réalisa qu'il s'était complu à rêvasser, inconscient du gouffre qui gisait sous ses pieds.

Il sombra de nouveau dans la consternation, le regard chagrin. Quand le train s'arrêta à al-Qanatir, il saisit son balluchon, descendit, et quitta la gare en direction de la grand-rue. Là, embrassant la ville du regard, il s'exclama :

– Ô Qanatir, ô mon village, donne les mêmes chances à chacun de tes fils !

Au bout de quelques minutes à peine, il se retrouva devant la modeste maison de son enfance, une bâtisse de plain-pied précédée d'une cour en terre battue entourée d'une palissade, dont l'aspect reflétait la simplicité et le dépouillement. Elle faisait face à la gare, sise de l'autre côté de la rue, et sa terrasse dominait les champs qui s'étendaient derrière la voie ferrée. Elle semblait plongée dans l'obscurité, hormis une faible lueur filtrant à la fenêtre de la chambre de son père. Son cœur se mit à battre à coups précipités, tandis que le déchiraient la peur et l'espoir.

Il traversa la cour, frappa doucement à la porte, et entendit bientôt un bruit de socques familier. La porte s'ouvrit, et une silhouette apparut dans l'embrasure.

– Bonsoir, maman…

– Enfin ! soupira une voix.

Elle prit sa main entre les siennes et ajouta de la même voix lasse :

– Comment vas-tu, mon petit ? J'avais deviné que c'était toi !

Le couloir était sombre, et il ne pouvait voir les traits de son visage. Il referma la porte et demanda inquiet :

– Maman… qu'est-ce qui est arrivé ? Comment va papa ?

– Allah lui vienne en aide…, dit-elle d'un ton chagrin.

Il posa son balluchon sur une table basse et pénétra dans la chambre à pas feutrés, le regard tendu vers la forme qui gisait sur le lit. Il s'approcha – l'homme était tourné du côté du mur.

– Bonsoir, père, dit-il doucement. Comment vas-tu ?

L'homme ne réagit pas, et sa femme insista en se penchant sur lui :

– C'est Mahgoub qui vient te dire bonsoir…

Lentement, la tête se redressa, les paupières s'animèrent, puis la main gauche s'avança. Mahgoub la prit entre les siennes et la baisa.

L'homme semblait au plus mal, les yeux voilés, comme baignés d'une eau trouble, la bouche tordue par un rictus.

– Père…, répéta Mahgoub, comment vas-tu, par Allah Tout-Puissant ?

L'homme fixa ses yeux sur lui et articula d'une voix caverneuse et hachée :

– Je ne recommence à parler que depuis midi…

Mahgoub se tourna vers sa mère.

– Il avait perdu la parole ? demanda-t-il avec effroi.

– Oui, mon petit, répondit la femme épuisée. Il était au bureau, mardi dernier, dans l'après-midi, comme d'habitude, quand il est tombé d'un seul coup, soudain muet. On l'a ramené ici à bras d'hommes, puis on a appelé le médecin qui est venu lui faire une saignée et une piqûre. Il passe le voir tous les matins. Mais il n'a retrouvé la parole qu'aujourd'hui vers midi.

– Et qu'en dit le médecin ?

La mère eut un regard perdu. Elle se contenta de remuer les lèvres, sans proférer un son. C'est le père qui répondit :

– Il dit... qu'il s'agit d'une... hémiplégie...

Le jeune homme tressaillit à ce mot, bien qu'il en ignorât totalement les implications réelles. La mère ajouta, soucieuse d'apaiser sa frayeur :

– Mais ce matin le médecin a certifié que le danger était passé.

Le père reprit de sa voix confuse et saccadée :

– Je sais... de quoi... il s'agit... Je ne... serai plus jamais... comme avant !

Mahgoub se mordit les lèvres et, s'adressant à sa mère :

– Et... c'est venu comme ça, sans prévenir ?

– Non, mon petit. Ton père, comme d'habitude, se portait à merveille, mais il se plaignait dernièrement d'une lourdeur dans la jambe droite, et il avait eu une forte migraine lundi soir.

Le silence retomba. Le malade ferma les paupières et demeura immobile, comme prostré dans une profonde léthargie. Le jeune homme se tourna vers sa mère et constata que, de toute évidence, elle n'avait pas connu de repos depuis l'avant-veille au soir. Ses yeux étaient rouges et battus, cernés de bleu, son teint d'une extrême pâleur.

Plein de tristesse et de dépit, il prit conscience du désastre qui les frappait.

Il s'assit sur une chaise, près du lit, et baissa la tête en songeant : « Le destin de notre famille ne tient qu'à la vie d'un homme condamné. Qu'y a-t-il derrière ces paupières closes ? La vie ou la mort ? Le succès ou l'errance ? Comme si cette paralysie ne pouvait attendre une année ! » Il pensa à la rue Rachad-Pacha, silencieuse, majestueuse, avec ses palais des deux côtés, ses pachas et ses beys qui paradaient dans leurs automobiles, ses femmes qui apparaissaient derrière les rideaux ou entre les verts bosquets… Dieu que ses pauvres parents étaient loin de tout ça ! Et cette masure à moitié en ruine !

Il se prit à songer que s'il devait hériter d'un de ces palais, et que son père, pacha, était à l'agonie, il attendrait sa mort avec impatience. Un soupir monta de son cœur brisé, livré au feu de la colère, et il se demanda, sans relever la tête : « Comment ce drame va-t-il se terminer ? »

Il glissa un regard vers sa mère. Elle était assise à ses pieds, tête basse, drapée dans le deuil qu'elle avait juré de porter toute sa vie en souvenir de ses deux filles, mortes de la typhoïde. Le visage fané, elle semblait plus vieille que son âge – elle avait à peine cinquante ans, l'échine ployée par les charges d'une vie passée entre les braises du réchaud en terre et l'œil du four, à pétrir, cuire le pain, laver et balayer. Ses doigts semblaient de pierre et de grosses veines saillaient sur le dos de sa main. Jamais elle n'avait trouvé le temps de bavarder. Elle était comme le pétrole qui alimente les machines, efficace et invisible. Elle aimait son fils jusqu'à l'adoration, et cet amour avait redoublé à la mort de ses deux sœurs, cueillies au berceau de l'enfance. Toutefois, elle n'avait guère influé sur sa formation et son éducation. Elle n'avait jamais eu personne à qui parler et vivait comme les muets, dans le silence et l'ignorance.

Les circonstances avaient également privé Mahgoub de la présence d'un père. Travaillant à la Compagnie du matin au soir, celui-ci avait à peine soupé qu'il courait rejoindre les cercles de *zikr*[1] jusqu'à minuit. Il voyait donc rarement son fils. C'était un homme assidu et travailleur, dévoué à son entourage dont il était le reflet exact et indifférencié, fier néanmoins de sa parenté avec un haut fonctionnaire, frère de sa femme. Comme elle, il ne connaissait pas de repos. Sa vie conjugale ne le comblait guère. La seule éducation qu'il donnât à son fils fut de l'obliger à accomplir certains devoirs religieux, en jouant souvent du bâton. Ainsi Mahgoub avait-il grandi dans la crainte du père, s'échappant vers la rue qui avait achevé de le former et de l'instruire. Ses liens filiaux étaient, de ce fait, lâches et ténus. Et s'il aimait davantage sa mère que son père, il était toujours

1. Littéralement « rappel » ou « commémoration » du nom d'Allah. Nom donné à des exercices spirituels ou de piété mêlant la récitation, la méditation et la transe.

prêt à soumettre ce lien filial aux lois de sa philosophie destructrice. Aussi était-il moins triste aujourd'hui pour son père, qu'inquiet pour l'homme qui lui allouait trois guinées par mois.

Le lendemain matin, le médecin vint examiner le malade et lui fit une piqûre de camphre. Il se déclara satisfait de son état, assurant que tout danger était définitivement écarté. Après quoi il quitta la chambre, suivi de Mahgoub qui le rattrapa dans la cour. Le médecin se retourna et, devinant l'intention du jeune homme, déclara :

– J'ai dit toute la vérité à ton père. L'attaque a été partielle, heureusement, sinon c'était la fin. Je ne lui ai pas caché qu'il ne retournerait pas travailler, et qu'il garderait le lit plusieurs mois. Cependant, il devrait retrouver l'usage de son côté paralysé, et peut-être aussi remarcher.

Son attention se figea sur ces quelques mots « il ne retournerait pas travailler », et la suite lui échappa. Le monde s'obscurcit à ses yeux et il retourna dans la chambre, hébété.

Son père, d'une nature pratique, ne laissait rien en suspens qu'il pût trancher de quelque manière. Il pria son fils de s'approcher du lit et dit d'un ton solennel :

– Écoute-moi bien, petit. Je ne retournerai pas travailler à la Compagnie. C'est un fait. Alors, que proposes-tu ?

Le cœur de Mahgoub se serra un peu plus. Il garda le silence, attendant la sentence. Le père reprit :

– La Compagnie va sans doute m'accorder une légère indemnité qui devrait m'être versée sous peu. Ce qui est sûr, c'est qu'il n'en restera rien au bout de trois où quatre mois maximum. Mais il y aura bien un ami secourable pour te trouver un emploi qui nous fasse vivre tous les trois.

Mahgoub répondit, suppliant, les yeux pleins de douleur et de désespoir :

– Père, l'examen est en mai, et nous sommes en janvier. Si j'abandonne pour entrer dans la vie active, je ne serai qu'un simple bachelier, et tout mon avenir s'en ressentira.

– Je sais bien, avoua le père tristement, mais que faire ? Je redoute d'être déshonoré ou que nous mourrions de faim !

Sur quoi le jeune homme l'adjura d'un ton fervent, vibrant d'enthousiasme et d'audace :

– Quatre mois ! Quatre mois seulement me séparent du fruit de quinze années d'effort. Laisse-moi un peu de temps, papa. L'indemnité nous suffira jusqu'à ce que je m'établisse. Et par la grâce d'Allah, nous ne connaîtrons ni la faim ni le déshonneur.

– Mais qu'adviendra-t-il de nous si tes prévisions échouent et si, à Dieu ne plaise, ta tentative tombe à l'eau ? Notre vie est entre tes mains !

Mahgoub répondit, mordant du bout des dents aux franges de l'espoir :

– Tu n'as pas idée, papa, de l'effort que je vais fournir. Rien n'entravera ma réussite…

Il marqua une hésitation et ajouta :

– Et puis… nous avons le parent de maman, Ahmed bey Hamdis…

Mais comme le père levait la main gauche en signe de protestation, l'air indigné, Mahgoub reprit précipitamment, redoutant de perdre sa confiance et de voir ses efforts de persuasion réduits à néant :

– Mais nous n'aurons besoin d'aucune aide. Tout ira pour le mieux, Allah y pourvoira !

Il comprit qu'il s'était fourvoyé en évoquant l'illustre parent qui les avait oubliés et reniés depuis qu'il avait accédé à un poste important. Certes, son père se vantait haut et fort – en présence d'étrangers – de leur parenté, mais combien de fois l'avait-il dénigré devant sa mère ? Que de rancœur et de mépris il lui vouait !

Avec regret, Mahgoub comprit son erreur et répéta :

– Nous n'avons besoin d'aucune aide. Nous devons seulement nous armer de patience et avoir confiance en Allah et sa bienveillance. Plus que quatre mois et nous serons sauvés !

Sachant que l'indemnité leur suffirait, en vivant chichement, pendant cinq ou six mois, le père réfléchit quelques instants et demanda :

– Tu pourrais vivre avec une guinée par mois ?

Une guinée par mois ! Le loyer de sa chambre au foyer des étudiants ! Seigneur… Déjà qu'il s'en sortait difficilement avec trois guinées, que ferait-il avec une ? Mais l'homme ne lui laissa pas le temps de tergiverser et coupa court à ses réflexions :

– Je ne peux pas faire autrement. À toi de choisir !

Avait-il vraiment le choix ? Oh non ! Son père était acculé, et il ne lui restait plus qu'à se soumettre et obtempérer.

– Comme tu voudras, papa…, conclut-il.

– Comme Allah voudra ! objecta le père. Prions-le de te conduire au succès et de faire de toi l'instrument de notre force…

Sur ces mots, il suggéra à son fils de rentrer le jour même afin de ne pas perdre un temps qui lui serait précieux. Aussi, le soir venu, le garçon fit ses adieux à ses parents, baisa la main de son père et s'abandonna aux baisers et bénédictions de sa mère. Comme il s'apprêtait à quitter la chambre, il entendit son père qui lui disait :

– Allah soit avec toi ! Travaille et aie confiance en Lui. N'oublie pas que tu es notre seul espoir…

Il prit le chemin de la gare. Quoi qu'il advînt, il était délivré de l'incertitude qui l'avait rongé à l'aller. Il savait maintenant que le fil auquel son espoir était suspendu n'avait pas encore rompu. Quant aux soucis que lui réservait l'avenir, il trouverait bien moyen d'y remédier d'une manière ou d'une autre.

En prenant place dans le train, il fit de pâles adieux à son village et oublia rapidement masure et famille pour ne plus penser qu'à lui-même. Il se demanda, en se triturant le sourcil, pourquoi le destin l'avait fait naître là. Qu'avait-il reçu de ses parents sinon la honte, la pauvreté et la laideur ? N'était-ce pas injuste de devoir trébucher dans ces chaînes avant de pouvoir contempler la lumière ? S'il avait été le fils de Hamdis bey par exemple, il aurait eu un autre corps, un autre visage, une autre chance. Il aurait joui de la sécurité et de la paix. Il aurait même eu une voiture !

Il songea tristement à la misère qui le guettait, et la vit qui lui souriait, narquoise, l'air de dire : « Tu n'as pas pu me chasser hier avec trois guinées, le pourras-tu demain avec une ? » Où allait-il habiter ? Comment mangerait-il ? Il secoua la tête avec dépit. Mais il ne ressentait ni désespoir ni faiblesse. Il était plein de confiance en lui, audacieux à l'extrême, et bouillait de rage et de colère.

Quand il approcha de la rue Rachad-Pacha, le soleil fondait dans le lac sanglant du crépuscule, et l'ombre du soir teintait la frange de l'horizon. En s'engageant dans la rue, il aperçut Ali Taha qui arrivait du côté de l'université, et il s'arrêta pour l'attendre. Ils se serrèrent la main et Ali lui dit avec compassion :

– L'ustadh Ma'moun m'a parlé de ton père. Désolé... Mais te voilà de retour... Je suis heureux que tu sois rassuré !

Détestant que quiconque fût instruit de ses peines, il répondit brièvement avec un sourire :

– Merci...

– Il ne va pas mieux ?

– Si, si... merci.

Ils reprirent leur marche côte à côte, d'un pas nonchalant, et Mahgoub se demanda si son ami ne revenait pas d'un rendez-vous galant, ou ne s'y rendait pas céans. Il ressentait en présence du jeune homme autant d'élans de joie que de souffrance. Il l'épia à la dérobée, et le vit qui rêvassait, un sourire aux lèvres, le front illuminé de joie et d'allégresse, tout frémissant de l'ivresse de l'amour. N'y a-t-il pas dans le succès amoureux la même jouissance, la même fierté que dans le triomphe guerrier ? Pris soudain du désir irrésistible de l'attirer sur ce terrain miné, il dit, désignant les arbres avec un sourire plein de sous-entendu :

– Ah ! si ces arbres pouvaient parler…

Ali Taha comprit l'allusion et, d'une sentimentalité assez vive pour se sentir obligé de mettre les choses au clair, il dit avec émoi :

– Tu crois ça, ustadh Mahgoub, mais ne te moque pas de ces choses-là. Surtout pas. Il n'y a pas matière à plaisanter. Le frémissement d'un cœur est une chose grave, et pèse autant dans cette existence que le mouvement des astres dans l'univers. Cesse donc de parler de chaudière et de soupape de sécurité !

Mahgoub ressentit vis-à-vis de son interlocuteur un puissant mépris, qu'avivèrent d'une part l'émotion que trahissait sa voix, d'autre part la jalousie qu'il éprouvait envers lui. Il pensa, railleur : « Cet imbécile voudrait ériger la fonction de procréation en sanctuaire ! » Puis il ajouta avec un calme froid :

– Ô vous les amoureux, je n'adore pas ce que vous adorez !

– Et nous n'adorons pas ce que tu adores [1] ! répliqua Ali avec un sourire.

1. Allusion aux versets CIX, 4 et 5.

Redoutant que son ironie ne froisse son ami, Mahgoub regretta sa maladresse. Voulant se rattraper, il changea de ton et déclara d'un air faussement pénétré :

– L'amour est une chose étrange… Même si ton amie est vraiment superbe !

– La beauté n'est pas sa seule vertu ! répliqua Ali avec enthousiasme. Elle a la douceur et l'intelligence du cœur, et je ne peux te dire à quel point nos deux âmes se confondent. Voilà Ihsane !

En entendant ce nom, l'autre se troubla, soudain furieux. Était-ce de la jalousie ? Quelle honte ! Comment quelqu'un qui ambitionnait de briser toutes les chaînes pouvait-il s'abaisser à être jaloux !

Il reprit, changeant encore de ton pour masquer un nouvel assaut d'ironie :

– Je suppose que cette parfaite osmose sous-entend que ta belle est libérée de la religion et croit en la société, l'idéal et le socialisme !

À quoi Ali répondit posément :

– Nous nous contentons pour l'instant de l'accord de nos sentiments. Plus tard, nos idéaux s'harmoniseront au fil de notre vie commune, et un jour nous fonderons une famille heureuse…

– Vous en êtes déjà là ? s'étonna Mahgoub.

– Oui.

– Vous vous êtes promis l'un à l'autre ?

– Oui. J'attends qu'elle ait fini ses études supérieures.

– Félicitations, ustadh !

Ce mot lui pesa. Il était plus doué pour les condoléances. La tristesse et l'amertume le tenaillaient. Ali avait fait main basse sur la reine des beautés du Caire. Ce beau corps souple et voluptueux était à lui. Il demanda sans réfléchir :

– Comment l'as-tu connue ? Dans la rue ?

– Pas du tout ! s'étonna Ali. À la fenêtre...

– Tu n'étais pourtant pas le seul à regarder !

Cela lui avait encore échappé. Il le regretta vivement et, craignant que son compagnon ne le prît à la lettre, il expliqua :

– Tous nos voisins la guettaient aussi...

Ali, sans mot dire, esquissa un sourire. Mahgoub se tint coi, de peur que sa langue ne fourche à nouveau.

Ils arrivèrent au foyer des étudiants. Avec sa charpente massive et ses petites fenêtres serrées, il ressemblait à une caserne. Face à lui, à l'angle de la rue al'Azba, ils aperçurent la masure du père Shehata Turki et son locataire, debout devant le kiosque, la cinquantaine, la peau claire, le visage avenant. « Un beau-père de choix ! » pensa Mahgoub, railleur. Et ils entrèrent dans l'énorme bâtisse : l'un, le plus heureux des hommes, et l'autre le plus malheureux...

Les trois compères étaient réunis dans la chambre de Ma'moun Radwan. La fenêtre était close et une pellicule de cendre recouvrait le poêle qui occupait le centre de la pièce.

Ma'moun critiquait le prêche qu'il avait entendu le matin même, affirmant que ces sermons hebdomadaires constituaient dans leur état actuel une invitation à l'ignorance et à la superstition, et qu'il était urgent de les moderniser.

Bien que les prêches du vendredi ne retinssent pas particulièrement l'attention des deux autres, Ali Taha rétorqua :

– En réalité, c'est d'un nouveau genre de prédicateur que nous avons besoin, issu de l'université – et non pas d'al-Azhar[1] –, capable d'expliquer au peuple qu'il est spolié de ses droits, et de lui montrer la voie de sa libération !

1. Célèbre mosquée-université construite en 970, grand centre d'études théologiques depuis le Moyen Âge.

Mahgoub Abd el-Dayim avait coutume de participer aux discussions de ses deux compagnons, non par attachement à un point de vue particulier – il n'avait aucun point de vue particulier – mais par amour de la controverse et de la raillerie. Toutefois, ce soir-là, il se sentait exceptionnellement solidaire de ce peuple malheureux dont parlait Ali, et il avait envie de parler de ses états d'âme. Aussi biaisa-t-il, ne pouvant évoquer ceux-ci qu'à travers lui, et bien qu'il s'en désintéressât d'ordinaire.

– Bien dit ! La maladie du peuple, c'est la pauvreté.

– C'est vrai ! renchérit Ali avec fougue. La pauvreté qui étouffe la science, la santé et la vertu dans son carcan putride. Il faut être bête ou diable pour ne pas se révolter contre la condition du fellah !

« Ou être intelligent comme moi… mais riche ! » pensa Mahgoub. Puis, à voix haute :

– Nous connaissons la responsable, c'est facile, mais quel est l'antidote ?

Rajustant sa calotte sur sa tête, Ma'moun Radwan répondit :

– La religion… L'islam est le remède à tous nos maux.

Ali Taha étendit les jambes tout près du poêle, et dit, passant outre à l'opinion de son camarade :

– Le gouvernement et le parlement !

– Le gouvernement… donc les riches ou les grands de ce monde ! rétorqua Mahgoub. Le gouvernement est une seule et même famille. Les ministres nomment les sous-secrétaires d'État parmi leurs proches, les sous-secrétaires d'État désignent les directeurs de cabinet parmi leurs proches, les directeurs de cabinet élisent les chefs de bureau parmi leurs proches, et les chefs de bureau choisissent les fonctionnaires parmi leurs proches. Même les larbins sont choisis parmi le personnel des grandes maisons ! Donc voilà : le gouvernement est une grande famille ou, si vous préférez, une seule et même classe composée de plusieurs familles, qui sacrifie les intérêts du peuple dès qu'ils se heurtent aux siens !

– Et le parlement ?

Mahgoub répondit avec un sourire narquois :

– Le député qui dépense des centaines de guinées pour sa campagne ne peut pas représenter le peuple pauvre. Et il en va du parlement comme des autres institutions. Prenez Qasr al-Ayni [1] par exemple. En théorie, c'est l'hôpital des pauvres, mais en pratique c'est là qu'on expérimente *sur les pauvres* les nouvelles techniques de mise à mort !

– L'indignation est un sentiment respectable, répondit posément Ali Taha, mais perdre espoir est une maladie. Quoi qu'il en soit, le parlement est un lac où se jettent des rivières de sources différentes. Il est fatal que leurs eaux se mélangent pour donner naissance à une source nouvelle.

Mahgoub eut un sourire amer et grommela :

1. Le plus grand hôpital du Caire, situé sur la rive orientale du Nil, face à la pointe nord de l'île de Roda.

– Ahmôsis et les Hyksos, Mineptah et les Juifs, Orabi[1] et les Circassiens… j'adore l'histoire !

– Le plus beau, s'esclaffa Ma'moun Radwan, c'est qu'Ali est un communiste constructif, et toi un destructeur ! Tu mérites mieux que quiconque le surnom d'anarchiste !

Mahgoub rit si fort qu'une quinte de toux le secoua.

– Nous nous donnons beaucoup trop de mal ! s'écria-t-il. On dirait que cette chambre est responsable du bien-être du monde.

Ali Taha répondit :

– Comme c'est une chambre d'étudiants, ses murs abriteront les espoirs de plusieurs générations.

– Elle fait office de couveuse, mais après ? demanda Ma'moun Radwan, l'air songeur.

– La prison, si nous sommes sincères ! s'exclama Mahgoub avec une joie malicieuse.

Puis, songeant aux soucis ramenés d'al-Qanatir, son appétit pour la conversation s'alanguit. Il se leva et prit congé, prétextant la fatigue du voyage.

Il gagna sa chambre et s'assit derrière son petit bureau, triste et pensif : à la fin de janvier s'achèverait sa vie luxueuse actuelle. Or si cette vie lui avait paru un enfer, ce serait, à côté de celle qui l'attendait, un paradis perdu.

1. Ahmed Orabi pacha, officier égyptien, organisateur en 1881 du premier mouvement de révolte nationale contre l'occupation étrangère (et le khédive Tawfiq), avait remis une pétition au nom des officiers « indigènes » pour demander la révocation du ministre de la Guerre, d'origine circassienne.

Nul doute que les trois mois à venir lui vaudraient toutes sortes d'ennuis auxquels il n'avait jamais songé. Qu'y faire ? Il continua à triturer son sourcil, le front maussade, la détermination et le défi perçant sur son visage blafard.

Les derniers jours de janvier, il se mit en quête d'une chambre à bas prix, mais ne trouva pas facilement son affaire dans ce quartier populeux, bourré qui plus est d'étudiants se disputant bec et ongles les chambres isolées sur les toits. Finalement, il mit la main sur une chambre en terrasse dans un immeuble de la rue Girkis, à proximité de la place Guizeh. Mais l'immeuble étant neuf, le propriétaire refusa de lui louer la chambre à moins de quarante piastres, somme que Mahgoub fut contraint d'accepter contre son gré.

Il informa donc ses amis qu'il emménageait dans un nouvel immeuble, pour des raisons « personnelles », insinua-t-il avec un clin d'œil appuyé, sachant pertinemment qu'il n'aurait plus les moyens désormais de retrouver la ramasseuse de mégots, mais préférant mentir de la sorte que de souffrir dans son orgueil.

Astreint aux frais de déménagement et à l'achat d'une lampe à gaz, il considéra son pauvre mobilier et, n'y voyant rien dont il pût se passer, hormis la petite penderie – qui ressemblait en fait à une malle –, il la vendit discrètement pour trente piastres, avec l'aide du portier.

Le 1er février, il sangla ses bagages, fit ses adieux à ses amis, et emménagea dans sa nouvelle chambre. Une fois le loyer payé d'avance, il ne lui resta plus de son nouveau subside que soixante piastres pour finir le mois, à raison de deux piastres par jour pour la nourriture et le gaz, outre le blanchissage, nécessité imparable, et le barbier. Impossible de songer au ménage. Quant à la tasse de café, elle était désormais un luxe à proscrire. Du peu qui lui restait de son misérable mobilier, rien n'était superflu, ou de nature à lui faire espérer en tirer quelque somme substantielle : le lit, pièce maîtresse, valait à peine une demi-guinée, tout en étant d'une utilité inestimable puisqu'il dormait dessus et rangeait ses vêtements dessous.

Il hocha sa tête aux cheveux crépus et grommela : « Ces trois mois passeront comme les autres, et, quoi qu'il arrive, je ne vais pas mourir de faim ! » Et ce fut sa première nuit dans son nouveau logis.

Le lendemain matin, il quitta la chambre après en avoir fermé la porte à clé, et quand le portier proposa de la lui nettoyer, il le remercia poliment, ne déclinant l'offre que parce qu'il lui était impossible de concéder à l'homme une seule piastre.

Il arriva place Guizeh et, jetant un regard alentour, il

découvrit une échoppe de *foul*[1] vers laquelle il se dirigea, morose. Des groupes d'ouvriers, assis sur le rebord du trottoir devant la boutique, avalaient leur pitance, devisant et riant. « Me voici au rang de ces travailleurs sur le sort desquels se lamente Ali Taha… », pensa-t-il.

Il commanda une demi-galette, se mit à l'écart pour la dévorer, et la termina sans être rassasié.

Doté par la nature d'un formidable appétit, il prenait d'habitude au petit déjeuner une pleine assiettée de *foul* et une galette de pain entière, sans compter l'oignon et les variantes, or il ne pourrait plus s'offrir dorénavant que deux minuscules repas par jour.

Il haussa les épaules et prit le chemin de l'université en pensant : « J'ai besoin de toute ma lucidité. Ce sera soit le succès, soit le suicide ! »

La matinée s'écoula comme à l'accoutumée. Il retrouva ses amis, et ils passèrent un bon moment dans le jardin d'el-Ormane à commenter les cours. À l'heure du déjeuner, il les quitta, et tandis que les autres s'acheminaient vers le restaurant, il retourna sur la place Guizeh.

Hier encore, il déjeunait avec Ali, Ma'moun et Ahmed, d'un plat d'agneau aux épinards, de riz et d'une orange. Mais aujourd'hui…

1. Plat populaire de fèves cuites à l'étuvée, généralement consommées, lorsque achetées à l'échoppe ou auprès d'un marchand ambulant, à l'intérieur d'une petite galette de pain ronde ouverte en deux formant sandwich, comme c'est le cas ici.

Il se hâta vers l'échoppe ; le propriétaire l'accueillit avec un sourire :

– Bienvenue parmi nous ! lança-t-il.

Ce salut le piqua au vif et blessa son amour-propre. À côté du marchand de *foul* se trouvait un marchand de *kebab*, et des effluves de viande grillée venaient chatouiller ses narines. Aussi, l'eau à la bouche et l'estomac noué, il prit sa demi-galette et s'en alla, fuyant l'alléchante odeur.

Il regagna sa chambre. En ouvrant la porte, une bouffée d'air fétide le prit à la gorge : il avait laissé la fenêtre fermée. Il considéra la poussière qui couvrait le bureau et les livres, la couverture bouchonnée sur le lit, et il comprit qu'il serait désormais à la fois étudiant, femme de chambre et, qui sait, blanchisseuse. Il se mit donc à accomplir ses nouvelles tâches à contrecœur.

Sa nouvelle vie promettait d'être rude et éprouvante. Il poursuivrait ses études, sans aucun doute, il les poursuivrait avec détermination, avec acharnement, mais sans que sa faim se taise, et sans jouir du moindre repos. Il veillerait des nuits entières, le ventre vide, assis de longues heures à son bureau, les membres gelés, le dos courbé. Peut-être son physique finirait-il par le trahir, l'exposant aux sarcasmes et à la moquerie. Peut-être même, affaibli par la faim, tomberait-il malade…

Mais il ne pouvait que lutter, avec vigueur et opiniâtreté, défier les autres, le sort, le monde entier, s'enflammer, haïr, enrager… Il travailla jusqu'à minuit, puis il se mit au lit. Il s'allongea, fourbu, et grommela :

– Fin de la première veillée de mon calvaire…

Le lendemain matin, il se réveilla fatigué, avec un mal de tête lancinant. Si, bizarrement, il n'avait pas faim, les spasmes de la veille le hantaient encore. Le sandwich au *foul* ne l'avait pas mené jusqu'au soir, l'abandonnant à une faim douloureuse. L'idée lui vint de sauter le petit déjeuner, afin de pouvoir manger un sandwich et demi à midi, réviser l'esprit détendu, et passer une bonne nuit. Pour ce qui était des premières heures de la journée, les cours suffiraient à lui faire oublier son estomac. Excellente idée, tout à fait digne en vérité d'une pauvre caboche dévastée ! L'habitude aidant, il ne souffrirait plus de la faim… Mais, sitôt lapée la fraîche eau du réveil, sitôt humées en chemin les odeurs du matin, la bête s'étirait dans son ventre, son projet s'écroulait, et il filait sans se soucier de rien chez le marchand de *foul*.

Tout en mangeant, il se remémorait les récits de la vie des mystiques hindous, et se demandait comment ils pouvaient combattre la faim de cette manière insolite, surmonter la douleur avec cette patience stoïque, trouvant dans tout cela matière à jouissance. Seigneur ! comme ce mot merveilleux de « jouissance » pouvait fluctuer suivant les tempéraments humains ! Quant à lui, ses jouissances étaient claires et sa frustration tout autant ! Même la ramasseuse de mégots était devenue intouchable.

Il prit le chemin de la faculté, assista au premier cours, alla au jardin attendre le suivant, qui avait lieu deux heures plus tard, et s'assit sur un banc au milieu d'un groupe d'étudiants, offerts avec délices aux doux rayons que dispense jalousement le soleil de février. Ils devisaient avec la fièvre de la jeunesse, passant sans préambule d'un sujet à un autre, parlaient d'une grosse fille dont la voix se mettait à trembler quand elle se levait pour lire un texte, de Mister Arfange, le professeur de latin aux cheveux d'or (il eût été plus juste qu'il fût né femme et qu'une jeune fille érudite devînt homme à sa place !), du cinéma et de la menace qu'il représentait pour la culture véritable et l'art au sens noble, du whisky et du haschich (lequel des deux était le meilleur ?), de la Constitution de 1923 (allait-on y revenir[1] ?), de la création de l'université (le mérite en revenait-il au roi ou au regretté Saad Zaghloul[2] ?), de

1. La Constitution de 1923, première constitution égyptienne, jugée trop « démocratique » par le roi Fouad, avait été abrogée autoritairement par ce dernier en 1930 et remplacée par une nouvelle Constitution très impopulaire en ce qu'elle transformait, entre autres, la loi électorale dans le sens d'un suffrage censitaire.

2. Saad Zaghloul pacha, grande figure du nationalisme égyptien, fondateur du parti Wafd.

l'association « Jeune Égypte[1] » (étaient-ils sincères ou s'agissait-il de conspirateurs ?) ; ils se demandaient à qui devait être attribuée la renaissance du théâtre arabe (Yousouf Wahbi ou Fatima Roshdi ?), et ce qui valait mieux pour la nation (que le prince Farouk termine ses études en Italie, comme le souhaitait son père, ou bien en Angleterre, comme le voulaient les Anglais ?)… L'atmosphère vibrait d'avis et de commentaires, résonnait de rires et de cris. Mahgoub participa de loin à la conversation, écoutant ce qui se disait avec son air railleur habituel, puis il se leva pour flâner dans le vaste jardin et, l'heure de son cours ayant sonné, il pressa le pas vers la faculté.

Le cours terminé, il sortit, bras dessus, bras dessous, avec Ahmed Badir.

– Félicitations pour ton nouveau nid ! s'exclama le jeune journaliste.

– Merci, répondit Mahgoub avec un sourire.

– Et c'est… pour la bonne cause ? insista l'autre, l'air malicieux.

Mahgoub comprit aussitôt l'allusion. Il en fut bien aise et lui répondit avec un rictus énigmatique :

– C'est un secret, à ne pas divulguer !

– Vous vivez ensemble ou elle te rejoint seulement la nuit ?

– Vivre ensemble éveillerait les soupçons, tu le sais bien ! répondit Mahgoub en se rengorgeant.

1. En arabe, Misr al-Fatât, mouvement de type fasciste inspiré de la doctrine de Mussolini fondé par l'avocat Ahmed Husayn.

Le journaliste hocha la tête et soupira en se suçotant les lèvres :

– Quel veinard…

Plus les jours passaient, plus les affres de son existence le brisaient. Le spectre de la faim le hantait jour et nuit. Son estomac ne connaissait de répit que l'espace de quelques malheureuses heures d'une interminable journée. En plus de ses études, il balayait sa chambre, rangeait son bureau, faisait son lit, lavait ses mouchoirs, ses chaussettes et ses chemises, bataillait pour se procurer ces menus articles que d'aucuns considèrent comme dus : un morceau de savon, le gaz de la lampe, du papier en quantité suffisante. Plusieurs fois, il avait dû se limiter à un unique repas par jour. La faim le broyait. Il avait encore maigri, encore pâli. Il en était venu à craindre pour sa personne, lui qui s'aimait plus que tout au monde ou, plutôt, qui n'aimait que lui. Ainsi vivait-il seul, affamé, dans cette chambre que certains de ses amis s'imaginaient être un brûlant nid d'amour.

Que ne demandait-il à ses frères de le nourrir ? Ali Taha n'aurait pas hésité une seconde. Ma'moun Radwan aurait volontiers partagé, fût-ce un humble morceau de pain. Qu'est-ce qui l'en empêchait ? La dignité ? L'orgueil ? Qu'il crève ! N'avait-il pas tout renié ? Méprisé toutes les valeurs ? Alors qu'allait-il s'attacher à la dignité, à la fierté ? Qu'il crève ! Sa philosophie n'était encore qu'un ramassis de mots, de balivernes. Quand allait-il vraiment devenir homme, et balayer sa dignité et son honneur comme on ôte la poussière de ses chaussures ?

Sa détresse fut portée à son comble lorsque la faculté lui demanda de se procurer un livre de latin coûtant vingt-cinq piastres. Il en resta estomaqué, la moindre petite piastre lui étant inaccessible. L'examen approchait. Que faire ? Demander de l'aide à ses pairs ? Solution méprisable, d'autant qu'il se savait incapable d'honorer sa dette. Alors que faire ? Un jour passa, puis un autre. Sa vie en était sens dessus dessous. Il frappait aux portes du désespoir quand il se rappela l'éminent parent de sa mère, Ahmed bey Hamdis. Comment perdre espoir avec un parent comme ça ? Certes, son père lui vouait une sombre rancune, l'accusait d'être un ingrat, d'avoir oublié sa famille, de les avoir reniés. C'était la stricte vérité, à cette différence près que la colère de son père était déplacée, alors que l'attitude du bey ne l'était pas. Ce dernier faisait l'important, mais tous ses semblables agissaient de la sorte, et tel était leur droit. Sans ces mœurs villageoises stupides, son père n'aurait pas pris ombrage. Et puis, l'attitude hautaine du bey ne l'empêcherait pas de considérer son problème avec bienveillance et de lui tendre une main secourable. Qu'il aille donc le trouver en toute confiance, il éviterait ainsi de se murer dans la haine.

Il quitta sa chambre, avec la ferme intention de rendre visite au bey et de tenter sa chance. Il ne lésina pas sur les préparatifs. Il fit mettre en forme son tarbouche et cirer ses chaussures pour une piastre tout rond – le prix d'un repas complet – sans dissimuler pour autant son air malade, son teint blafard et son corps émacié.

Ayant trouvé dans l'annuaire l'adresse de son parent, rue Fostat à Zamalek [1], il s'y rendit à la hâte.

En chemin, son imagination l'emporta dans le monde des souvenirs enfouis, éclairant la lointaine époque de ses huit ans, lorsque son parent n'était qu'Ahmed effendi Hamdis, ingénieur à al-Qanatir. Sa famille se composait en ce temps-là de sa charmante épouse, de leur fille Tahiyya, alors âgée de quatre ans, et d'un petit garçon de deux ans. C'était un ménage heureux, magnifié par l'extrême beauté de la mère. À cette époque, les Hamdis ne rechignaient pas à fréquenter les Abd el-Dayim, et

1. Quartier résidentiel du Caire, au nord de l'île de Gézira.

Abd el-Dayim effendi ne ménageait pas ses efforts pour faire honneur à sa chère famille. Il fallait le voir courir les marchés, achetant poulets et pigeons pour leur préparer une table accueillante. Lui-même avait gagné les faveurs de Mme Hamdis bey, laquelle faisait l'éloge de son intelligence, s'étonnait de son habileté, et lui confiait Tahiyya pour qu'ils jouent ensemble dans la cour ou dans la rue. À quoi ressemblait Tahiyya aujourd'hui ? Se souvenait-elle seulement de lui ? Cela remontait à quinze ans. Fini, classé, oublié ! Le temps et l'indifférence avaient dû effacer son souvenir. Pourtant, s'ils avaient représenté quelque chose de tant soit peu important, les traces de leur existence devaient subsister au fond des mémoires. Mais les Hamdis n'avaient cessé de s'élever, tandis qu'eux en étaient restés au même niveau de petitesse et d'insignifiance. Al-Qanatir devait être rayé de la carte et ses souvenirs relégués dans les brumes du passé. Au rancart, Abd el-Dayim effendi, l'employé de la compagnie grecque ! Mais à quoi ressemblait Tahiyya aujourd'hui ? Peut-être se souvenait-elle du garçonnet qui la portait à bout de bras et courait avec elle entre la maison et la gare ? Quant à Hamdis bey, il était impossible qu'il ait pu l'oublier, et s'il l'avait fait, il se souviendrait de lui dès le premier coup d'œil et ne refuserait pas de lui prêter main-forte.

Parvenu à Zamalek, il demanda son chemin, puis laissa ses pas le guider jusqu'à la rue Fostat.

Bordée de hauts arbres touffus dont les branches se rejoignaient de part et d'autre pour former une voûte de fleurs écarlates, elle avait le calme et l'opulence de la rue

Rachad-Pacha. Il observa les villas avec le regard étrange de ses yeux globuleux, regard qui semblait dire : « Le malheur peut-il franchir des murs aussi épais ? Ce que disent les prétendus sages est-il vrai, ou bercent-ils les cœurs de ceux qui souffrent ? »

D'un pas assuré, il s'approcha de la villa n° 14 et, d'un ton haut et ferme, demanda au portier à voir le bey. Il précisa qu'il était un parent, qu'il venait pour un entretien, et le Nubien le convia dans le *salamlik* [1], grande salle richement meublée. Jamais il n'était entré dans une pareille demeure ni ne s'était trouvé dans une pièce semblable. Il scruta l'endroit d'un regard où se mêlaient l'étonnement, l'admiration et l'amertume ; levant les yeux sur une fenêtre toute proche, il aperçut un magnifique jardin fleuri… Comment le bey allait-il l'accueillir ? Son épouse s'intéresserait-elle au garçonnet d'antan ? Se souviendraient-ils de l'époque d'al-Qanatir ? S'inquiéteraient-ils de leur vieil ami Abd el-Dayim effendi ? Sauraient-ils s'émouvoir de sa maladie, comprendre le motif qui amenait son fils à frapper à leur huis et l'aider de bon cœur ?

Quelle pièce magnifique ! Aurait-il un jour un palais semblable, sollicité par les quémandeurs de tous ordres ?

Un bruit de pas se fit entendre. Son regard se tourna vers la porte et il vit le bey arriver, qu'il reconnut au premier coup d'œil, malgré l'âge et le sceau des ans.

1. Mot turc désignant dans les maisons bourgeoises cairotes un espace ou « parloir » destiné à l'accueil des visiteurs masculins.

Il se leva promptement et alla poliment, le bras tendu, à sa rencontre. Tandis qu'ils échangeaient une poignée de main, le bey le sonda du regard, puis lui dit en souriant :

– C'est donc bien toi ! Au début, ce nom ne me disait rien, et puis la mémoire m'est revenue. Te voilà un homme maintenant ! Comment vont tes parents ?

« Ce nom ne me disait rien… C'est donc bien toi… » Mahgoub passa outre et répondit d'un ton solennel :

– Ma mère va bien, mais mon père est malade, je dirais même gravement malade…

Ils s'assirent. Le bey avait mis son manteau et s'apprêtait manifestement à sortir.

– Allah le protège ! Qu'a-t-il donc ? s'enquit-il en se redressant sur son siège.

À quoi Mahgoub répondit clairement et distinctement :

– Il a eu une attaque… une hémiplégie qui l'a cloué au lit. Il a dû démissionner, et nous sommes bien mal en point.

Il mit tous ses espoirs en ces derniers mots et épia le bey dès qu'il les eut prononcés. Mais ils ne semblèrent pas produire l'effet escompté. L'homme répondit avec la même expression figée :

– C'est bien triste… Transmets-lui mes salutations, veux-tu… Et toi, Mahgoub, as-tu terminé tes études ?

Cette transition brutale le rendit furieux. La froideur de son interlocuteur l'exaspérait. Mais il se vit obligé de répondre :

– Je passe ma licence le mois de mai prochain.

– Excellent !... Je t'en félicite d'avance...

Puis il ajouta en se levant :

– Je suis désolé de te quitter si tôt, mais j'ai un rendez-vous important.

Mahgoub se leva à son tour, furieux et dégoûté, maudissant intérieurement cette entrevue qui n'avait pas duré plus de deux minutes, après quinze ans d'absence. Le bey n'avait donc pas compris ce qui l'avait poussé jusque chez lui ? Son « nous sommes bien mal en point » ne lui avait pas fait saisir le motif de sa venue ?

Il suivit le bey vers la sortie, en proie à un cruel désarroi...

Que faire ? Agripper son bras et crier : « Je suis pauvre, sans le sou, j'ai un besoin urgent de votre aide, tendez-moi la main ! » Il s'apprêtait à le faire, au mépris de tout, quand il aperçut, à quelques pas de là, une jeune fille et un tout jeune homme qui montaient tranquillement l'escalier. À leur vue, son élan se brisa, son regard se figea. Il reconnut aussitôt Tahiyya, malgré le contraste entre l'image de la beauté offerte à ses yeux et celle repliée dans sa mémoire. Il comprit également, par sa ressemblance avec le jeune homme, que celui-ci était son frère. Oubliant sa résolution, il s'abandonna à une soudaine nonchalance... teintée d'orgueil.

Le bey sourit à ses enfants et leur dit, en désignant Mahgoub d'un signe de tête :

– L'ustadh Mahgoub, un parent... Ma fille Tahiyya et son frère Fadil !

Ils se serrèrent la main, et Mahgoub affirma, souriant :

– Je me souviens très bien de vous !

– Alors passez un moment ensemble ! conclut le bey en se hâtant vers la voiture qui l'attendait.

Rester avec eux ?… Ils échangèrent des regards pleins de curiosité amusée.

Fadil était un beau garçon, d'allure altière, et il le détesta au premier coup d'œil. Quant à Tahiyya, c'était une jeune fille splendide. Ihsane Shehata était sans doute plus aguichante, mais Tahiyya était l'image de l'élégance et de la majesté, le vivant symbole de l'aristocratie.

Il en fut ébloui. Il découvrait en elle l'incarnation de cette vie grandiose, de ce mirage qui consumait son cœur. Elle enflammait son esprit, aiguisait ses ambitions, mais sans embraser sa chair comme Ihsane, ni même éveiller en lui un noble sentiment – il ignorait les nobles sentiments ! Elle lui inspirait seulement un émerveillement mêlé de rancœur, un désir teinté de défi. Aussi, mû par une vague envie de la dompter, de la prendre de force, il décida sur-le-champ de rester avec eux…

Ils s'assirent tous trois dans la luxueuse chambre d'amis. Il savait que son aspect miséreux ne leur échapperait pas, mais il accueillait cette pensée avec mépris. Il jouissait en vérité d'une étonnante faculté de vaincre l'embarras et la pudeur, de se cuirasser d'un mépris sans limites.

– Vous vous souvenez vraiment de nous, ustadh Mahgoub ? demanda Fadil avec un sourire.

– Il y a quinze ans, nous habitions le même village, répondit-il calmement. Le bey était ingénieur à al-Qanatir et nous jouions ensemble dans le « jardin » de notre maison.

– Je n'ai aucun souvenir de cette époque ! s'étonna le jeune homme.

– Et moi guère davantage…, ponctua Tahiyya d'une voix polie, en parfaite harmonie avec son apparence.

Il se sentit blessé et escamota ses sentiments derrière un sourire.

– Vous étiez petits… et moi j'avais huit ans.

Fadil hocha la tête, attendri, et demanda :

– Vous avez fini vos études ?

Cette question faisait-elle décidément partie des usages aristocratiques ?

– Je termine en mai ! répondit-il.

– Quelle faculté ?

– Lettres…

– Nous sommes heureux de retrouver un si proche parent, ponctua Fadil de son ton précieux.

Il répondit aussitôt :

– Et moi plus heureux encore d'en retrouver deux !

Tahiyya, qui l'observait avec des yeux de femme, reprit, pour faire conversation, comme il se doit :

– Nous ne sommes pas retournés à al-Qanatir depuis notre déménagement…

Contrairement à son habitude, Mahgoub se sentit gêné. Devait-il les inviter au village pour revoir la maison et le « jardin » où ils jouaient autrefois ? Mais Fadil le tira de l'ornière en s'adressant à sa sœur d'un ton railleur.

– Tu n'as même pas visité Le Caire, et pourtant tu y vis ! Tu n'en connais que les salons et les cinémas !

Tahiyya sourit, le rouge aux joues, et rétorqua :

– Méchant, tu exagères… Tu sais bien que je connais tout Le Caire, du musée des Antiquités aux Pyramides, que j'ai visitées comme les touristes !

Mahgoub eut une inspiration subite, et il déclara, tiré d'affaire :

– Le musée des Antiquités égyptiennes et les Pyramides sont des spectacles surfaits. Avez-vous visité les nouvelles fouilles ?

– Les nouvelles fouilles ? s'enquit Tahiyya en se tournant vers lui.

– Les fouilles de l'université ! opina-t-il, comme s'il les avait personnellement découvertes. À quelques minutes de marche de la grande pyramide. Un endroit étrange, entouré de fils de fer barbelés. Tous les archéologues sont des camarades de faculté. Quand y allons-nous ?

– Je ne sais pas exactement, mais j'irai un jour ou l'autre ! dit-elle, conquise. N'est-ce pas, Fadil ?

L'intéressé répondit distraitement, gagné par une vague lassitude :

– Naturellement… naturellement…

La visite s'acheva. En traversant le jardin de la villa, Mahgoub eut le sentiment que pouvait naître entre eux quelque chose de semblable à ce qu'il est convenu d'appeler l'amitié, et il se demanda si cette amitié porterait ses fruits ou s'il ressortirait de cette expérience, comme de sa visite au bey, les mains vides…

Il se retrouva rue Fostat, fouetté par un petit vent glacial venu soudain, qui agitait les branches dans un bruissement sonore et s'engouffrait entre les murs des villas avec un sifflement assourdissant. Un tressaillement s'empara de son corps fatigué et agita ses membres. *Amshir* [1] est rude pour les faibles et les affamés ! Mais ses pensées l'arrachèrent aux choses alentour, et il poursuivit son chemin, presque inconscient du froid.

Il songea à Fadil, compara sa situation à la sienne : d'un côté la santé, la beauté, la richesse, de l'autre la maladie, la laideur, la pauvreté. Pourtant ils étaient parents ! Quant à Tahiyya, c'était une jeune aristocrate, un vivant symbole du monde dont il rêvait. L'emmènerait-il un jour aux Pyramides ? Une telle fille était une clé magique, capable d'ouvrir les portes closes et de faire des miracles ! Il y réfléchit longuement. Mais pouvait-il décemment rêvasser ainsi, en oubliant les soucis du

1. Sixième mois du calendrier copte (mi-février-mi-mars).

moment ? Où trouver l'argent pour le manuel de latin ? Comment juguler cette faim qui menaçait son corps et son esprit ? Diable ! Est-il de plus grande preuve de l'insignifiance de l'homme que son besoin vital de nourriture ? Cette nourriture arrachée à la glèbe que des détritus fertilisent, et qui constitue la base et la substance de la vie, le terreau de la pensée, le véritable créateur de l'idéal ! N'est-ce pas la preuve que l'essence même de l'homme est souillure et bassesse ?

Il pressa le pas. Le vent continuait de hurler avec férocité ; le ciel se chargeait de nuages sombres, les eaux émeraude du Nil s'ébrouaient dans un tumulte tapageur. Il jeta à la ronde un regard courroucé, puis cracha par terre avec mépris comme s'il déclarait son hostilité au monde entier. N'était-ce pas déraisonnable d'emprunter ? Mais à qui ? Et comment rembourser ? Le mois à venir ne serait pas meilleur que le précédent. Peut-être même pire. Alors, que faire ? Si au moins il connaissait la technique des pickpockets ! De vrais magiciens ! Tout ce que les gens ont dans leurs poches leur appartient. Les dirigeants de ce pays le savent depuis longtemps… Que faire ? Revenir à la charge avec Hamdis bey ? Aller le trouver au ministère et lui demander ouvertement de l'aide ?… L'image de Tahiyya vint troubler ses pensées. Tahiyya et son port aristocratique, sa noblesse. Voulait-il qu'elle sache qu'il n'était qu'un pauvre, un mendiant ?

La jeune fille le troublait, mais pas jusqu'au délire, comme Ali Taha. Ce n'était qu'un appétit nouveau, pareil à celui qui le liait à Ihsane, ni platonique ni passionné. Le plus étonnant, c'était cette confiance qu'il avait en lui-même. Cela procédait sans doute de sa nature hardie et intrépide, et du fait qu'il partageait avec les gens du peuple la conviction de leur supériorité sexuelle sur les riches. Ainsi était-il sincèrement persuadé que Tahiyya n'était pas hors de portée de ses ambitions. Rien ne pouvait endiguer ses rêves, et sa faim les attisait. Cette faim qui changeait ses études en une lutte amère, et ses nuits en torture.

Et le livre de latin ? La barbe ! Comment donc se procurer l'argent ?

Il se réveilla le lendemain matin, l'esprit plus serein. Les fantasmes éveillés par la visite chez les Hamdis s'étaient apaisés. Cela lui permit d'arrêter son jugement et de décider, dût-il sacrifier l'amitié de Tahiyya et de Fadil, d'aller trouver Hamdis bey au ministère pour solliciter son aide. Force lui fut ce matin-là de renoncer à la faculté et, se privant de petit déjeuner afin d'économiser le prix du ticket de tramway aller-retour, il se mit en route sans tarder.

Il arriva au ministère des Travaux publics à dix heures tapantes et, introduit auprès du secrétaire de son oncle, un homme d'une quarantaine d'années, il le salua poliment.

– Je souhaiterais voir Son Excellence le bey.

– Qui êtes-vous ?

– Un parent… Mahgoub Abd el-Dayim.

Le secrétaire le toisa un instant puis disparut. Mahgoub en profita pour réfléchir à ce qu'il allait dire, et donner à sa requête un accent émouvant. L'homme revint au bout de quelques minutes, se rassit à son bureau et déclara :

– Le bey préside aujourd'hui le Conseil consultatif. Revenez un autre jour…

La réponse le sidéra, le terrassa, tel un coup assené sur son crâne.

– Mais je dois le voir pour une affaire très importante ! insista-t-il, suppliant.

– Par Allah, je n'en doute pas… mais ce sera un autre jour !

– Je peux attendre une heure ou deux…

– Eh bien, revenez en soirée, si vous y tenez…, trancha l'homme, comme pressé d'en finir.

Il quitta les lieux, écumant de colère. Quoi ? Laisser le tram lui manger ses derniers sous ? Ça non ! Au diable le bey et son Conseil consultatif ! Il comprit que s'il voulait rencontrer le bey et limiter les frais de transport, il devrait attendre en ville jusqu'en fin d'après-midi. Aussi, ne pouvant plus contenir la faim qui lui tordait l'estomac, il marcha vers la place al-Azhar en quête d'un marchand de *foul* et, sitôt avalée la pitance qu'il ingurgitait résolument depuis trois semaines, il prit le chemin de Qasr al-Nil afin de passer sa longue attente dans ses jardins.

Il marchait dans le froid, sous un ciel chargé de nuages, le front bas, remâchant avec colère : « Cette crapule m'a humilié… Cette crapule m'a humilié… » Pourtant, il était obligé de revenir à la charge. Il devait absolument se faire un ami de cet ennemi ; c'était une des épreuves qui étaient son lot en ce monde. Il passa ses doigts sur son front brûlant et se répéta : « Je ne gémirai pas. Je ne plierai pas. Si pénible que soit la faim qui me torture, je ne me mettrai pas à brailler avec les lâches en appelant Allah à mon secours ! »

Ses pas le conduisirent au jardin public où, tantôt assis, tantôt marchant, il s'employa à tromper cette pesante attente. Les membres gelés, l'estomac noué, il songea avec effroi : « Peut-être que ces jours sombres vont laisser en moi des traces indélébiles ! » Son pâle visage s'assombrit, et une lueur d'angoisse et de tristesse passa dans ses yeux.

Au bout d'une demi-heure, tandis qu'il longeait le Nil, ne sachant où puiser la force de patienter jusqu'à l'heure du rendez-vous, il avisa soudain, non loin de l'entrée secondaire du Jardin andalou, deux jeunes filles qui approchaient, souriantes, en pleine conversation. Jetant sur elles un rapide coup d'œil, il reconnut – surprise ! – Tahiyya Hamdis, qui, distraite par les propos de sa compagne, ne l'avait pas vu. L'apparition soudaine de la jeune fille produisit en lui un effet prodigieux et coupa net le fil de ses pensées. Oublié son père et le Conseil consultatif ! Oubliées les affres de la faim ! Il ne pensa plus qu'à une chose : l'aborder.

Insoucieux de sa mise comme de la présence de l'autre jeune fille, il la dévisagea avec insistance. Le drapé de son manteau gris cendre la nimbait d'une grâce aristocratique. Alertée sans doute par le feu de son regard, elle leva les yeux dans sa direction et, lorsqu'elle parvint à quelques pas de lui, il se plaça sur son chemin et inclina la tête en guise de salut.

Le beau visage trahit d'abord la surprise, puis s'empourpra. Elle lui adressa un rapide coup d'œil, lui tendit la main et lui présenta son amie ; ils restèrent un temps immobiles, plongés dans une sorte d'embarras. Il avait exécuté son projet, mais ne savait plus que dire. Il se rabattit donc sur les banalités de rigueur.

– Comment vont vos chers parents ?

– Bien, merci ! répondit-elle avec sa délicatesse naturelle.

Le souvenir des fouilles de l'université le sauva et, ravi d'avoir trouvé un sujet de conversation, il déclara :

– Cette rencontre est pour moi l'heureuse occasion de vous rappeler que... tout être libre honore ses promesses !

– Je ne comprends pas..., dit-elle en fronçant les sourcils.

– Les fouilles... les fouilles de l'université ! dit-il d'un ton réprobateur.

– Oh ! non, non... je n'ai pas oublié...

– Alors quand ?

– Comment, « quand » ?

– Oui, soyons pratiques. Que diriez-vous de vendredi prochain, dans l'après-midi ?

Elle marqua une hésitation puis répondit, enchantée par la proposition :

– Très bien !

– Et Fadil bey ?

– Je lui en parlerai.

– Fixons une heure !

– Nous ne voudrions pas vous déranger. Votre heure sera la nôtre.

– Seize heures, devant la station d'autobus, place Guizeh.

Ils se saluèrent et chacun alla son chemin.

Un succès renversant, au-delà de toute espérance ! Le rêve était devenu rendez-vous ! Certes, il avait bien vu que la copine l'inspectait de la tête aux pieds, mais qu'importaient les apparences ? « Une seconde femme appauvrit son homme[1]. » À plus forte raison s'il s'agissait de Mahgoub Abd el-Dayim ! En somme, il était fort probable que leur relation se précise, et ce n'était pas rien. Tahiyya pouvait donner des ailes aux plus chanceux. C'était en outre un être précieux et distingué. Alors qui sait ?... Par ailleurs, il se rendait compte qu'il ne lui était plus possible d'aller solliciter Hamdis bey. Comment concevoir qu'il aille aujourd'hui quémander auprès du père, puis retrouver sa fille le lendemain, en tout bien tout honneur ? Le ferait-il, l'homme interdirait aussitôt à la belle de fréquenter un misérable de son espèce ! D'ailleurs, elle-même s'y serait sans doute refusée par amour-propre.

C'était donc les sous, ou le rendez-vous ! Mais non, il n'avait plus le choix. Comment laisser passer une telle occasion ? Résultat, après tout le mal qu'il s'était donné,

1. Paraphrase d'un hadîth.

il en était encore à se demander ce qu'il pouvait faire ? Comment trouver l'argent ?

Il marchait d'un pas vif, soucieux, perplexe, l'esprit travaillant sans relâche, quand il repensa soudain à l'ustadh Salim al-Ikhshidi. Ses yeux globuleux s'allumèrent. Mais oui ! C'était un ancien voisin. Il n'était ni Ma'moun Radwan ni Ali Taha, et il ne verrait pas d'inconvénient à lui venir en aide. Pourquoi ne pas aller le voir ? Voilà une bonne idée ! Il était à peine midi, et le ministère se trouvait à une demi-heure de marche tout au plus. Il ne devait pas hésiter. Il s'y rendit sans plus tarder.

Il demanda le bureau de l'ustadh Salim al-Ikhshidi, secrétaire de Qasim bey Fahmi.

– « Directeur de cabinet » ! rectifia-t-on.

On lui indiqua une porte devant laquelle se tenait un huissier, grand, les épaules larges et la moustache fournie. Il demanda à être introduit.

L'homme disparut quelques instants, puis revint et l'interpella d'une voix rogue :

– Entrez !

Dans la pièce, une foule d'hommes et de femmes attendaient assis. Al-Ikhshidi et son bureau disparaissaient derrière un demi-cercle de fonctionnaires venus soumettre leurs dossiers. Mahgoub regarda autour de lui en se demandant quand cette marée humaine allait se disperser et lui laisser l'occasion de s'exprimer.

La voix d'al-Ikhshidi résonnait dans la pièce, tonitruante, autoritaire, aboyant ses remarques, critiquant par-ci, rabrouant par-là, tandis que ses subalternes ânonnaient de vagues commentaires, justifications et excuses.

Enfin ces derniers rassemblèrent leurs feuillets et quittèrent les lieux en file indienne.

Le directeur s'avisa alors de la présence du jeune homme. Il lui tendit la main, le pria de s'asseoir, puis, se tournant vers les visiteurs, alluma une cigarette et en tira une profonde bouffée dont il recracha la fumée avec délectation, le visage baigné de plaisir et d'arrogance. Mahgoub l'épiait du coin de l'œil. L'homme semblait heureux et repu. Nul doute qu'il avait déjeuné le matin même de beurre, de crème, de miel… Tout en lui respirait la santé, bien calé qu'il était dans son confortable fauteuil. Il ne lui inspirait que du dégoût, et Mahgoub pensa, sarcastique : « Pourquoi n'accroche-t-il pas aux murs de cet imposant bureau la photographie de cette chère madame sa mère dans sa *galabiyya* noire toute souillée de brins de paille ! »

Les visiteurs lui présentaient les habituelles requêtes. Les uns le priaient de les exonérer de leurs frais de scolarité, une telle le pressait d'intercéder en faveur du cinquième échelon de son fils, tel autre lui demandait de faire muter au Caire un proche parent en service depuis vingt ans à la campagne, tel jeune homme voulait dédicacer au grand bey son ouvrage sur la vie de l'enfant jusqu'à sa cinquième année… Tous lui donnaient du « Votre Excellence le bey », respectueux de son importance, soumis à son emprise, et lui leur répondait avec une nonchalance calculée, faite d'orgueil et de fatuité.

Mahgoub attendait avec une angoisse douloureuse que « Son Excellence le directeur » fût tout à lui, lorsque le miracle se produisit et que la salle se vida. Al-Ikhshidi se tourna alors vers le jeune homme et soupira :

– Voilà mes journées ! Et je recommence le soir au palais du bey…

Mahgoub pensa, ulcéré : « Tu ne voudrais tout de même pas que je prie Allah de soulager ta peine ! » Puis, à voix haute, avec un sourire flatteur :

– À tout seigneur tout honneur !

Al-Ikhshidi hocha sa grosse tête. Il passait son temps à vanter ses mérites et à rabaisser ceux des autres, et était connu pour l'intransigeance de ses propos et son égale pugnacité envers ses ennemis et ses amis. On disait à juste titre qu'il avait bâti sa vie sur l'acharnement au travail, la promotion de sa personne et le dénigrement de ses rivaux. Son égoïsme lui faisait voir comme ennemis la majorité des personnes à qui il avait affaire, et rares étaient ceux qui échappaient à ses sévices. Peu lui importait l'opinion des gens à son endroit, et il semblait préférer qu'on dise de lui « quel homme redoutable ! » plutôt que « quel brave homme ! ». Et s'il avait vent d'une critique à son encontre, il répliquait avec mépris : « L'ami du droit n'a pas d'amis ! »

Il hocha sa grosse tête et reprit :

– Je n'arrête pas ! Mais en suis-je pour autant à l'abri des calomnies ? Pensez-vous ! Il y en aura toujours un pour dire : « Al-Ikhshidi a été propulsé au cinquième échelon avec seulement deux ans d'ancienneté dans le sixième ! »

Mahgoub répliqua d'un air faussement outragé :

– Comme si on donnait de l'avancement aux personnes sans compétences !

– Je suis censé travailler dans un ministère, mais j'officie dans une poubelle !... Mais dis-moi, mon garçon, que puis-je faire pour toi ?

Mahgoub ravala sa salive, se redressa sur son siège, et commença, d'un ton presque suppliant :

– Salim bey, vous êtes un voisin de longue date, un vieil ami et... notre seul recours dans les moments difficiles. Votre Excellence, mon père est cloué au lit, nous sommes dans la misère, et moi dans une tragique impasse. Je n'ai plus d'argent. Permettez-moi de vous demander de l'aide...

Al-Ikhshidi l'examina de ses yeux ronds et comprit qu'il avait faim. Qu'importe ! Il n'avait pas l'habitude de faire l'aumône, ni la charité. Il n'était pas de ces « faibles » qui se laissent attendrir au spectacle de la misère. Aussi considéra-t-il le jeune homme et sa requête comme une brindille venue entraver le cours de ses pensées, et qu'il résolut de balayer sans plus attendre. Mais que devait-il faire ? S'excuser ? Il détestait s'excuser, surtout lorsqu'il avait affaire aux impuissants. Soudain, une idée lui vint, et il demanda à Mahgoub :

– Est-ce que tu maîtrises le français et l'anglais ?

Mahgoub sentit ses espoirs s'effondrer. Il attendait bien autre chose que cette question. Au fait, pourquoi la lui posait-il ? Néanmoins il opina :

– Oui, je les connais bien tous les deux.

– Parfait ! Connais-tu la revue *L'Étoile* ? Son directeur est un ancien camarade de faculté, il t'embauchera sûrement, par égard pour moi.

– Pour traduire ?

– Oui. Des articles, des pages humoristiques. Tiens, voici ma carte. Va le voir de ma part. Je lui parlerai de toi au téléphone. Maintenant, désolé, mais je dois voir le bey et lui présenter mon rapport... N'est-ce pas une plus digne et meilleure solution pour toi ?

Al-Ikhshidi se leva, cala un dossier dans sa main gauche et tendit la droite à Mahgoub.

– Ce travail est bien payé ? insista le malheureux en lui tendant la sienne.

Al-Ikhshidi éclata de rire – comme il lui parut odieux alors ! – et rétorqua :

– Tu sais ce qu'on dit de la fortune des journalistes !... Disons que tu trouveras là de quoi parer au plus pressé...

Sur ces mots, l'homme le précéda vers la sortie. À bout de patience, Mahgoub fut à deux doigts de l'interpeller pour lui soutirer quelques piastres. Mais la porte s'ouvrit, et l'huissier apparut avec son imposante stature. Mahgoub sortit, la carte de visite à la main, et quitta le ministère, ahuri et désorienté. Son problème était toujours là ! La revue *L'Étoile*, en admettant que sa démarche aboutisse, ne serait qu'un pis-aller. Alors que faire ? Comment se procurer l'argent ? Quinze heures approchaient. Il faisait aussi froid que dans la matinée, et il arpenta la rue sans but, la tête lourde, désespéré. Se sentant rejeté du monde entier, il ferma son poing en signe de menace et murmura furieux, un sanglot dans la voix : « Ils me le paieront tous ! » Il s'aperçut alors qu'il ne lui restait plus qu'à solliciter Ali Taha ou Ma'moun Radwan. Comme il haïssait l'idée de tendre la main vers eux ! Mais il était acculé, et il fallait bien se résoudre à l'inévitable.

Il marcha vers l'arrêt du tramway en se demandant qui choisir. Tous deux avaient l'âme noble. S'il n'aimait pas Ali, il ne détestait pas Ma'moun. En outre, celui-ci était un être pieux et pudique, par là même capable de garder son secret, de ne pas l'ébruiter, et de fermer les yeux s'il tardait à rembourser sa dette.

Il se dirigea vers le foyer des étudiants et monta dans la chambre de Ma'moun Radwan. Le jeune homme l'accueillit avec un plaisir évident.

– Pourquoi n'étais-tu pas à la faculté aujourd'hui ? s'étonna-t-il.

– Mon frère, je suis aux abois ! J'en vois de toutes les couleurs…

Ma'moun scruta son visage de ses yeux noirs en amande, et fut effrayé par la maigreur et la détresse qu'il y vit.

– Qu'as-tu, ustadh Mahgoub ? demanda-t-il, anxieux.

– Les temps sont durs. J'ai dépensé ma dernière piastre et je n'ai pas un centime pour payer le livre de latin !

Ma'moun se leva d'un bond, sans mot dire, s'approcha du portemanteau, glissa sa main dans la poche de sa veste et en tira trois billets de dix piastres qu'il tendit à son ami. Mahgoub s'en saisit, incrédule, ouvrit la bouche pour le remercier, mais le garçon posa un doigt sur ses lèvres en murmurant :

– Chut…

Il quitta le foyer tête basse, sans même un regard sur la maison d'Ihsane. Il était à la fois satisfait et furieux. Satisfait d'avoir l'argent, furieux d'être débiteur de Ma'moun Radwan.

Le vendredi venu, il se rendit à la station d'autobus un peu avant son rendez-vous, en se demandant si le frère et la sœur allaient tenir promesse. Or, à l'heure dite, une luxueuse automobile s'arrêta non loin, et le beau visage s'encadra dans la vitre.

Il accourut, le cœur battant. La portière s'ouvrit. Il s'engouffra dans la voiture et… s'aperçut que Tahiyya était seule ! D'abord étonné, il céda bien vite à la joie parfaite qui l'envahissait. Il demanda néanmoins, pour la forme :

– Où est Fadil bey ?

La jeune fille ordonna au chauffeur de démarrer, puis elle se tourna vers Mahgoub et répondit, confuse :

– Nous sommes partis ensemble, mais comme il a rencontré des amis en chemin, il s'est ravisé et m'a chargée de vous transmettre ses regrets.

Mahgoub baissa la tête pour dissimuler sa joie et s'enquit poliment :

– Comment vont vos chers parents ?

– Très bien… Ils vous remercient de cette promenade.

– Oh ! ce n'est rien… ce n'est rien…

– Nous allons voir de belles choses, n'est-ce pas ? fit-elle, enjouée.

– C'est certain ! affirma-t-il, bien que ce fût sa première visite des fouilles.

Un silence suivit. Tahiyya se tourna vers la vitre, et il se mit à la dévisager de biais. C'était la première fois qu'il se trouvait seul avec une créature féminine digne de ce nom. Et où ? Dans une luxueuse limousine « à faire pâlir les badauds d'envie » – il préférait cette formule à « réjouir l'œil des badauds ». Les narines grisées par le parfum subtil de Tahiyya – et non l'éternelle odeur de sueur et de poussière mêlées ! –, il eut l'impression d'aspirer une bouffée d'oxygène. Dès lors, par nature peu enclin aux visions nobles et pures, il n'eut plus qu'un désir, se jeter sur elle, désir qu'il sentait monter doucement dans ses veines.

Il regarda au-dehors, se demandant pourquoi Fadil leur avait fait faux bond. Avait-il aperçu une jolie fille et couru après ? Ou Tahiyya avait-elle manœuvré pour s'en débarrasser ? Chatouillé par son orgueil sexuel, il pensa : « Elle et moi sommes du même sang et, comme on dit, sang partagé a ses affinités ! Rien n'est impossible. Si ton intuition est bonne, tu vas vivre des choses qui vont te réjouir ! Mais… le chauffeur ? Aucune importance… Il ne croit sans doute pas qu'on puisse être riche et vertueux à la fois. Sûr que ces gens sont dressés à fermer les yeux. C'est évident… Ou pourquoi diable serait-elle venue seule ? Quel bel adage que celui-ci : Lorsqu'un homme et une femme sont seuls, le diable est leur compagnon. »

Où était donc ce diable, qu'il puisse se prosterner devant lui, lui baiser les pieds ? Depuis le temps qu'il était son adepte, son disciple, ne pouvait-il lui faire la grâce d'un beau geste ?

Il détourna son regard de la vitre et, pris du désir de la faire parler, demanda :

– Mademoiselle est à l'université ?

Elle secoua la tête et répondit en souriant :

– À l'Institut Banat al-Ashraf !

– Merveilleux… ! s'exclama-t-il avec fougue.

– Que comptez-vous faire après la licence ? l'interrogea-t-elle à son tour.

La question le surprit. Les gens de son milieu envisageaient l'avenir avec tristesse et désespoir. Les meilleurs d'entre eux croupissaient derrière les bureaux des ministères et éventaient de leur diplôme leurs visages qui suaient à l'étuve du huitième échelon. Toutefois, s'armant de son audace habituelle, il chassa son embarras et mentit effrontément, avec aplomb et assurance :

– J'ai deux possibilités, entrer dans la carrière diplomatique ou préparer le doctorat pour enseigner à l'université.

– Merveilleux…, opina-t-elle avec un sourire.

Pourquoi avait-elle repris son expression ? La diablesse le cherchait-elle, ou agissait-elle en toute innocence ? Curieux d'en savoir plus, il demanda :

– Laquelle préférez-vous ?

– Moi ? Mais c'est votre affaire !

– La vôtre aussi, puisque nous sommes parents ! répliqua-t-il insidieusement.

Elle rougit.

– La diplomatie, c'est mieux...

L'image de Hamdis bey lui vint à l'esprit, intercédant en sa faveur pour sa nomination au ministère des Affaires étrangères...

– C'est bien mon avis ! dit-il. Quoi de plus beau que de passer sa vie entre Bruxelles, Paris et Vienne ?

– Ou entre Damas, Ankara et Addis-Abeba ! rétorqua-t-elle dans un éclat de rire.

Il rit avec elle et renchérit sournoisement :

– Ces capitales-là, on n'y va pas quand on est parent de Hamdis bey !

Ils échangèrent un sourire. Jugeant qu'il en avait assez dit, il pensa, satisfait : « Suffit pour le moment. » Quant à l'avenir, son cœur lui disait que cette fille ne disparaîtrait pas comme ça de sa vie. Qui sait ? Il ne manquait pas d'audace. Peut-être même en ce domaine péchait-il par excès !

Il s'abandonna au flux de ses pensées, jusqu'au moment où il s'aperçut que la voiture gravissait la route sinueuse menant au plateau des Pyramides. Parvenus à destination, ils descendirent devant la plus grande, celle de Khéops.

– Les fouilles sont là-bas, dit-il, derrière le Sphinx, à quelques centaines de mètres.

Ils se mirent en marche sur un sol inégal. Les pieds s'enlisaient dans le sable et en sortaient malaisément. C'était la fin de l'après-midi. Il faisait froid, mais dans le ciel limpide brillait un franc soleil. À la lumière crue du jour, les vêtements de Mahgoub apparaissaient dépourvus d'élégance et de cachet. Il s'en inquiéta et pensa avec humour : « Elle se demande peut-être pourquoi Son Excellence l'ambassadeur n'a pas de manteau ! » Après vingt minutes de marche, la zone de fouilles apparut, entourée de fils de fer barbelés, et Mahgoub murmura :

– Nous y sommes…

Il s'approcha du gardien, l'envoya porter un mot au responsable du site, et l'homme revint avec ordre de les laisser entrer. Un jeune homme d'une trentaine d'années, ami de Mahgoub, vint à leur rencontre, les accueillit chaleureusement et dit en s'excusant :

– Vous ne pouvez visiter que les sites accessibles, où les fouilles sont achevées. Malheureusement, je ne peux pas vous y accompagner. Je suis débordé. D'ailleurs, je ne pense pas que vous ayez besoin d'un guide… (Mahgoub acquiesça d'un signe de tête.) Bon ! Vous avez là-bas le temple du Soleil, annexe de l'ancien temple connu sous le nom de temple du Sphinx et, à côté, la partie postérieure de la tombe du prince Sennefer.

« Allah, en vertu d'une sagesse dont il a le secret, songea Mahgoub, a décrété qu'elle et moi serions seuls aujourd'hui… Si toute la sagesse d'Allah est de cet acabit, alors je veux être croyant ! »

Il conduisit son précieux trésor vers le temple du Soleil, descendit un escalier de construction récente, et ils se retrouvèrent dans un vestibule au sol de granit, bordé de part et d'autre d'une double rangée de colonnes, dépourvu de toiture, et qui ne présentait rien de sensationnel ni de remarquable. Tahiyya jeta autour d'elle un regard dédaigneux, au point que Mahgoub, pas moins déçu qu'elle, s'exclama, soucieux de souligner l'intérêt de la visite :

– Regardez comme ces colonnes ont su défier le temps !

Elle répondit avec un sourire narquois :

– Elles seraient détruites que ça ne changerait rien !

– Si nous pouvions lire les hiéroglyphes, nous apprendrions des choses stupéfiantes ! insista-t-il en montrant les bas-reliefs sur la pierre

– Vraiment ?

– C'est certain ! Vous ne connaissez pas l'histoire des Pharaons ?

Elle secoua la tête, et ainsi prit fin la première partie de la visite.

Alors qu'ils approchaient de la tombe située à l'arrière du temple, Tahiyya demanda :

– Il n'y a rien d'autre à voir ?

Mahgoub sentit qu'elle se lassait et répondit, gêné :

– Il y a beaucoup d'autres monuments, mais ils ne sont pas ouverts à la visite…

Ils descendirent quelques marches et se retrouvèrent dans une petite salle allongée, aux murs ornés de bas-reliefs et de fresques, où ils tenaient juste debout. Ils embrassèrent l'endroit d'un regard circulaire, puis Mahgoub s'approcha des peintures et dit à voix basse :

– Voyons les fresques… Regardez ces teintes vives…

Ils commencèrent par le pan de mur adjacent à l'entrée, où était représenté le propriétaire de la tombe, avec sa femme à sa gauche, leurs enfants entre eux, et leurs serviteurs s'activant tout autour.

La fresque du mur suivant évoquait un vaste champ labouré par des bœufs attelés aux araires, avec çà et là des paysans nus. Tahiyya s'en détourna aussitôt et passa au mur suivant. Comprenant qu'elle s'esquivait, embarrassée par le spectacle de la nudité, Mahgoub se mit à scruter la scène de ses yeux globuleux, et un sourire vicieux glissa sur ses lèvres. Il reprit soudain conscience de leur solitude, et son sang se figea dans ses veines.

Il demeura planté là, les yeux rivés aux corps dénudés, bouleversé par cette évidence fabuleuse : ils étaient seuls, tous les deux, devant des gens nus.

À force de regarder, il eut l'impression que les personnages prenaient chair devant lui, que la vie s'insinuait en eux, que le sang affluait dans leurs veines, que leur peau se parait de cet incarnat aux reflets brillants, qu'étincelaient dans leurs yeux des lueurs fugaces, et que leurs cous se tendaient vers… la jeune fille effarouchée, aux joues enflammées par la honte. Son cœur se mit à battre violemment, sa chair à s'embraser au feu de l'émotion. Il s'efforça en vain de se dominer. Il se souvint qu'elle était venue seule, se remémora leur conversation dans l'auto, sa compagnie agréable, s'avisa de leur présence ici, seuls tous les deux dans cette tombe, nimbés du silence des générations, et il s'imagina le fruit prêt à cueillir. Son excitation redoubla ; il ne fut plus bientôt qu'un fauve privé de raison et de volonté. Il déglutit, avec un petit bruit étrange, et demanda, rivant son regard désormais aveugle sur les hommes nus :

– Vous n'admirez pas ce tableau si vivant ?

Elle répondit sèchement, d'un ton désabusé :

– Je n'y ai rien vu d'intéressant…

Il baissa la tête et murmura dans un souffle :

– Vous êtes bien difficile, mademoiselle !

Il fit un pas pour se rapprocher d'elle, et se mit à étudier à ses côtés l'image d'un serviteur pétrissant la pâte. Puis, se penchant légèrement, comme pour regarder de plus près un détail de la scène, il lui frôla l'épaule, la main, se redressa soudain, la regarda droit dans les yeux et dit d'une voix tremblante :

– Quelque chose vous a déplu ?

– En fait, nous n'avons rien vu qui valait le déplacement ! dit-elle sans détour, avec un léger rire.

À quoi Mahgoub répondit de sa voix tremblante, les yeux rivés aux siens :

– Pourtant l'endroit est calme et beau !

Soudain consciente du tressaillement de sa voix, de son regard brûlant et acéré, elle se troubla, baissa les yeux, puis plissa le front, désemparée.

– Il est temps de rentrer…, dit-elle.

Il secoua la tête, voulut parler, mais ne put prononcer un mot. Il lui prit la main, mais elle la retira sèchement en lui décochant un regard offensé. Passant outre, il saisit de nouveau sa main et supplia, le visage parcouru de convulsions :

– Restons encore un peu…

À ces mots, possédé par le démon du désir, il l'attira violemment à lui, l'entoura de ses bras et fondit sur elle, la bouche avide. Mais, de sa main droite, elle le repoussa et, rejetant la tête en arrière, son beau visage crispé par la colère, elle s'écria d'une voix qui résonna crûment dans la tombe silencieuse :

– Vous êtes fou ? ! Laissez-moi ! Lâchez ma main !

– Ne vous fâchez pas…, l'implora-t-il, comme ivre de douleur. Je vous en prie… venez… venez contre moi !

Mais, avec une force insensée, insoupçonnée, elle se libéra de son étreinte et cria d'une voix implacable :

– Restez où vous êtes ! Gardez-vous de me toucher ou de me barrer le chemin !

Sur ces mots, elle gagna la porte. Il la laissa passer et la suivit, le front bas, silencieux, accablé par la honte et l'ignominie. Sur le chemin qu'ils avaient emprunté en joyeux camarades, ils repartirent, silencieux, Tahiyya la tête haute, orgueilleuse et méprisante, son beau visage teinté du sang de la colère.

Comment expier sa faute ? Plus le silence perdurait, plus il se sentait vaincu, accablé, au point qu'il se demanda, repentant, s'il n'aurait pas mieux fait de prendre son temps. « On dirait qu'on ne traite pas une fille comme Tahiyya et la ramasseuse de mégots de la même façon ! », songea-t-il avec regret. Sans doute ne lui avait-il pas donné son lot de prévenances et d'assiduités. S'il s'était armé de douceur et de patience, il l'aurait eue, c'était sûr… Ah ! ce satané désir. Il venait de lui faire rater une belle occasion.

Ils atteignirent la voiture et Tahiyya lui dit sans un regard, d'un ton sans réplique :

– Restez où vous êtes !

Elle monta, ferma la portière, et ordonna au chauffeur de démarrer. Il suivit des yeux l'automobile jusqu'à ce qu'elle disparaisse à sa vue, le laissant seul au pied des Pyramides. Il resta là un instant – comme elle le lui avait ordonné – décontenancé, puis il haussa les épaules et, son esprit de dérision reprenant le dessus, au point de rire de sa disgrâce, il regarda longuement les Pyramides et maugréa avec humour : « Du haut de cette pyramide, quarante siècles contemplent mon malheur ! »

Alors, dans une bouffée de colère soudaine, son visage blême se mit à rougir, le bout de son nez à trembler. Il aurait voulu jeter sur Le Caire les énormes pierres des Pyramides.

Il se remit en marche, encore ivre de fureur. À quoi bon gémir ? Ce n'était jamais qu'une femme, qui ne lui donnerait rien de plus que sa môme, la ramasseuse de mégots… Il n'en avait pas moins gâché une occasion, et perdu Tahiyya et son père à jamais ! Il réfléchit un instant, puis maugréa, haussant les épaules avec indifférence :

– Et baste…

Suivit une période de relative stabilité.

Il oublia peu à peu son échec et se mit d'arrache-pied au travail. Il rencontra le rédacteur en chef de *L'Étoile,* et celui-ci lui confia la traduction de quelques extraits de presse pour cinquante piastres par mois. Par ce biais, son revenu mensuel s'élevait maintenant à cent cinquante piastres, grâce à quoi il put éloigner le spectre de la faim et rendre sa vie supportable, quoi qu'il advînt.

Il se mit donc à l'ouvrage, travaillant jour et nuit sans relâche, entre les cours à l'université et son modeste emploi journalistique. La vie ne lui laissait plus le loisir de rêver, de s'attarder sur son sort, ni de ruminer ses soucis. Des jours entiers s'écoulèrent sans que son poing s'arrondisse, ou qu'il s'exclame avec une ironie amère : « Baste ! » Oh, bien sûr, il avait toujours d'inévitables sursauts de colère. Au moment d'avaler sa nourriture abjecte, par exemple, lorsqu'il voyait le corps athlétique et le sourire réjoui d'Ali Taha, ou qu'il se remémorait le temps où il frappait aux portes en quête de quelques piastres… Mais cela mis à part, la vie allait son train, légère et supportable.

Mars s'écoula, avec son climat agréable, son air pur et son ciel quittant peu à peu son manteau hivernal, pour accueillir la chaleur parfumée du printemps. Puis ce fut avril, avec son soleil orgueilleux – l'apanage de la jeunesse dorée –, son vent poussiéreux et ses sombres bourrasques ocre.

Le premier mai, il reçut la lettre mensuelle de son père, lequel lui envoyait la dernière guinée dont il pût encore se passer, en priant pour son succès, parce qu'il attendait dorénavant son aide, dont il avait le plus pressant besoin. Il lui annonçait aussi qu'il pourrait peut-être remuer bientôt, par la grâce d'Allah, et même marcher à l'aide d'une canne. Et si la lettre ne contenait rien de nouveau, il ne put réprimer un élan de colère. Il se remémora ses nuits glauques, nuits de la faim et du délire, et il se remit à invectiver ses parents en silence : « Ah ! s'ils étaient ceci, je serais cela. S'ils étaient comme ci, je serais comme ça… »

Début mai, ce fut l'examen, dont les résultats furent annoncés environ deux semaines plus tard.

Pour les quatre compères, amis de quatre ans sur les bancs de l'université, c'était un succès. Mais, au regard de Mahgoub, il ne s'agissait pas là d'un simple examen scolaire. C'était en réalité l'unique et ultime occasion de cueillir les fruits d'une lutte de quinze ans. Sa joie, par conséquent, en était décuplée, et il poussa, venu du fond du cœur, un grand soupir de satisfaction. Cependant, la joie du jeune diplômé est une joie de courte durée. Elle se limite au jour des résultats. Le matin suivant, de nouveaux soucis l'assaillent. Les soucis d'un jeune homme qui quitte sa tenue d'étudiant pour affronter seul, surtout dans le cas de Mahgoub, ce géant masqué, fort de toutes les chances de bonheur et de tous les aléas du sort, que l'on nomme avenir.

Les quatre amis continuèrent de se retrouver presque chaque soir au foyer de l'université, recevant des nouvelles de leurs condisciples bien nés, auxquels s'ouvraient comme par enchantement les portes du gouvernement. Ils considéraient leur avenir en pesant le pour et le contre, optimistes ou pessimistes. Ahmed Badir disait, impassible : « Le cours de ma vie ne va pas changer. Je ne vais pas chercher un nouveau métier. Hier, j'étais étudiant journaliste, aujourd'hui je suis seulement journaliste. » Ma'moun Radwan ne savait s'il obtiendrait une bourse pour la France, ou s'il resterait en Égypte. Mais, dans un cas comme dans l'autre, son idéal demeurait inchangé : l'islam. « Nous pourrions commencer notre véritable combat à l'Association des Jeunes Musulmans, proposa-t-il un jour, débarrasser l'islam de la poussière des idoles et lui rendre son esprit vigoureux en promouvant un idéal qui embrasera bientôt l'Orient arabe et tous les pays musulmans… » Quant à Ali Taha, il n'avait pas de but précis, et avait même plutôt l'embarras du choix. Il était prêt à se lancer dans la politique, mais la politique comme il l'entendait, non telle que les gens la concevaient. S'il avait trouvé un parti qui prônait des principes socialistes, il y aurait adhéré sans hésitation. Mais ce parti, où était-il ? Devait-il attendre la création de partis socialistes et s'y affilier, ou s'efforcer d'en faire la propagande dès maintenant ? Attendre était sûrement plus facile et plus avisé, car à quoi bon prêcher la réforme sociale dans un pays obsédé par la Constitution et le fameux traité[1] ? Peut-être ferait-il mieux d'attendre un peu, le temps de parfaire ses connaissances. D'ailleurs, il n'était pas obnubilé par la recherche d'un emploi, encore qu'il ne l'eût pas refusé si on le lui avait proposé.

Seul Mahgoub était en proie à l'inquiétude. L'islam, la politique, la réforme sociale, il ne s'en souciait guère. Son unique préoccupation était d'éviter de mourir de faim, entendez, de dénicher un emploi qui lui permettrait de gagner son pain. Car s'il échouait, il ne serait plus seul à en pâtir, ses parents souffriraient avec lui. À vrai dire, il ne s'inquiétait point tant pour eux que pour la menace qu'ils faisaient peser sur lui. Que faire dans ces conditions ? En réalité, personne ne pouvait l'aider. Or nul n'entrait dans l'administration sans un coup de pouce.

Il réfléchit longuement, mais se contenta d'écrire à son père, en lui disant qu'il cherchait un travail, qu'il espérait être bientôt en mesure de remplir ses obligations familiales, et en lui expliquant les difficultés qui hérissaient

1. L'action se situe en 1933. Il s'agit ici du projet de traité d'alliance entre l'Égypte et l'Angleterre, relancé en 1935 par l'attaque de l'Abyssinie par l'Italie et qui aboutira sous la forme du traité d'indépendance de 1936.

son chemin. Pendant ce temps-là, le professeur français de philosophie recommandait Ma'moun Radwan pour une bourse d'études à la Sorbonne, et Ali Taha pour un poste à la bibliothèque de l'université, afin qu'il puisse préparer son mémoire dans un climat favorable.

Mahgoub apprenait ces nouvelles, et comparait la chance de ses camarades à la sienne. Demain Ma'moun, le gosse du plus minable patelin de Gharbeyya [1], voguerait vers Paris. Demain, Ali s'assiérait confortablement dans son fauteuil à la bibliothèque pour préparer son magistère, et épouserait Ihsane. Chapeau, messieurs, chapeau ! Et lui, qu'allait-il faire ? Revivre les jours sombres de février ?

Il alla trouver Ali Taha à la bibliothèque où ce dernier était en poste depuis une semaine, s'attendant à le trouver heureux et rayonnant. De fait, le jeune homme l'accueillit avec son sourire habituel. Pourtant, il ne vit pas sur ses traits le bonheur escompté, il semblait au contraire la proie d'une langueur inaccoutumée. Il en fut ô combien surpris, et en chercha en vain la cause, au point de se persuader que son ami dissimulait sa joie derrière ce masque d'ennui. Ils devisèrent longuement, et Ali finit par lui avouer son intention de démissionner bientôt.

– Ceci n'est qu'une période d'attente et de réflexion, le temps de trouver un moyen d'entrer dans la vie publique… J'opterai peut-être pour le journalisme si l'occasion se présente.

1. Province du centre du Delta.

Mahgoub pensa à son travail à *L'Étoile*, à la « manne » qu'il en retirait, et un sourire narquois courut sur ses lèvres.

– Je prépare une étude sur la répartition des richesses en Égypte, continua Ali.

Rebuté par les ambitions de son ami, Mahgoub lui demanda sans ambages s'il ne pouvait pas lui trouver un emploi à la bibliothèque. Ils allèrent interroger le responsable du personnel, et l'homme fut très franc. Il prit la main du jeune homme et lui avoua tout net :

– Écoute-moi, petit. Oublie tes titres et tes capacités, et ne fais pas les frais d'une demande d'emploi. La question se résume en tout et pour tout à ceci : es-tu pistonné ? Connais-tu quelqu'un qui puisse t'aider ? Es-tu en mesure de demander la main de la fille d'un commis de l'État ? Si c'est oui, je te félicite d'avance ! Si c'est non, cherche ailleurs !

Il quitta la bibliothèque, l'œil noir de désespoir et d'amertume. Rien de ce qu'on lui avait dit n'était nouveau pour lui. Mais cela le rendait aussi furieux que s'il l'entendait pour la première fois. Il alla arpenter le jardin d'el-Ormane, triste et désemparé. Ah ! si seulement il avait préservé ses bonnes relations avec les Hamdis. S'il n'avait pas tout gâché par ce coup de folie, le jour des Pyramides ! Mais pourquoi diable rien n'allait jamais comme il fallait avec lui ? Que n'avait-il droit à sa part de bonheur et de tranquillité ? Pourquoi la faim le harcelait-elle, comme si elle n'avait d'autre proie à guetter ? Alentour, le monde était en fête et n'avait que faire de lui, le printemps courait dans le vert des branches et le rouge des fleurs, voletait avec les oiseaux, dansait sur les lèvres roses livrées partout à de tendres aveux. Le monde entier était gai et serein, les visages rayonnants. Ce jardin d'el-Ormane était le commun réceptacle des joies des hommes, des animaux et des plantes. La terre elle-même, le ciel, étaient baignés d'une ineffable et muette allégresse. Allait-il mourir de faim dans ce monde-là ? La question lui parut étrange, choquante. Il partit d'un rire cynique et déclama avec défi : « Vais-je mourir de faim… Sans que vienne la pluie… sans que vienne la pluie[1]… » Comment pouvait-il mourir de faim lui qui ne croyait qu'au vice ? Comment pouvait-il mourir de faim, lui, le négateur de la conscience, de la chasteté, de la religion, de la patrie et de la vertu tout en bloc ? De tous ceux dont le vice est le seul apanage, en est-il un seul qui ait connu la faim ? Au contraire, ne les accuse-t-on pas de s'approprier tous les plaisirs de l'existence ? Que perdrait-il à faire passer dans les annonces classées d'*Al-Ahrâm* un texte du genre : « Jeune homme, vingt-quatre ans, licencié, obéissant de plein gré à toute incitation au vice, troquerait sa dignité, sa chasteté et son âme contre la satisfaction de ses appétits » ? Les grands de ce monde ne s'entre-tueraient-ils pas pour se l'attacher ? Mais par quel biais faire passer cette annonce ? Qui pouvait lui prêter main-forte ? Inutile de chercher parmi les amis, les pro-

1. Hémistiche d'un vers du poète syrien Abou Firâs al-Hamdânî (932-968).

fesseurs, les Hamdis bey. Un seul être devait retenir son attention : Salim al-Ikhshidi. Il n’était certes ni homme de cœur ni homme de charité, mais en connaissait-il un autre ?

Il jugea bien avisé d'aller le trouver chez lui, son bureau au ministère n'offrant pas le calme requis. Il choisit un vendredi matin, pour être sûr de le trouver, et prit donc le chemin de Mounira, où l'ustadh occupait un appartement rue Sayyid al-Mifdal [1].

L'ustadh, qui vivait au Caire en la seule compagnie de sa cuisinière, le reçut dans un petit salon élégant. Il devina d'emblée le motif de la visite mais, l'air absent, laissa le visiteur exprimer sa requête.

– Pardonnez-moi de venir vous trouver chez vous, commença Mahgoub, mais je sais que votre travail au ministère ne vous autorise pas les entretiens privés.

– En fait, je ne prends qu'un court repos le vendredi, rétorqua froidement al-Ikhshidi.

Mahgoub sentit percer le blâme, mais il passa outre avec son audace habituelle, et reprit :

– J'ai obtenu ma licence…

1. Littéralement : rue de la Magnificence !

Al-Ikhshidi ébaucha un pâle sourire d'encouragement et maugréa :

– Félicitations…

Mahgoub le remercia vivement et poursuivit :

– Cher Salim bey, vous êtes un voisin de longue date, un vieil ami, et notre guide en matière de savoir et de patriotisme. Je n'oublierai jamais, tant que je vivrai, que votre recommandation auprès de monsieur le rédacteur en chef de *L'Étoile* a sauvé ma vie et mon avenir. C'est pourquoi je viens à vous plein d'espoir. Votre Excellence, un diplôme sans recommandation vaut moins cher qu'une feuille de papier d'emballage. Oserais-je espérer que vous m'affectiez à un poste quelconque ?

Al-Ikhshidi écoutait sans émotion. Il avait l'habitude de ces ferventes suppliques. Il méprisait le jeune homme, honnissait sa pauvreté et son indigence. Il n'était pas chaud pour l'aider. Il y avait au ministère deux postes vacants, mais il avait promis l'un d'eux à quelqu'un, et avait déjà reçu en contrepartie du second un cadeau somptueux. Certes, un jour ou l'autre Mahgoub pouvait se révéler utile, mais il valait mieux tenir que courir.

Mahgoub se mit à l'observer d'un regard lourd de peur et d'espoir, conscient de se trouver maintenant à la merci d'un homme qui ne voyait que son intérêt personnel. Comme ce dernier demeurait silencieux, il conclut d'une voix pantelante :

– Je vous ai assez ennuyé…

Al-Ikhshidi alluma une cigarette, hocha la tête d'un air navré, même si ses yeux restaient de marbre.

– Nous n'avons pas de poste vacant pour le moment, dit-il calmement.

Le découragement se dessina sur le visage de Mahgoub.

– Pas même un petit espoir ? insista-t-il.

– Il ne faut jamais désespérer. Nous n'avons pas de postes chez nous, mais il y en a d'autres ailleurs, et je peux te mettre sur la bonne voie…

Bien que sceptique, il ne put que répondre :

– Merci, mon bey, merci !

Al-Ikhshidi le sonda d'un regard sombre et pénétrant, puis déclara :

– Il faut être réaliste, comprendre comment fonctionne le monde… Tu dois savoir que toute faveur a son prix. Je ne te demande rien pour moi-même… Je ne suis qu'un conseiller…

– Allah nous pardonne ! Ne dites pas ça…

Al-Ikhshidi sourit et poursuivit :

– Si tu tiens compte de mes conseils, il existe des gens influents qui pourront t'être utiles…

Il marqua une pause et reprit :

– Abd el-Aziz bey Radwan, par exemple. Tu en as entendu parler ?

– Bien sûr ! Un célèbre homme d'affaires, n'est-ce pas ?

– C'est cela. Très influent en ce moment… Il a ses entrées au ministère de l'Intérieur.

– Mais comment obtenir son aide ? demanda Mahgoub, perplexe.

– C'est tout simple ! Mais sache qu'il retient aux personnes qu'il embauche la moitié de leur salaire pendant deux ans.

Ce gage atterra le pauvre garçon démuni. Il regarda son hôte avec effroi et demanda, après un temps d'hésitation :

– Personne n'offre de meilleures conditions ?

À quoi al-Ikhshidi répondit aussitôt, comme un valet de pied lisant une carte de visite :

– La célèbre chanteuse Mlle Dawlat !

Le pâle visage marqua la stupéfaction. Mais l'autre continua comme si de rien n'était :

– Sa zone d'influence couvre les Chemins de fer, le ministère de la Défense, et autres hautes sphères…

Al-Ikhshidi tira une profonde bouffée de sa cigarette et poursuivit :

– Ses tarifs sont les suivants : huitième échelon : trente guinées, septième : quarante, sixième : cent. Payables de suite.

Mahgoub soupira de désespoir. Puis, après un temps de réflexion :

– Je pense, dit-il, que les conditions d'Abd el-Aziz bey Radwan sont plus souples. Je ne possède pas un millième de ce que demande la chanteuse. En revanche, je peux concéder la moitié de mon salaire, si salaire il y a ! Comment puis-je le contacter ?

– Pas maintenant… Pas avant un mois et demi, après son retour du pèlerinage…

« Qu'il crève ! La faim, elle, n'attend pas ! »

Il répondit du bout des lèvres, de peur d'exaspérer son hôte :

– Attendre, c'est mourir de faim… Mais qu'y puis-je…

À quoi Al-Ikhshidi répliqua, en riant pour la première fois :

– Tu n'es plus un gamin… ni ta mère une jouvencelle ! Qu'y puis-je, moi aussi ?

Un silence se fit. Al-Ikhshidi était sur le point de clore l'entretien. Cependant, une idée lui vint à l'esprit. Après réflexion, il se dit qu'il était peut-être possible de tirer parti de Mahgoub, auquel cas, si son plan aboutissait, son propre intérêt était d'ores et déjà assuré.

– Il y a bien Mme Ikram Nayrouz…, fit-il.

– La fondatrice de l'Association des Femmes aveugles ?

– Oui.

– Elle est déjà très riche ! Sa fortune est proverbiale…

– Oui, je sais… Mais la dame ne veut pas d'argent. Par contre, elle est friande de publicité et d'éloges. Je pourrais te la présenter au cours d'une réception. Après, à toi d'y aller de ta plume dans la revue *L'Étoile* ! Si tu lui donnes satisfaction, ton avenir est assuré. Elle a une très large influence auprès de nombreux ministères et partis politiques.

Comptant utiliser Mahgoub pour promouvoir la dame, après le lui avoir présenté comme l'un de ses sbires, il ajouta :

– Mme Nayrouz organise une soirée de bienfaisance dimanche prochain au foyer des Femmes aveugles. Tu n'as qu'à venir, je te présenterai. Après ça, rédige un compte rendu de la soirée et… attendons la suite !

– Et j'aurais gain de cause ?

– Tout dépend de ta plume ! Il te faudra néanmoins acheter un billet d'entrée à cinquante piastres, dans la mesure où tu n'es pas un journaliste professionnel. Tu t'apercevras sans doute plus tard que cette petite somme de rien du tout t'aura rapporté bien davantage que soixante guinées versées à Mlle Dawlat ! Il faut foncer, sans hésiter !

Mahgoub n'eut pas l'audace d'emprunter le montant du billet à son hôte. Il se leva prestement, lui serra la main avec gratitude et quitta les lieux.

Cinquante piastres ! Une somme dérisoire en effet. Mais comment se la procurer ? Il gardait précieusement son bureau et ses livres, pour vivre du produit de leur vente le mois qui précéderait le versement de son premier salaire. Mais serait-il un jour salarié ? Pour l'heure, qui lui donnerait le montant du billet ? Ma'moun Radwan était parti à Tanta faire ses adieux à sa famille avant son départ pour l'Europe. Restait Ali Taha. Pas moyen d'y échapper.

Le samedi matin, il se rendit à la bibliothèque de l'université où Ali l'accueillit avec son sourire coutumier. Pourtant, Mahgoub remarqua dès le premier regard l'air chagrin de son ami. Ce n'était pas l'Ali Taha qu'il connaissait. Il n'avait plus cette joyeuse étincelle dans le regard, cet abord vif et alerte. Tout ceci l'eût réjoui s'il en avait été témoin en d'autres circonstances. Mais aujourd'hui, il craignait que cette mélancolie ne vînt compromettre la requête motivant la visite qu'il s'était imposée.

Aveugle à ce qu'il avait pu lire sur le visage de son ami, il demanda :

– Où en sont tes recherches ?

Ali Taha soupira de dépit et dit avec une détresse manifeste :

– Je n'en sais rien… je suis complètement brisé !

Mahgoub fronça les sourcils, affectant l'inquiétude, et dit, maudissant en son for intérieur sa malchance persistante :

– Allah te garde de tout mal… Raconte !

D'un tempérament impulsif, et pouvant difficilement garder un secret, Ali obtempéra.

– Comme tu peux t'en douter, il s'agit d'Ihsane…

– Ta fiancée ? balbutia Mahgoub, subitement captivé, comme si une eau fraîche venait d'asperger son visage.

Ali poussa un soupir et opina, l'âme défaite :

– C'est ça… ma fiancée !

Redoublant d'étonnement, Mahgoub insista, du ton de qui cherche à en savoir plus

– Je ne comprends pas…

Ali marqua un temps d'hésitation. Lui révéler l'affaire ? Il n'était pas de nature cachottière, et Mahgoub comptait parmi les quelques amis à qui il avait confié son histoire d'amour. Et puis, toutes considérations mises à part, il avait le plus pressant besoin de parler.

– Moi non plus, dit-il d'une voix qui trahissait son désespoir et son profond émoi. Je ne comprends pas… Je suis abasourdi, désemparé ! Je ne cesse de m'interroger. Qu'est-ce qui s'est passé ? Quelles forces obscures distillent leur poison dans le noir ? Tout allait à merveille. Nous nous aimions chaque jour davantage. Nous nous entendions de mieux en mieux au fil des jours. Nous connaissions nos passés respectifs, et nous les respections, notre présent et nous nous en contentions, notre avenir et nous l'attendions avec espoir ! Plus nous nous voyions, plus nous étions proches et notre amour profond…

Ali marqua une pause, tandis que Mahgoub dévorait du regard son visage assombri, puis il s'exalta, grisé par ses propres paroles :

– Qu'est-ce qui est venu troubler notre idylle ? C'est proprement incroyable. Et c'est pourtant la stricte vérité. Comment est-ce arrivé ? Elle s'est mise à changer. Au début, de manière imperceptible, mais mon cœur averti ne s'y est pas trompé. Je lisais dans ses yeux l'angoisse et l'incertitude. Parfois, elle sombrait dans la stupeur et son sourire s'éteignait. Elle répugnait de plus en plus à parler d'amour, et se gardait d'évoquer nos espoirs ou nos promesses. J'ai pris sur moi, pendant une longue période d'indécision. Mais ça n'a rien changé. Alors je lui ai fait part de mes appréhensions, en lui disant que notre amour n'était qu'illusion si elle me cachait un secret. Elle m'a accusé de dramatiser, et a prétendu que son changement d'attitude était dû à un trouble passager, ce qui n'a fait qu'exacerber ma peine. Comment croire qu'un amour comme le nôtre puisse mourir subitement, comme ça, sans prévenir ? Je me suis révolté, et nos rencontres sont devenues un enfer. Et puis elle a rompu… Tu te rends compte ? J'étais comme fou. Je la cherchais partout. Je lui envoyais des lettres. Elle s'obstinait à m'ignorer. Un jour elle est venue me trouver. Elle est venue, oui, toute pétrie de tristesse et de honte. Je lui ai crié que son départ me rendrait fou…

Ali se tut. Mahgoub buvait ses paroles, les sens en émoi, lui prêtant une attention qui, pour un peu, lui aurait fait oublier le propos de sa visite. Il affecta une émotion poignante, afin d'encourager son ami aux confidences, et celui-ci continua :

– Je lui ai dit que son départ me rendrait fou… Elle m'a répondu que c'était notre relation, elle, qui l'avait rendue folle, que nos espoirs étaient condamnés, que nous devions panser nos plaies avec sagesse et accepter l'issue fatale. Quoi ? Accepter mon malheur sans me battre ? Renoncer à mon bonheur sans poser de questions ? Elle m'a dit que c'était ses parents qui le voulaient ainsi, qu'elle avait essayé par tous les moyens de les convaincre et avait dû y renoncer, et elle me suppliait de rompre, en désespoir de cause, pour ne pas attiser sa douleur.

Il considéra longuement Mahgoub, puis, peu à peu dégrisé, rougissant :

– Mais pourquoi t'ennuyer avec ça…, s'excusa-t-il. Tout est fini. Mes espoirs sont brisés. Étudier les sages ne m'a servi à rien…

Quelle ne fut la stupeur de Mahgoub ! Pourquoi diable le père Shehata Turki, marchand de cigarettes, aurait-il refusé le licencié Ali Taha ? Le jugeait-il indigne de sa lignée ? Ou bien désirait-il que sa fille termine ses études pour pourvoir aux dépenses de la famille ? Une pensée lui vint à l'esprit :

– Peut-être qu'un riche s'est entiché d'elle, et que son père veut le lui faire épouser ?

Ali ouvrit de grands yeux hébétés, sans mot dire... Puis Mahgoub, se rappelant le but initial de sa visite, voulut ménager son entrée en matière et, bien que les aveux d'Ali lui eussent procuré un immense plaisir et l'eussent empli de vigueur et de jubilation, il entreprit de le sermonner :

– En tout cas, tu ne dois pas te laisser aller. C'est sûr, je te le dis, quelle que soit la vraie raison de cette rupture, ton amie y est certainement pour quelque chose. Chasse-la de ton esprit comme si elle n'avait jamais existé. La cause et les effets, jette tout ça au panier !

– La plaie ne s'est pas encore refermée..., répondit tristement Ali.

– Voilà le résultat de tes absurdes théories en matière d'amour ! Regarde donc comment font les chiens, ils sont bien plus heureux et tranquilles. Nous sommes tous responsables de nos malheurs !

Ali garda le silence et le prêcheur poursuivit :

– L'oubli ! Oui, l'oubli... Tu voudrais être de ces fous dont l'amour gâche la vie ?

Le silence retomba. À cet instant, l'une des raisons majeures qui lui faisaient haïr Ali Taha s'était effacée. Il ne le détestait plus autant. Le poids de la rancœur s'était allégé. « Qu'est-ce que ça peut lui faire d'avoir perdu Ihsane ? songea-t-il. Il a toujours emploi, jeunesse et beauté ! » Ihsane l'avait tant embrasé. Quel soulagement que son rival ne l'ait pas eue, même si cette perte devait profiter à un tiers !

Il se leva, fermement décidé à aborder le sujet qui lui tenait à cœur, se pencha vers son ami et, tout en lui serrant la main, lui glissa d'une voix à peine audible :

– Ustadh Ali, ton frère a besoin de cinquante piastres jusqu'à la fin du mois.

L'intéressé plongea la main dans sa poche et tendit à Mahgoub la somme désirée.

– Merci ! Merci, généreux ami…, fit celui-ci en s'en saisissant.

Puis il partit, satisfait, et songea en triturant son sourcil gauche : « Quand les deniers de l'État rempliront-ils mes poches ? »

Vint l'heure de se préparer. Il prit un bain, repassa son costume, sa chemise et son tarbouche, cira ses chaussures, se rasa, se coiffa, et parut métamorphosé, hormis sa maigreur et sa pâleur persistantes.

Il se rendit tôt au siège de l'Association des Femmes aveugles, et se trouva devant une grande villa élégante, entourée d'un jardin luxuriant très ombragé. De là, il gagna un vaste hall tout en longueur, que flanquaient de part et d'autre des portes-fenêtres ouvrant sur le jardin, et au fond duquel était installée une estrade précédée de plusieurs rangées de fauteuils verts.

Seules quelques personnes l'ayant précédé, il s'assit tranquillement à sa place et commença à contempler l'endroit de ses yeux moqueurs, en se demandant si sa visite en ces lieux pouvait réellement le conduire jusqu'au gouvernement.

Les invités continuaient d'affluer, accueillis par un groupe de belles demoiselles. Depuis vingt minutes qu'il était assis, leur nombre allait croissant, et voici qu'ils se bousculaient, hommes et femmes, en robes et costumes des plus éclatants. La beauté était partout. Dans l'air s'épanchait la senteur délicate des parfums. Les yeux globuleux de Mahgoub erraient sur les visages gracieux, les cous graciles, les dos altiers, les poitrines généreuses. Son sang se mit à bouillir dans ses veines, ses nerfs se tendirent. Ce monde étincelant le stupéfiait. Où se cachait-il d'ordinaire ? Ces vêtements somptueux… Ces bijoux précieux… Un seul eût suffi aux dépenses de tous les étudiants de l'université ! Et ces femmes ! Si nombreuses… et si belles, même s'il était vraiment regrettable de n'en voir aucune sans un ou plusieurs hommes papillonnant autour. La plupart d'entre elles, ô musulmanes pécheresses !, parlaient le français couramment. À croire que celui-ci était la langue officielle de la maison. Comment faisaient-elles pour s'entendre avec les aveugles ? Une bouffée d'ironie et de haine l'envahit. Non parce qu'il défendait la langue de son pays, mais pour trouver un support à sa haine.

S'inquiétant de l'absence de Son Excellence Salim-bey-fils-de-madame-sa-mère, il jeta un regard vers l'entrée et surprit l'arrivée d'une femme resplendissante. Il la reconnut au premier coup d'œil, et se souvint du Qanatir de son enfance, du jeune ingénieur, de sa superbe épouse. Oui, Mme Hamdis bey et nulle autre, suivie du bey en personne, de Tahiyya, et de Fadil ! Le regard rivé à la famille qui rejoignait ses places au premier rang, son pâle visage s'empourpra. Il repensa à l'incident des Pyramides et crut entendre le claquement de la portière refermée sous son nez. Il grinça des dents, pris d'une furieuse envie de mater cette fille pimpante et prétentieuse ! Ah ! s'il avait pu parader devant elle et les siens avec une des beautés ici présentes pendue à son bras ! Cette brave famille qui s'était imposé de venir jusqu'ici, par souci de charité et de bienfaisance. Il fallait qu'il s'empare du pouvoir, qu'il règne lui aussi, coûte que coûte, sans foi ni loi. Quand prendrait-il place parmi eux, au premier rang, en tenue de soirée, et pas dans ce costume de journaliste ?

Encore perdu dans ses pensées, il aperçut au loin maître Salim al-Ikhshidi qui, de sa démarche tranquille, se frayait un chemin vers l'avant, nimbé de son éternelle dignité, comme s'il était seul au monde, saluant çà et là d'un signe de tête nombre d'hommes et de femmes de la haute société. Mahgoub ne le quitta pas des yeux, éperdu d'admiration et d'envie, jusqu'à ce qu'il fût assis. C'était ça la vraie vie ! La vie fertile, qui satisfaisait tous les instincts. Al-Ikhshidi était son idéal, et quel meilleur idéal que lui !

À cet instant, il sentit une main se poser sur son épaule. Il se retourna et vit Ahmed Badir qui s'asseyait à sa droite. Ils échangèrent une poignée de main chaleureuse.

– Qu'est-ce qui t'amène, ustadh ? s'étonna Mahgoub.

L'autre lui lança un regard surpris, l'air de dire : « Et toi donc ? », puis rétorqua :

– Mon travail, pardi ! Je suis le correspondant du journal, non ?

– Et moi l'envoyé de la revue *L'Étoile* ! répliqua Mahgoub.

Ils rirent en chœur. Ahmed allait demander à son ami s'il comptait embrasser la carrière journalistique quand le rideau se leva sur une créature majestueuse, au front étincelant, au visage rond et digne auquel l'approche de la soixantaine n'avait pas ravi sa beauté. Elle fut accueillie par une longue salve d'applaudissements, qu'elle reçut avec l'aplomb des habitués, puis elle inclina la tête en guise de salut, et déplia un feuillet devant elle.

Mahgoub la dévisagea longuement et entendit Ahmed Badir lui souffler à voix basse :

– Mme Ikram Nayrouz, fondatrice du lieu !

Évidemment ! Il l'avait deviné. Quel rôle jouerait-elle dans sa vie ?

– C'est une vieille dame, mais… très portée sur les jeunes gens ! continua Ahmed Badir.

Il comprit qu'Ahmed, contrairement à son habitude, ne serait pas avare de commentaires, et il s'en réjouit, tant il est rageant pour un novice de débarquer sans guide en terre étrangère.

Mme Ikram Nayrouz commença son discours de bienvenue d'une voix calme, posée, délicate, rendant hommage aux membres de l'assistance et louant les sentiments généreux qui agitaient leurs cœurs. Puis elle parla de l'Association des Femmes aveugles et de ses nobles ambitions. Elle prononça son allocution dans un arabe dont pas un mot ou presque n'échappait à la faute de grammaire ou au barbarisme. Les deux amis échangèrent un sourire entendu et Ahmed déclara :

– Ne t'inquiète pas, personne ici n'est capable de relever les fautes !

– On lui pardonne, renchérit Mahgoub, ne s'exprime-t-elle pas dans une langue étrangère ? !

L'allocution terminée, on joua un acte d'une pièce de Molière, Mme Tared chanta une chanson française qui fit grande impression, puis l'assistance tout entière fut conviée à passer dans une autre salle, circulaire, avec une piste de danse bordée d'une rangée de tables, et au fond de laquelle trônait un orchestre italien.

La musique résonna, les danseurs tournoyèrent, les coupes se remplirent. Debout près d'une porte-fenêtre, les deux amis regardaient ce spectacle en échangeant leurs commentaires. C'était la première fois que Mahgoub voyait des gens danser, scène qui provoqua son étonnement et son admiration. Les poitrines se frôlaient, les bras enserraient les tailles… Quelle audace ! Il aurait bien voulu être des leurs. Scrutant les visages de ses yeux globuleux et perplexes, il murmura : « L'argent ! L'argent est souveraineté et puissance. L'argent est tout en ce monde ! »

Soudain, son regard tomba sur une poitrine opulente dont les tétons semblaient percer la robe blanche et transparente qui les contenait. Son sang s'embrasa. Il leva les yeux sur le visage de l'inconnue, et découvrit une vieille femme, ravagée par la débauche. Il donna un coup de coude à son ami et, désignant la dame, s'exclama à voix basse :

– Comment imaginer une telle poitrine sur une vieille comme celle-là !

Ahmed Badir considéra l'intéressée et rétorqua avec un sourire moqueur :

– Et comment imaginer une soirée de bienfaisance dans une ambiance de cabaret ?

Mahgoub fronça les sourcils en feignant la colère, et s'écria :

– Au diable les aveugles ! Le cabaret c'est mieux, et ça conserve !

Il promena à nouveau son regard alentour et aperçut Tahiyya Hamdis. Elle dansait avec un beau jeune homme musclé, aussi grand que Ma'moun Radwan, bâti comme Ali Taha, qu'il jugea au premier regard capable de l'enterrer d'un seul coup de poing. Avec une moue de dédain, il demanda à Ahmed Badir qui était le jeune homme.

– Le substitut du procureur et champion de tennis ! fit Ahmed.

Mahgoub poussa un soupir. Si, en cet instant précis, il avait pu devenir célèbre, fût-ce par le biais d'un crime digne de l'expédier à la potence, il n'aurait pas hésité une seconde. Qu'est-ce qui l'empêchait d'être un de ces jeunes gens ? Le monde entier. Les forces universelles, créatrices de l'histoire et des classes sociales, répartitrices de la chance, qui avaient fait de Abd el-Dayim effendi son père, et d'al-Qanatir son lieu de naissance.

Soudain, il entendit Ahmed Badir lui glisser à la hâte : « Vise le balcon ! » Il y porta son regard et vit une femme, masquant à demi son visage derrière un éventail en plumes d'autruche, et penché sur sa main, un vieillard qu'il reconnut dès qu'il se redressa, d'après les photos que les journaux publiaient de lui de temps à autre.

– Mme Anis bey Ibrahim ! commenta Ahmed Badir. Le pacha est un de ses admirateurs. Le bruit court qu'elle essaierait de faire attribuer à son mari le titre de pacha.

La musique cessa et l'on se rua vers les terrasses et le jardin. Les deux amis sortirent côte à côte.

– À mes débuts dans la vie mondaine, avoua Ahmed Badir, rien ne m'était plus pénible que la situation dans laquelle nous nous trouvons en ce moment. J'avais l'impression que tous les gens n'avaient rien d'autre à faire que de m'examiner de la tête aux pieds ! Et toi ?

Mahgoub pensa à ses vêtements élimés, à son teint blafard, ses traits tirés, et le rouge lui monta aux joues. Mais son audace et son indifférence reprirent rapidement le dessus, et il répondit posément :

– Tel que je suis, là, j'ai l'impression d'être un homme au milieu d'un troupeau de bestiaux...

Il n'avait pas fini sa phrase qu'il se retrouvait nez à nez avec Hamdis bey ! Son cœur battit la chamade. Il le regarda avec l'air le moins apeuré, le moins troublé possible, tout en se demandant : « Comment va-t-il m'aborder ? Que va-t-il me dire ? Que va-t-il me faire ? »

Mais l'homme, en le reconnaissant, lui sourit et lui tendit la main.

– Comment vas-tu, Mahgoub ?

Ils échangèrent quelques banalités, se serrèrent de nouveau la main, puis se séparèrent.

La stupeur l'envahit. Ainsi donc, Tahiyya n'avait rien dit. Une telle possibilité ne l'avait même pas effleuré ! Ahmed Badir l'arracha à ses réflexions en lui demandant pour la deuxième fois :

– Tu connais Hamdis bey ?

– Évidemment ! fit-il en se rengorgeant. C'est mon oncle maternel !

– Et tu nous avais caché cette éminente parenté ?

Mahgoub répondit sur le même ton, encore tout ému d'en avoir réchappé :

– Baste… !

Ils descendirent l'escalier conduisant au jardin et Mahgoub chercha Salim al-Ikhshidi du regard, se demandant quand il allait le présenter à leur hôtesse, et s'il y avait réellement matière à espérer. Il dépassa plusieurs groupes d'hommes et de femmes, découvrit une brochette de personnalités, les uns guindés, d'autres décontractés. Un individu d'aspect bizarre attira son regard, grosse masse informe au ventre proéminent, telle une matière vivante à l'état brut, marchant les jambes écartées comme si quelque mal le gênait, mais cependant à l'honneur, aimé, vénéré, parlant aux dignitaires sans cérémonie, s'en gaussant sans vergogne, s'esclaffant à haute voix.

– Qui c'est celui-là, toi qui connais tout le monde ? demanda Mahgoub, étonné.

Ahmed répondit en riant :

– Comment ça ! Tu ne le connais pas ? Azouz Darim, jadis fonctionnaire respecté. Il a été contraint de démissionner pour une histoire de mœurs et s'est lancé dans le privé. Mais comme il connaissait pas mal de gens influents, on lui a redonné du service, et il a continué de grimper… mais sans renoncer au privé !

– Comment fait-il pour mener les deux de front ?

– Ses affaires privées, c'est son bel appartement, avec tables de jeu et jeunes beautés pulpeuses !

Mahgoub se retrancha dans ses pensées. Sa poitrine se serra. Sa belle humeur se troubla. Comment devenir « quelqu'un » dans une telle société ! Tous ces gens s'élevaient en suivant ses propres principes, et sans philosopher. Question cynisme et audace, ils le valaient et pire encore. Alors à quoi bon ? Ne ferait-il pas mieux de se reconvertir en réformateur, comme Ma'moun Radwan ou Ali Taha ?

L'arrivée d'un resplendissant jeune homme interrompit ses pensées : élancé, élégant, la peau fine, l'œil envoûtant, les traits charmeurs, les cheveux brillants, irradiant dans sa démarche chaloupée de gazelle un charme tout à la fois féminin et masculin. Mahgoub ne put retenir une exclamation :

– Par Allah, qu'il est beau ! Tu le connais ?

– Ahmed Medhat ! répondit son compagnon avec un sourire. Plus connu que le loup blanc ! On le surnomme à raison « l'astre d'Orient » !

– Il travaille ?

– À la banque Misr ! Diplômé en droit depuis un an. Salaire : trente guinées.

– Trente guinées ! Et il est pistonné par qui ?

– Par lui-même, idiot ! s'esclaffa Ahmed.

Une cloche sonna, appelant les invités disséminés dans le jardin à se rassembler dans le hall de spectacle, et la foule reflua, chacun reprenant sa place en ordre et en silence.

Le rideau se leva presque aussitôt sur un groupe de jeunes filles de la haute société vêtues de somptueux costumes pharaoniques, qui exécutèrent ensemble une danse charmante, dont la chorégraphie parfaite fit l'unanimité, au point qu'Ahmed Badir se mit à fredonner la chanson de Sayyid Darwish [1] : « Quel sot ose se moquer des filles d'Égypte… »

L'auditoire applaudit les danseuses avec une fervente admiration, puis on annonça l'imminence du concours de beauté, ce qui agita l'assistance d'un frémissement de désir et de curiosité, et emplit chacun d'une joie frénétique. Les membres du jury apparurent sur la scène.

Le concours de beauté était l'attraction de la soirée, pour ainsi dire le seul spectacle auquel l'assistance portât un intérêt unanime. Ahmed Badir examina attentivement les membres du jury et un petit sourire narquois courut sur ses lèvres. Il tira une carte de sa poche, y inscrivit un nom, la roula en forme de bâtonnet et la glissa dans la poche de Mahgoub en disant :

1. (1892-1923), chanteur, compositeur, auteur d'opérettes et de pièces réalistes sur la vie égyptienne.

– Laisse ça là jusqu'à l'annonce des résultats. Ensuite, déplie-le, et tu y liras le nom de la reine de beauté.

– Comment le connais-tu ? s'étonna Mahgoub.

– Chut… Regarde !

L'attention générale convergea vers le fond de la scène. Le présentateur appela la première concurrente, et celle-ci apparut, telle une étoile étincelante, pleine de grâce et d'élégance, ondulant dans une robe de soie blanche, les lèvres ornées d'un sourire reflétant le calme et la gentillesse, même si elle ne pouvait dissimuler son embarras.

Ahmed Badir commenta tristement :

– En Europe, les candidates sont nues ! Nous, on se contente de juger sur les apparences !

– Pourquoi ne choisissent-ils pas les membres du jury parmi les spectateurs ? demanda Mahgoub avec son ironie habituelle.

Les yeux s'écarquillaient. Beaucoup tenaient des jumelles à la main, d'autres inscrivaient leurs remarques sur des calepins. La présentation et l'examen se poursuivirent ; on ne s'ennuyait pas. Les visages se succédaient, beaux comme la pleine lune. Puis le jury se retira pour délibérer, et un brouhaha s'éleva. Les commentaires fusèrent, les paris s'engagèrent. Au bout de quelques instants, le jury reparut et annonça le nom de la lauréate : « Mademoiselle Houda Haydar ! » L'assemblée applaudit, le père de l'élue en tête. Mahgoub tira la carte de sa poche, la déroula et y lut, en grosses lettres, le nom de la gagnante : Houda Haydar.

– Qu’est-ce que ça signifie ? demanda-t-il, stupéfait, à son compagnon.

Ahmed Badir sourit sans mot dire, fier de sa perspicacité et de son don de clairvoyance. Mais, Mahgoub le pressant de répondre avec insistance, il le fit taire en avouant avec simplicité :

– Je l’ai deviné par hasard. Il y a deux jours, j’ai vu la gagnante au pied des Pyramides, en compagnie des journalistes qui sont membres du jury ! Ça t’étonne ?

Mahgoub, qui détestait avoir l’air surpris, se ressaisit et répondit d’un air dégoûté :

– Oh que non… Rien ne m’étonne ! La nomination des fonctionnaires est pipée, l’attribution des adjudications est pipée, les élections elles-mêmes sont pipées, alors pourquoi pas les concours de beauté !

L’assemblée allait se disperser quand Mahgoub se souvint du motif de sa visite. Apercevant Salim al-Ikhshidi qui se dirigeait vers une des portes, il salua son compagnon et alla le rejoindre.

L’ustadh l’avait complètement oublié. Ils échangèrent une poignée de main et pénétrèrent dans une grande pièce richement meublée, au fond de laquelle Mme Nayrouz était assise en compagnie d’un petit groupe d’admirateurs. Mahgoub rassembla tout son courage pour ne pas céder à l’embarras. Ils s’approchèrent de l’illustre dame. Al-Ikhshidi s’inclina, lui baisa la main, et lui présenta Mahgoub de sa voix calme et posée.

– L'ustadh Mahgoub Abd el-Dayim, correspondant de *L'Étoile*, diplômé de l'université, fervent admirateur des actions d'éclat promues par votre chère personne !

À ces mots, Mahgoub s'inclina et l'hôtesse lui tendit la main en disant :

– Je suis très fière de la nouvelle génération… (Puis, en français :) Quand l'eau du vase est sale, il faut la changer !

– C'est exact, madame ! acquiesça Mahgoub en français.

Al-Ikhshidi, qui faisait pour elle de la publicité dans les journaux, en personne ou par l'intermédiaire d'amis et relations, souhaitait ajouter l'éventuelle contribution de Mahgoub au bénéfice de ses acquis antérieurs.

La dame interrogea l'intéressé sur sa culture, sa discipline et ses aspirations. Mahgoub répondit intelligemment, puis, la conversation passant à autre chose, al-Ikhshidi et son protégé prirent congé. Au moment de partir, Salim salua Mahgoub et lui dit :

– Ton avenir dépendra de ta plume !

Vraiment ? La réalisation de ses ambitions, subordonnée à un article sur cette soirée ?

Il rentra à Guizeh songeur, livré à ses rêveries. Il ne dormit pas cette nuit-là, comme les nuits de février où la faim le condamnait à l'insomnie. Il erra dans la vallée des songes et des espérances, puis repensa longuement à la soirée qu'il venait de vivre : la splendeur du luxe, le sceau de l'aisance, le triomphe de la beauté, l'émerveillement de l'amour, la folie de la licence, cette vie éblouissante pour laquelle son âme fondait de désir.

Le lendemain matin, il arpentait sa petite chambre de long en large en réfléchissant à l'article fatidique. Que dire ? Par quoi commencer ? Comment terminer ? Il fallait d'abord recenser les points importants, selon une méthode logique. Il déplia une feuille de papier et, d'un trait vertical, la sépara en deux colonnes, qu'il pourvut chacune d'un titre, comme ceci :

Ce qu'il faut taire	*Ce qu'il faut encenser*
Son père, pur produit de l'occupation étrangère	La famille d'Ikram Nayrouz et son patriotisme légendaire
Son faible pour les jeunes gens	L'épouse fidèle et la mère dévote
Son français impeccable et son arabe nul	Sa double culture arabe et française
L'ambiance de cabaret du foyer des Femmes aveugles	Ses œuvres de bienfaisance
Sa ressemblance avec ses invités	Sa ressemblance avec ses invités
L'indifférence de ses hôtes envers les aveugles	Sa dévotion pour les causes charitables

Ayant ainsi dégagé les idées fortes de son périlleux sujet, il s'assit à son bureau, prêt à rédiger l'article, mais à peine prenait-il la plume qu'on frappait à la porte de sa chambre – la première fois depuis son installation !

Il se leva, agacé, alla ouvrir, et vit une énorme silhouette s'encadrer dans l'embrasure. Il reconnut le visiteur, et son cœur fit un bond. L'huissier de Salim al-Ikhshidi ! Comme il levait vers lui un regard interrogateur et inquiet, l'homme dit avec un sourire, mais d'un ton non moins rude :

– Son Excellence le bey veut vous voir tout de suite !

– Salim bey ?

– Oui !

– Où ça ?

– À son bureau, au ministère.

L'homme lui expliqua qu'il était allé au foyer des étudiants sur ordre de son maître, et que le portier lui avait indiqué son nouveau domicile. Mais Mahgoub n'entendait rien. Il enfilait ses vêtements à la hâte en se disant : « Que se passe-t-il ?... Se pourrait-il que... Mais... si vite ? Ce serait de la magie pure ! Cette femme est une impératrice... ou plutôt une diablesse... non, une déesse ! Ah !... J'ai bien peur que cette convocation soit pour tout autre chose, et que cette joie folle s'envole en fumée ! Mais pourquoi me ferait-il appeler sinon pour ça ? »

Ils arrivèrent au ministère vers midi et demi, et Mahgoub alla droit au bureau d'al-Ikhshidi, lequel l'accueillit avec une amabilité insolite, en donnant ordre à l'huissier de ne laisser entrer personne sans sa permission.

Mahgoub s'assit près de son hôte, qui, tournant vers lui son visage anguleux et serein – bien que ce calme cette fois fût affecté –, déclara avec un sourire :

– Je t'ai fait appeler pour une affaire qui concerne exclusivement ton avenir !

Voilà ce qu'il voulait entendre ! La joie ne s'envolerait pas en fumée… Mahgoub céda à l'émotion et dit d'une voix tremblante :

– Je n'ai pas encore terminé l'article…

– Laisse tomber l'article pour le moment… et oublie Ikram Nayrouz ! Une bien meilleure occasion se présente, un fruit mûr qui ne demande qu'à être cueilli !

Écarquillant de grands yeux, il déglutit et bredouilla :

– Je le cueillerai… grâce à vous.

Avec une malice qui lui échappa – tout lui échappait en cet instant –, Al-Ikhshidi sonda un moment le visage de Mahgoub et déclara :

– Je t'ai trouvé un emploi !

Un silence se fit. Le pâle visage s'enflamma.

– Sixième échelon ! ajouta-t-il.

– Sixième échelon ?

– Oui, secrétaire.

– Secrétaire de qui ? s'enquit Mahgoub haletant, n'en croyant pas ses oreilles.

Sans pitié pour l'impatience de son interlocuteur, al-Ikhshidi alluma une cigarette et reprit, faisant mine d'ignorer la question :

– Une belle occasion est trésor pour qui sait la saisit, remords pour qui tergiverse ! Te rappelles-tu quelle bénédiction les inondations du Mississippi représentèrent, il y a quelques années, pour le coton de notre pays en friche ?

Brûlant d'impatience, Mahgoub s'exclama avec une fervente détermination :

– Je ne songerais pas un instant à hésiter, Votre Excellence !

Al-Ikhshidi se réjouit de pareil entrain. Ses appréhensions s'en trouvant quelque peu apaisées, il reprit :

– Je t'ai déjà expliqué que l'on peut gagner si on accepte de donner.

Donner ? Qu'avait-il donc à donner ? Il s'étrangla de déconvenue. Il ne s'attendait pas à ça. L'éclat de ses yeux s'assombrit.

– Mais… que pourrais-je bien donner ? bredouilla-t-il d'une voix hachée.

– L'argent n'est pas la seule valeur en cours sur le marché des chances. (Mahgoub poussa un soupir sonore.) Toutes les qualités de l'homme ne reposent pas sur sa fortune ! La question se résume à ça : es-tu audacieux, intelligent, digne de faveur, ou bien de ces idéalistes que la vie rejette sur le bas-côté et qu'on foule aux pieds comme la poussière des routes ?

Le désarroi se peignit dans les yeux globuleux. Il retira son tarbouche, lissa ses cheveux crépus, rajusta à la hâte son couvre-chef et déclara :

– Je saurai me montrer digne de votre estime !

– C'est pour ça que je t'ai fait appeler. Mon flair ne m'a jamais trompé !

Sur ces mots, il dévisagea Mahgoub de ses gros yeux ronds et demanda :

– Serais-tu prêt à te marier ?

La stupeur l'envahit. Jamais l'idée du mariage ne l'avait effleuré ! Il demeura sans voix. Al-Ikhshidi, dont le regard restait rivé sur lui, continua d'un ton moqueur :

– C'est mon tour de te tarabuster !

– Ne peut-on m'accorder un délai de réflexion ?

Al-Ikhshidi haussa dédaigneusement les épaules et rétorqua :

– Je t'aurais cru plus audacieux ! Pourquoi attendrais-je ? Il y a des prétendants à revendre, et il faut absolument que j'en trouve un aujourd'hui !

– Aujourd'hui !

– Non, tout de suite !

Mahgoub poussa un soupir, puis, rassemblant tout son courage, répondit, résigné :

– Alors, j'accepte.

– Bon début, mais ce n'est pas tout ! rétorqua al-Ikhshidi avec un sourire malicieux.

Qu'est-ce que ce démon avait en tête ? L'affaire prenait un tour inattendu. Si le mariage n'était pas tout, qu'y avait-il encore ?

L'autre reprit de son ton revêche :

– J'ai confiance en ton audace et ton esprit de décision. Le poste à pourvoir est celui-ci, dans ce bureau. Je l'occupais encore il y a quelques semaines, comme secrétaire de Qasim bey Fahmi…

Ça alors ! Était-ce croyable ? La vie pouvait-elle donc offrir tant de bonheur ? Mais pourquoi al-Ikhshidi l'avait-il choisi, lui qui n'était ni généreux ni charitable ? Il lui demandait bien, en contrepartie, de se marier. Mais de quel mariage s'agissait-il ? Oui, de quel mariage s'agissait-il ?

Dissimulant sa perplexité, il répondit, enjoué :

– Quelle chance inespérée ! Qu'Allah vous rétribue en mon nom !

Al-Ikhshidi sourit avec encore plus d'assurance et d'aplomb.

– Laisse-moi te parler de l'épouse, dit-il.

Le mot le fit tressaillir. Il lança à al-Ikhshidi un regard interrogateur, l'air de dire : « Qui est-ce ? À quoi ressemble-t-elle ? Pourquoi ce mariage ? »

Al-Ikhshidi reprit :

– C'est une gentille fille de l'entourage de Qasim bey Fahmi…

L'entourage de Qasim bey Fahmi ?

– Une parente ? s'enquit Mahgoub, alarmé.

– Tu y es presque !… Une connaissance…

Faisant l'innocent, Mahgoub insista, ravalant sa salive :

– Une voisine ? Une amie ?

Al-Ikhshidi répondit avec une simplicité cynique :

– Tu brûles… Disons… la petite amie de Son Excellence !

La vérité toute nue ! Voilà donc ce qu'on attendait de lui. Le prix à payer pour le poste mirifique. Al-Ikhshidi n'avait pas envoyé son huissier le trouver uniquement pour ses beaux yeux, mais pour exploiter sa misère. Il haïssait al-Ikhshidi. Mais là n'était pas le propos.

Le teint cramoisi, sentant le sang lui monter à la tête, il fit appel à son audace et son impudence naturelles. Oui, qu'est-ce qui l'arrêtait ? Qu'est-ce qui le chagrinait ? Croyait-il au mariage ? Croyait-il à la pureté ? Ressentait-il la proposition de son interlocuteur comme un affront ? La vie, tout simplement, mettait sa philosophie à l'épreuve, pour déterminer en pratique si elle était sophisme et bavardage, ou réelle conviction. Alors au diable cet émoi ! Sus à la colère ! Qu'il parle simplement de l'épouse déchue comme il eût parlé de la température au Brésil…

Puisant dans ses réserves d'humour et d'indifférence, il demanda :

– Vierge ?

– Elle l'était…, répondit al-Ikhshidi avec un sourire.

Il se retrancha un instant dans le silence, son pâle visage toujours rougissant.

– Ne prends pas les grands de ce monde pour des gens infaillibles ! reprit al-Ikhshidi. Le bey désire sincèrement réparer son faux pas, et si tu l'assistes dans son noble dessein, tu gagneras ses faveurs et t'assureras un bel avenir. Une telle décision requiert un cœur magnanime, un esprit large et un grand raffinement. Si tu considères la chose selon les critères des gens ordinaires, nous ne pouvons pas nous entendre. Ne crois surtout pas que je cours après toi. Beaucoup seraient enchantés d'une telle proposition. Mais, connaissant ton intelligence et ton honnêteté, je préfère que ce soit toi qui m'épaules dans ce bureau. Qui plus est, nous sommes voisins de longue date et… un sixième échelon, c'est de l'or !

Il comprenait maintenant pour quels secrets motifs al-Ikhshidi lui avait dépêché son huissier. Le désir de servir son maître et de gagner ses faveurs ! Peut-être que s'il ne dénichait pas le bon mari pour la fille outragée, il serait obligé de s'offrir lui-même en pâture ! C'était clair comme de l'eau de roche. Mais il y avait d'autres considérations à prendre en compte. Le poste de secrétaire ! Et le sixième échelon ! Pouvait-il décemment faire une croix dessus ? En quel honneur ? Souffrait-il de ce qu'on appelle une blessure d'amour-propre ? Tout, mais pas ça ! Croyait-il à ce qu'on appelle l'honneur ? Au diable l'honneur ! Il avait tiré un trait là-dessus. Il devait choisir sans hésiter. Hésiter signifiait qu'il n'était toujours pas à la hauteur de sa philosophie. Dans ce cas, il pouvait crever ! Avait-il oublié les nuits de famine ? Avait-il oublié les fèves bouillies ? Le temps où il arpentait les rues du Caire comme un mendiant ? Hésiter, quand Ali Taha était employé à la bibliothèque, et Ma'moun Radwan en route vers Paris ? Hésiter, quand Hamdis bey ne daignait pas même lui parler plus de cinq minutes ? Et Tahiyya – il bouillit de colère… Hésiter, quand elle lui claquait la portière au nez ? Il tritura son sourcil, leva les yeux vers son interlocuteur et demanda :

– Qui est-ce ? Je veux tout savoir.

– Tu sauras tout en temps utile ! rétorqua al-Ikhshidi. Et tu ne le regretteras pas.

Mahgoub releva les sourcils avec détachement et conclut :

– Soit ! À quand la nomination ?

Salim al-Ikhshidi poussa un soupir de soulagement et dit en se levant prestement :

– Viens que je te présente au bey !

Mahgoub lui emboîta le pas, s'efforçant de museler ses sentiments. Ils pénétrèrent dans une somptueuse pièce au fond de laquelle il aperçut un grand bureau où le bey était assis. Ils s'en approchèrent à le toucher, et pour la première fois il vit al-Ikhshidi descendre de son piédestal et se courber sur la main du bey avec humilité. Il l'imita, puis en se redressant jeta sur l'homme assis un bref regard. La quarantaine, une silhouette bien proportionnée, les traits réguliers, d'une élégance raffinée, la moustache courte et fringante, tout le portrait d'un imam de la séduction.

Al-Ikhshidi lui présenta Mahgoub, fit son éloge, et le bey accueillit le jeune homme avec une réserve intentionnelle, demandant simplement :

– Vous venez de réussir votre licence ?

Mahgoub opina.

– J'espère que vous serez digne des louanges de l'ustadh al-Ikhshidi !

Après quoi il lui tendit la main, lui signifiant de se retirer. Il avait tenu à donner à l'entrevue un tour solennel afin que le garçon ne s'en laisse pas trop accroire.

En regagnant le bureau d'al-Ikhshidi, Mahgoub vit que ce dernier exultait. Il enragea contre lui. Mais sa fureur ne dura pas. Il était, malgré tout, content.

– Quand aura lieu ma nomination ? demanda-t-il poliment.

– Oh ! c'est un détail. Le décret sera rédigé aujourd'hui même. Ensuite, le temps de préparer les justificatifs, tout devrait être réglé en l'espace de quelques jours. Occupons-nous pour l'instant de l'autre affaire.

Il marqua une pause et reprit :

– Sois chez moi en fin d'après-midi, veux-tu !

– Pourquoi ? fit-il, surpris.

– Pour signer le contrat de mariage…, répondit l'autre calmement.

– Mais…, rétorqua Mahgoub, embarrassé, ne vaudrait-il pas mieux attendre ma nomination ?

– Et pourquoi donc ?

– Le temps de me remplumer ! avança Mahgoub avec un sourire.

– Ustadh Mahgoub, « charité ne se fait pas prier » ! Une somme respectable te sera versée pour parer aux frais du ménage, le temps de toucher ton premier salaire. Le mariage ne te coûtera rien. L'appartement conjugal est à ta disposition. À toi seulement de renouveler ta garde-robe !

Mahgoub, loin de s'imaginer que tout était arrangé de la sorte, fut saisi d'étonnement. Le piège déjà tendu n'attendait que la souris ! Or la souris venait d'y tomber. Pour quoi au juste, du miel ou du poison ?

– Vous ne m'accordez même pas un délai d'une semaine ?

– Le mariage sera conclu aujourd'hui même, afin de tranquilliser les parents. Pour la cérémonie, nous attendrons la nomination.

Mahgoub soupira, résigné, puis demanda :

– Et… où se trouve l'appartement… conjugal ?

– Rue Nagui, immeuble Shlikhar, appartement 4.

– Mais c'est un quartier européen ! s'étonna le jeune homme. Le loyer doit être cher…

– Ne t'occupe pas de ça.

– Comment donc ? demanda-t-il, gêné.

– Tu es bien curieux et pressé ! Sache, ustadh, que le bey a loué cet appartement pour une durée d'un an !

Il en eut l'esprit chaviré.

– Si on m'avait laissé le choix, j'aurais choisi un quartier égyptien ! fit-il, roublard.

Al-Ikhshidi eut un sourire méprisant devant la duplicité du jeune homme, et répondit froidement :

– Les quartiers européens sont loin des cancans ! Et si le bey juge bon de te rendre visite, il le fera à l'abri des curieux.

Voyant que son interlocuteur faisait semblant de compulser de vagues documents, il sentit encore une fois le sang lui monter à la tête. Son cœur battit à tout rompre. Puis, repensant par hasard à son collègue Ahmed Badir et à la soirée chez Mme Nayrouz, il s'imagina trônant au beau milieu de la fête, son ami journaliste lui adressant de loin des signes discrets.

Les gens ! Les gens, toujours les gens ! Leur permettrait-il de détruire son bonheur ? Que préférait-il : Être au rang des privilégiés et à la merci de la plume d'Ahmed, ou parmi les misérables qui laissent les journalistes indifférents ? Il plissa le front de colère. Hésitait-il encore ? Avait-il oublié son vieil et cher « baste ». Pauvre et misérable lâche !

Pestant de rage, il regarda son hôte et conclut sèchement :

– Eh bien, soit !

– Chez moi, en fin d'après midi..., rappela al-Ikhshidi.

En sortant du bureau du directeur, il avisa une porte avec l'écriteau « Secrétaire particulier ». Son cœur bondit dans sa poitrine. Il sortit et se sermonna tout bas : « Deux cornes sur la tête. N'importe quel naïf y verrait sa disgrâce. Moi j'y vois une parure. Deux cornes sur la tête n'ont jamais tué personne... alors que la faim !... Je serai tout ce qu'on voudra, mais jamais un imbécile ! Imbécile, qui refuse un poste au nom de la prétendue dignité ! Imbécile, qui se sacrifie pour ce qu'on appelle une patrie ! Imbécile, qui se prive d'une jouissance pour une quelconque chimère forgée par l'humanité !... Tout ça est vrai, et judicieux. Pourtant je suis là, affecté, agité… Pourquoi ? Parce que la raison n'est pas seule à dicter notre conduite. Pendant que la raison raisonne sagement, la conscience radote en sens inverse ! À la sagesse donc de flouer la conscience, d'écraser la sottise ! Que ce filou d'al-Ikhshidi soit pour moi un modèle ! Il a eu son poste parce que c'est un traître, et est monté en grade parce que c'est un maquereau. Alors, allons-y ! »

Il serra le poing, le brandit en avant et pressa le pas, une lueur fugace filtrant dans ses yeux globuleux.

Il sortit en fin d'après-midi, habillé avec soin, paré de toute l'élégance et de tout l'éclat nécessaires, et prit la direction du domicile d'al-Ikhshidi, à Mounira.

Il avait passé la journée à réfléchir, s'étonnant par instants, puis répétant, comme refusant d'y croire : « Je me marie aujourd'hui ! »

La feuille sur laquelle il avait jeté l'ébauche de l'article sur la soirée des Femmes aveugles était toujours sur son bureau. Comment les événements avaient-ils pu se précipiter ainsi ! Les portes de la vie active s'étaient ouvertes toutes grandes, et il allait de ce pas payer sa redevance. Le mariage ? Il ne devait pas se laisser effrayer par un mot. Car ce n'était qu'un mot ! Beaucoup de choses considérées comme des réalités, des valeurs, ne sont en fait que des mots. C'est une question de convention. Dans certains pays, la femme a plusieurs maris, dans d'autres, l'homme a plusieurs épouses. Parfois même, l'adultère est licite ! La liberté sexuelle fut même érigée en règle dans plusieurs sociétés. Il n'y a pas de régime matrimonial absolu. Raison de plus pour lui de se barder de son ardeur et de son audace proverbiales !

Chemin faisant, il se morigénait en pensant à ses parents. Malgré lui, sa poitrine se serra. Il prit peur. La sueur se mit à perler sur son front. Il se représenta sa mère, persuadée que jamais il ne fauterait, puis son père, homme de la campagne, avec sa bonté, sa piété, son orgueil. Dire qu'il allait se marier à leur insu ! Quand l'apprendraient-ils ? Supporterait-il seulement qu'ils sachent la vérité ? Ni sa philosophie ni ses nerfs ne pouvaient lui donner le cœur d'affronter un tel défi. L'image de ses parents était un spectre effrayant qu'il devait chasser de ses pensées. Il avait besoin de toute sa clairvoyance, de sa présence d'esprit, de sa détermination. Sa fiancée ne l'attendait-elle pas ? Quelle histoire, et quelle chimère ! Qui pouvait-ce bien être ? À quoi ressemblait-elle ? Qui était sa famille, quelles mœurs, quelle situation avait-elle ? Il avait l'intuition qu'elle était belle, sinon… comment aurait-elle plu à un Qasim bey ? Mais il ne faisait aucun doute qu'elle était pauvre, à preuve le fait qu'on l'ait choisi pour l'épouser. Une fille riche ne rencontre jamais d'obstacle à se marier. L'honneur est une formalité à la charge des pauvres. Quelles surprises lui réservait sa future vie conjugale ? Quels seraient ses sentiments envers son épouse ? Quels seraient les siens envers lui ? Quelle serait la réalité de leur lien ? Comment recevrait-il le bey s'il venait lui rendre visite ? Vous parlez d'une vie, d'une expérience ! Dès demain, sa philosophie et son courage seraient à rude épreuve.

Il marchait droit vers son but. Pour l'heure, son esprit n'était pas en mesure de solutionner les problèmes de demain. C'est en y faisant face qu'il saurait les vaincre et les surmonter, comme il avait surmonté toutes les difficultés par le passé. Un sentiment de confiance et d'orgueil le pénétra et, marchant d'un pas ferme, il arriva au domicile d'al-Ikhshidi.

L'homme vint lui ouvrir en personne et, le conduisant à sa chambre, lui souffla :

– Tu es prêt ?

À quoi Mahgoub répondit avec un sourire, pour garder son assurance :

– Comme vous voyez, mon bey !

En regardant al-Ikhshidi, il ne trouva plus en lui ce qui l'avait contraint hier à le vénérer, et il ressentit une envie profonde de le défier et de l'avilir.

– Le *ma'dhoun* [1] sera là d'un instant à l'autre, annonça l'homme.

– Le *ma'dhoun* ? s'étonna Mahgoub avec un sourire.

– Tu vas entrer dans un autre monde, mon vieux ! opina Ikhshidi en souriant à son tour. Maintenant, laisse-moi te présenter à ta fiancée et à ses parents…

Il le suivit, le cœur battant, une lueur de curiosité et d'appréhension dans le regard, en appelant sans relâche à son audace et son insolence, l'œil rivé sur l'horizon de sa vie et de son avenir.

1. Notaire musulman qui enregistre les contrats de mariage (« préposé aux affaires matrimoniales »).

Al-Ikhshidi le précéda en disant :

– Je vous présente le nouveau membre de votre honorable famille !

Comme il entrait à sa suite, ses yeux tombèrent sur un visage inattendu. Celui d'Ihsane Shehata ! Ihsane Shehata Turki en personne.

Leurs regards se croisèrent…

Il s'agissait bien d'Ihsane Shehata. Mais ce n'était plus la jeune fille pure qu'Ali Taha avait aimée, au point que le jeune couple s'était juré fidélité et mariage. Une autre romance avait vu le jour, née d'un simple regard lourd de conséquences.

Tout avait commencé un soir où elle revenait du lycée, au carrefour de la rue Rachad-Pacha et de la rue Guizeh, devant l'hôtel particulier connu sous le nom de « Villa verte ». Elle était pourtant passée tant de fois devant cette villa depuis des années ! Mais ce jour-là, deux beaux yeux s'étaient posés sur elle, les yeux d'un connaisseur, à l'affût de toute beauté avenante. La jeune fille avait senti ce regard perçant dont l'intensité n'avait pas laissé de l'émouvoir. Elle avait aperçu un homme d'une certaine classe, sinon un pacha, à tout le moins un bey. D'allure élégante, de belle mine, avec une petite moustache séduisante, nimbé de grâce et de beauté, malgré sa minceur et sa taille plutôt petite. Peut-être cela suffit-il à l'inciter à se retourner, dès qu'elle l'eut dépassé, pour découvrir alors ses yeux fixés sur elle, des yeux dont elle sentit, gênée, l'acuité et la flamme.

La villa avait appartenu à un directeur de société italien, lequel l'avait revendue quelques mois auparavant à ce bey, fonctionnaire important, disait-on à l'époque, dont le nom courait çà et là sur les langues… Mais de tout cela, elle ne se souvenait plus. Sitôt rentrée dans sa masure, elle avait oublié le bey et son regard.

Or le lendemain, à la même heure, également au retour du lycée, elle le revit, au même endroit.

Les beaux yeux la dévorèrent tandis qu'elle avançait vers lui, puis la suivirent lorsqu'elle l'eut dépassé. « Est-il là, à la même heure qu'hier, par hasard, ou m'a-t-il attendue ? » s'interrogea-t-elle. Elle continua sans se retourner, songeuse, néanmoins…

À mi-chemin, pressentant qu'une voiture approchait du trottoir sur lequel elle marchait, elle tourna la tête et la vit, presque à sa hauteur. Une voiture somptueuse, presque une villa ambulante, derrière la vitre de laquelle elle surprit les yeux du bey, posant sur elle un regard étrange, à la fois souriant, avide et impudent.

Comme la voiture ralentissait l'allure pour épouser la sienne, elle fut saisie de gêne et d'embarras. Elle pressa le pas, rasa les murs, jusqu'au moment où, parvenue aux abords du foyer des étudiants, la voiture s'élança d'un bond et tourna dans la rue de l'Université, où elle disparut.

Plus de doute possible. On lui faisait la cour. Un sentiment de joie et d'orgueil s'insinua en son cœur. La légèreté et la coquetterie héritées de sa mère eurent raison d'elle, et elle fredonna à voix basse : « Le taxi m'attend à la porte… [1]. » Puis elle pensa : « Ce n'est pas un taxi, mais une voiture privée, et non la moindre ! » Cependant, il ne s'agissait là que d'un sentiment innocent, causé par un orgueil enfantin.

Quant à l'illustre bel homme, il ne lâcha pas prise. Au contraire, il réitéra ses avances jour après jour, au point qu'elle dut s'en offenser, se rembrunir et lui signifier du regard : « Ce ne sont pas des manières ! »

Mais il resta sourd à ses mises en garde.

Un jour, elle aperçut à ses côtés dans la voiture un nouveau personnage, au visage anguleux, aux yeux ronds. Dès ce moment, la chasse s'intensifia, au point que la jeune fille en fut désorientée. Elle aimait Ali Taha, et pensait avec logique que cette poursuite devait cesser.

Cependant, le joli bey ne lui faisait pas mauvaise impression. Bien au contraire, son assiduité brûlante, son regard séduisant, tout cela lui réjouissait l'âme. Elle pensait, malheureuse : « Il a beau être plus vieux, il est plus séduisant et distingué qu'Ali… Si je laissais mon cœur s'exprimer, il pencherait plutôt vers l'homme à la voiture ! » Puis elle se demandait avec colère : « Est-il enfin revenu à la raison ? Quand va-t-il disparaître de ma vue, s'éloigner de mon chemin ? » Mais était-elle sincère ? Ou plutôt, jusqu'à quel point l'était-elle ? En toute honnêteté, elle ne savait plus que répondre, ne

1. Chanson légère (Taqtouqa) du début des années 1920.

savait plus que penser, et elle commença à se dire, pour se disculper, que ces avances ne lui plaisaient que parce qu'elles flattaient son orgueil féminin, ou parce que la position sociale du prétendant la troublait.

Un soir, en rentrant du lycée, elle eut la surprise d'entendre son père lui lancer, d'un ton lourd de sens :

– Alors, toujours aussi peu de plomb dans la tête ?

Son cœur chancela, ses pommettes s'enflammèrent. Était-il au courant de ce qui se tramait dans la rue Rachad-Pacha ? Seigneur ! Il l'épiait donc encore ? Elle l'interrogea d'un regard innocent. Sur quoi, la mère venant à sa rescousse, il ajouta :

– Un homme aussi haut placé qu'un ministre, plus prestigieux et plus riche ! Tu n'as pas vu sa voiture ? Son hôtel particulier ? Mais qu'est-ce que tu veux ?

La jeune fille rétorqua sèchement :

– Et lui, qu'est-ce qu'il veut ?

À quoi le père Shehata Turki répondit, d'une voix rude qui, ce soir-là, l'effraya :

– Il te veut du bien. Il nous veut du bien. Allah veut t'élever au rang des seigneurs et donner la becquée à tes petits frères affamés !… Son directeur de cabinet, que je connais depuis tout gosse, m'a dit qu'il voudrait t'épouser. Parfaitement ! Et pourquoi pas ? Tu es belle, et moi de bonne famille. Maudit soit seulement le destin ! Jusqu'à quand feras-tu la fine bouche ? Ouvre les yeux enfin ! Ton père t'appelle à l'aide. Ta mère t'appelle à l'aide. Tes frères crient au secours…

Il continua d'argumenter ; la mère s'en mêla… Cette nuit-là, elle ne put fermer l'œil jusqu'à l'aube. Une nuit passée à se retourner dans son lit en tous sens, à penser, repenser. Le lendemain, en fin d'après-midi, à l'heure habituelle, quand la voiture s'approcha d'elle et que la portière s'ouvrit, elle hésita un instant, puis monta…

Comment cela avait-il pu arriver ? N'aimait-elle pas Ali Taha ? Si, pour sûr ! Mais pas d'un amour qui rend aveugle et sourd. Pas d'un amour imperméable aux tentations violentes et aux exhortations. Car elle aimait le prestige, haïssait la pauvreté et ployait sous le fardeau de sa famille. La villa était un spectacle sublime, la voiture un joyau, le bey un de ces dieux cousus d'or et de puissance. Elle avait tenu tête une première fois au jeune étudiant en droit, précisément parce que c'était une première fois. Depuis lors, ses parents n'avaient cessé de la talonner, la libérant, dès la première expérience, de toute pudeur, et plus encore, lui octroyant toute son indépendance. Sans Ali, elle eût capitulé et chuté depuis longtemps.

Toutefois, au fond d'elle-même, elle ne voulait pas s'avouer sa faiblesse. Cette nuit-là, promesses et sentiments contradictoires s'étaient disputé son cœur. Elle hésitait entre le bey et Ali Taha. Entre l'époux à portée de main et celui d'un avenir incertain. Entre le repos et la fatigue. Entre une vie calme et tranquille, et une existence de lutte et de labeur. Entre un avenir souriant, pour elle et les siens, et une vie entière livrée à une pauvreté invincible et une gêne incessante.

Puis elle avait tranché, les yeux mouillés de larmes, le cœur tremblant, se donnant l'illusion de sacrifier son bonheur pour autrui et d'avoir commencé sa nuit en jeune suppliciée pour la finir en martyre. Elle s'était dit : « J'aime Ali, mais j'aime aussi mes frères, et je ne veux pas qu'ils soient victimes de mon égoïsme. C'est pour ça – et rien d'autre – que je dois obéir à mon père. Je n'aime ni le bey ni le prestige. Allah m'en soit témoin. »

C'est ainsi qu'elle était montée dans la voiture qui avait recommencé à lui donner la chasse avec insistance. Or cette voiture était un enchantement. Son propriétaire tout autant. Ali Taha était à la fois amoureux et critique. Il aimait, certes, mais se croyait obligé de juger, de sermonner, de chapitrer. Le bey, lui, était un homme charmant, de noble allure, qui parlait bien et plaisantait, tendrement, follement. Ses yeux l'hypnotisaient. Lorsqu'il plantait son regard dans le sien, tout en lui parlant, elle se sentait complètement grisée, la proie d'un abandon rêveur.

Enfin, Allah paya le père Shehata Turki de sa patience. Un beau jour, une voiture Sicurel [1] s'arrêta, et délivra tout un chargement de vêtements luxueux. La mère se mit à dodeliner de la tête telle une almée, et à chanter : « Fais un tour par chez nous et viens à la maison… » Et la joie scintilla dans les yeux d'Ihsane qui s'égaraient parmi les coupons de soie offerts à son choix.

Ce fut la fin du premier épisode.

1. Grand magasin du Caire.

La promenade aux Pyramides eut lieu quelques semaines plus tard. La voiture s'élança, emportant le merveilleux bey et sa conquête, belle comme la pleine lune, belle à s'en damner.

Il est vrai qu'Ihsane, une fois remplumée, parée de ses plus beaux atours, grâce aux magasins Sicurel et aux services de Mme Grégoire, la couturière, était devenue, selon le mot du bey, une « folie officielle ».

Ce jour-là, un complot fut ourdi. En chemin, la voiture tomba en panne et le couple descendit. Le bey annonça qu'il possédait une villa à proximité, et proposa qu'ils s'y reposent le temps que la voiture soit réparée. Puis, parvenus aux abords d'une jolie maison entourée d'un jardin luxuriant, le bey assura que, puisque la jeune fille l'honorait de sa visite, il devait fêter dignement l'événement.

Sur ordre donné au serviteur, on dressa une table garnie de fruits et de champagne. Le bey lui pela une pomme et lui tendit une coupe de ce breuvage qui, l'assura-t-il, était délicieux et n'enivrait pas. Le crépuscule approchait, la vie ne pouvait être plus belle. La fenêtre ouvrait sur une fraîche verdure où le regard se perdait. Le ciel s'empourprait des feux du couchant, des milans s'envolaient à tire-d'aile…

Les coussins du large fauteuil l'enveloppaient comme dans un cocon de douceur, tandis que ses pieds s'enfonçaient dans un tapis moelleux. Le champagne échauffait les esprits, or l'esprit, quand il s'échauffe, s'arme d'une force magique qui change le monde sensible en un monde de chimères, affranchi de la peur, des soucis et des peines.

Un murmure charmant s'éleva, plus délicieux que le chuchotis de l'espoir. Des doigts enchanteurs caressèrent son poignet, exacerbèrent ses sens, firent bouillir son sang. Des soupirs brûlants, multiples et acérés comme des piqûres d'aiguille, cheminèrent du décolleté de sa robe au creux de ses seins.

Elle résista d'abord, de toute la force de ses bras engourdis, puis vaincue, enlaça à son tour.

Ses yeux s'emplirent d'effroi, de pudeur et de honte… Mais le bey lui dit d'une voix apaisante :

– Ne crois pas que je veuille abuser de toi. Avec moi, ton avenir est assuré, Allah m'en soit témoin !

Mahgoub et Ihsane. Leurs regards se croisèrent dans un silence lourd de stupeur. Chacun d'eux, reconnaissant l'autre, fut saisi d'étonnement, de gêne, et d'un trouble à nul autre pareil. Mahgoub faillit perdre pied. Ihsane demeura pétrifiée. Elle se souvint d'Ali Taha, du foyer des étudiants, de ce passé qu'elle aurait voulu fuir à jamais. Mahgoub regarda autour de lui et vit le père Shehata Turki dans un manteau neuf, flanqué d'une dame corpulente qu'il supposa être sa femme.

Conscient de l'embarras général, al-Ikhshidi déclara, souriant :

– Vous n'avez peut-être pas besoin d'être présentés…

– Mahgoub effendi est notre voisin depuis quatre ans ! commenta le père Shehata.

Al-Ikhshidi ne l'ignorait pas, raison pour laquelle il avait veillé à ce qu'aucune des parties ne fût présentée à l'autre avant la rencontre.

– Heureuse coïncidence ! lança-t-il. Comme dit le proverbe : « Mieux vaut tête connue qu'inconnue » !

Ustadh Mahgoub, saluez ces messieurs dames et prenez place !

Revenu de sa stupeur, le jeune homme s'approcha de sa nouvelle famille et en salua les membres un à un. Ihsane lui tendit la main, baissant les yeux, avec son teint de perle fine. Elle qui aurait voulu tirer sur le passé un voile épais et le fuir à jamais, voilà que le destin la jetait entre les mains d'un être qui le faisait resurgir. Comme si le sort ne l'avait pas encore assez martyrisée !

Soucieux de détendre l'atmosphère, al-Ikhshidi prononça quelques mots, mais Mahgoub ne lui prêta aucune attention. Pouvait-il ignorer une seconde la merveille présente devant lui ? Ihsane Shehata en chair et en os ! C'était donc ça le drame d'Ali Taha ! Ça alors ! Comment avait-elle dérapé ? Comment le bey avait-il manœuvré pour l'avoir ? Et Ali qui avait en elle une confiance aveugle ! Ihsane, tomber comme ça ? Même lui, bien incapable d'une telle confiance, n'aurait jamais poussé la malveillance à supposer ce qui s'était passé. Disparue l'Ihsane qu'Ali avait aimée ! Fini l'amour d'antan ! C'était une autre Ihsane qui lui tendait la main pour sceller leur union. Ihsane dont il avait tant rêvé, l'âme chagrine et torturée ! La réalité dépassait la fiction !

La voix cassante d'al-Ikhshidi le tira de ses réflexions.

– Allons, remettez-vous !

Mahgoub le regarda, l'œil hagard.

– Cette coïncidence me surprend…, bredouilla-t-il.

– Et comment la jugez-vous ? demanda l'autre avec un sourire.

– Heureuse, sans aucun doute ! répondit Mahgoub sans hésiter.

Al-Ikhshidi se mit à philosopher sur le hasard, Mme Shehata y alla de son commentaire, et le père Shehata pensa clore le débat en affirmant : « Le hasard est l'œuvre et la volonté d'Allah, loué soit-il ! » Mais les promis demeurèrent livrés à leurs pensées, et un silence embarrassé domina la séance.

On sonna à la porte. Al-Ikhshidi se leva à la hâte, enfin délivré de la tension ambiante, et sortit en disant :

– C'est sans doute le *ma'dhoun*, messieurs dames !

Les cœurs se mirent à battre à l'unisson. Un cheik entra, suivi d'al-Ikhshidi. Il salua l'assistance, pria Allah de bénir sa venue, puis s'assit à un guéridon, retroussa ses manches, et commença sa tâche simple et décisive. Sa main velue se mit à courir sur le papier, sous les regards attentifs du père Shehata et d'al-Ikhshidi. Quant à Mahgoub, il fronça légèrement les sourcils, affûta son regard pour se concentrer et chasser ses pensées, tandis qu'Ihsane, le teint blême, baissait ses beaux yeux en amande.

Vint l'instant décisif. Le *ma'dhoun* se tourna vers Mahgoub.

– Répétez après moi, dit-il. J'accepte de prendre pour épouse Mlle Ihsane, fille de M. Shehata Turki, vierge, majeure, etc.

Mahgoub répéta la formule d'une voix posée, limpide, dépourvue d'émotion, même lorsqu'il prononça le mot « vierge », quoiqu'il sonnât bizarrement à ses oreilles, aiguillonnant son ironie latente et sa haine viscérale. Il se souvint de la réponse cynique de ce pourceau d'al-Ikhshidi lorsqu'il lui avait demandé si sa promise était vierge. « Elle l'était… » Bien sûr qu'elle l'avait été ! Alors pourquoi le *ma'dhoun* n'inscrivait-il pas : « ex-vierge » ? S'agissait-il là de falsification de documents officiels ? Non, son mariage était faux. Sa vie était fausse. Le monde entier était faux !

Le *ma'dhoun* prononça la formule de bénédiction : « Gloire à Allah qui prescrit le mariage et proscrit l'adultère… » Puis il continua sa récitation et Mahgoub ses méditations : « Le bey, lui, a proscrit le mariage et prescrit l'adultère… Moi, je me range à ses vues, en signant un contrat d'union qui n'est en fait qu'un contrat d'adultère ! Et nous voilà mari et femme, devant Allah et les hommes… »

Mahgoub posa son regard sur sa fiancée et, la voyant les yeux rougis, prête à pleurer, il pensa, railleur : « Goutte d'eau annonce l'averse ! »

On échangea les félicitations d'usage, et on se passa les rafraîchissements. Un bien étrange mariage, où chaque participant avait le sentiment d'accomplir une corvée dont il souhaitait se débarrasser au plus vite ! Les parents semblaient soulagés, sans pour autant sauter de joie ou d'allégresse.

Les mariés quant à eux restaient plongés dans un mutisme songeur, en proie à un sentiment d'angoisse et de honte.

En apprenant qu'on voulait la marier, Ihsane s'était tout d'abord étonnée, se demandant, perplexe, quel homme voudrait d'une telle épouse. Puis elle pensa à son cher père et n'exclut plus aucune éventualité. Ce père avait déjà encouragé sa déchéance, et lui avait recommandé l'amant plutôt que le mari. Pourquoi n'existerait-il pas d'autres hommes de son acabit ? Effectivement, il s'en trouva bien un, aujourd'hui assis à ses côtés en qualité de mari. Elle se souvenait parfaitement du jeune homme dont elle avait repoussé la flamme lorsqu'elle était encore en position de le faire. Elle ressentit un violent mépris envers lui. Mais elle ne s'y complut guère et pensa avec amertume : « Ne suis-je pas pareille, et même pire ? Lui et moi avons vendu notre âme au prestige et à l'argent ! »

Mari et femme, ils l'étaient bien…

L'épreuve commençait. Et s'il ne vécut pas l'expérience sans angoisse, sa philosophie l'accueillit à bras ouverts. L'angoisse, loin d'inhiber son ardeur au travail, ne fit que l'aiguillonner. Pas un instant il n'oublia son but, ni ne s'accorda une seconde de répit, comme s'il avait trouvé dans le labeur un exutoire à ses états d'âme.

Il considéra les détails de sa nomination, dont le plus surprenant était l'attestation de « bonnes mœurs et bonne conduite » signée de la main d'al-Ikhshidi et d'un de ses collègues, et qui le fit s'interroger avec cynisme : « Qui attestera en faveur de la mariée ? »

On lui remit la somme de vingt guinées pour améliorer sa situation. Il prit les billets, éberlué, n'ayant jamais rien vu de semblable auparavant, et se mit à les palper avec intérêt, puis à les examiner avec méfiance, incrédule. Le prix des deux cornes qui ornaient son front, dix guinées la corne ! Voyant sur un des billets le portrait d'un fellah, un léger sourire courut sur ses lèvres. Il pensa à son père cloué au lit, otage de la faim, et se demanda pourquoi on n'avait pas plutôt représenté un pacha, ou le drapeau turc. Il songea, railleur : « Cette image est du même goût que ma signature sur le contrat de mariage ! »

Les poches pleines, il alla chez le tailleur commander deux costumes, et l'homme qui, en l'espace de quatre ans, ne lui avait coupé qu'un seul et unique complet, comprit que l'étudiant était devenu fonctionnaire. Puis il se rendit au Moski et acheta deux pyjamas, un lot de chemises, de tricots de corps et de chaussettes, ainsi qu'une paire de chaussures et un tarbouche, comme il sied à tout jeune marié.

Cela fait, il sangla ses nouveaux habits dans une grande valise, le visage rayonnant de joie et de vigueur et, embrassant sa petite chambre d'un regard narquois, repensa aux terribles nuits de février, à l'échoppe de *foul* de la place Guizeh. Au diable ces jours sombres ! Ils ne reviendraient jamais. À aucun prix. Il fallait maintenant que rosisse ce teint blafard, que s'emplisse ce vide entre la peau et les os, que mûrisse cette intelligence farouche, et que périsse le spectre odieux de la faim.

L'autruche, pour survivre, allonge un cou aussi long qu'un serpent. Le lion abat une patte aussi meurtrière qu'un obus, et le caméléon change de couleur à volonté. Lui avait fait pareil, avec d'autres moyens ! Alors, que son ambition soit sans limites, sa convoitise sans bornes ! Il avait payé le prix fort, et la récompense devait être à hauteur du service rendu.

Il réfléchit un long moment. Se méfier ? Non, qu'il agisse à sa guise, mais en ne disant jamais que ce que les gens voulaient entendre. Cela, il l'avait compris dès le début. Qu'il fasse d'un mot ou deux l'éloge de la vertu, il y aurait toujours quelqu'un pour le dire vertueux. Qu'il s'en déclare ouvertement l'ennemi, tout le monde lui tomberait dessus, les corrupteurs en tête ! Il devait prendre exemple sur al-Ikhshidi, visible à toutes les fêtes de charité. Au fait, pourquoi ne songeait-il pas sérieusement à adhérer à une association de bienfaisance ?

Soudain, il repensa à son mariage, en se demandant encore une fois comment Ihsane avait pu faire si peu de cas d'Ali ; comment elle avait pu chuter, et quelle serait la réaction de son ami lorsqu'il apprendrait demain qu'Ihsane était devenue sa femme. Il en tomberait à la renverse, l'esprit en miettes, refusant de croire que lui, Mahgoub, était la cause de son malheur, puis, bien obligé de se résigner à l'incroyable vérité, il l'accuserait avec une haine féroce de toutes les bassesses et de toutes les perfidies.

Eh bien, soit ! Qu'il l'accuse à sa guise. Qu'il le haïsse tout son soûl… Il songea à sa dette – les cinquante piastres –, pas encore acquittée, et il résolut de les lui rendre le jour même. Toutefois, conscient de sa faute et répugnant à le rencontrer, il les lui envoya par la poste. Il en fut grandement soulagé, pensant avoir ainsi rompu le dernier fil qui l'unissait à Ali Taha, et ne plus avoir désormais à se soucier de ce dont ce dernier pouvait le soupçonner, ni de ce qu'il pouvait ressentir ou éventuellement, manigancer.

Il fit venir le portier et le chargea de vendre le mobilier de sa chambrette, promettant de lui reverser le tiers du prix, à charge pour lui de lui transmettre toutes les lettres susceptibles d'arriver à son nom. Ce faisant, il songeait à ses parents, pour la première fois peut-être sans indignation, colère, ni révolte. Il avait fait vœu d'envoyer deux guinées par mois à son père, voire trois, si faire se pouvait.

Le lendemain matin, il prendrait le chemin du ministère et, le soir venu, il conduirait sa femme à son nouveau nid.

Il se leva tôt, se rendit au ministère, et attendit al-Ikhshidi dans son bureau. Le directeur arriva à neuf heures tapantes. Ils se serrèrent la main avec une cordialité manifeste, burent le café ensemble, puis al-Ikhshidi déclara, tout en mettant de l'ordre sur son bureau :

– C'est incroyable ! Sais-tu que la majorité des demandes d'exemption de frais de scolarité vient de familles aisées ?

Mahgoub se souciait peu, en cet instant du moins, de ce genre d'affaires, mais il se sentit obligé de renchérir :

– En effet, c'est incroyable ! Et comment se justifient-ils ?

– Ils n'ont pas forcément besoin de se justifier ! rétorqua al-Ikhshidi. Il suffit de s'esclaffer et de dire à Qasim bey : « Vous trouvez que la chute des prix du coton ne nous suffit pas ? » Là-dessus on plaisante, on rigole, et le tour est joué...

Après quoi il entonna sa satire habituelle de la situation du pays, du comportement des hauts et petits fonctionnaires… Seul Qasim bey échappait à ses sarcasmes. Provisoirement sans doute. Il se tourna vers Mahgoub et lui dit :

– N'oublie pas que ton poste requiert du tact et une bonne gestion des affaires…

Puis, cédant à sa propension naturelle à rabaisser les autres :

– C'est très simple. Je dirais même que c'est un jeu. Pas besoin de science ou de philosophie, mais simplement de tact.

– Je serai heureux de profiter de vos conseils…, opina Mahgoub d'un ton pénétré.

– J'aime que mon adjoint me soit dévoué. C'est la raison pour laquelle je t'ai réservé ce poste, au détriment de tous ceux qui se battaient pour l'avoir. C'est aussi pourquoi nous devons marcher main dans la main, car nos ennemis sont nombreux. Ne te laisse pas abuser par les courbettes. Les fonctionnaires se montrent généralement empressés envers les gens en place, tant qu'ils ont le vent en poupe. Dès que la fortune les abandonne, le plus généreux est celui qui les laisse tomber sans leur planter ses griffes dans la peau. Marchons donc main dans la main…

Contrairement à son habitude, al-Ikhshidi parla d'abondance. Mahgoub, de son côté, réfléchit longuement à l'étroite collaboration que l'autre appelait de ses vœux. « Tu es tombé sur pire que toi, l'ami ! songea-t-il. Le sort t'a conduit vers un collaborateur de ta trempe, qui conçoit la sincérité comme tu la conçois. Toute médaille a son revers ! Et ma position par rapport au bey n'est pas inférieure à la tienne. Si tu es son bouffon ou son entremetteur, je suis, moi, le mari de sa maîtresse… »

L'imposant huissier entra pour annoncer l'arrivée de Qasim bey. Al-Ikhshidi se leva aussitôt et accompagna Mahgoub dans le bureau de ce dernier, lequel leur serra joyeusement la main, félicita le jeune homme de son entrée en fonction, et lui glissa aimablement :

– Tous mes vœux de réussite et de brillant avenir !

Pendant qu'al-Ikhshidi lui soumettait divers dossiers, Mahgoub réfléchit à ce « brillant avenir ». Si, comme disait le proverbe, « Il a de la veine, le neveu du capitaine », le capitaine, pour le coup, lui était plus proche que son oncle !

Il épia furtivement le bey pour imprégner sa mémoire de l'homme qui avait capturé Ihsane et lui avait fait perdre la raison. Il le regarda avec perplexité, comme cherchant à exhumer son fabuleux secret. Résidait-il dans ses charmes, dans son prestige, ou en une autre chose qu'Ihsane avait découverte pour son bonheur, ou son malheur ? Le plus extraordinaire avec ces personnalités, c'était qu'ils commettent les pires forfaits en toute désinvolture, insoucieux de ce que les naïfs nomment « faux pas » ou « problème », et vous décrochent la solution en un clin d'œil. La solution, c'était lui ! Comment Ihsane avait-elle dérapé ? Il s'interrogerait jusqu'à ce qu'il sache la vérité. Question beauté, Ali Taha n'avait rien à envier au bey, la jeunesse en prime. Alors comment avait-elle chuté ? Si au moins elle l'avait épousé, on aurait pu dire

« elle l'a choisi pour son argent ». Mais elle avait… Seigneur ! Peste soit de ces puissants, rien ne leur est impossible… À moins qu'Ihsane ne fût plus traître encore, et n'ait abusé cet idiot de réformateur social, auquel cas elle n'était qu'une…

Il fallait qu'il sache la vérité.

Ils quittèrent le bureau du bey, et al-Ikhshidi conduisit Mahgoub à celui de « Secrétaire particulier », devant la porte duquel se tenait un huissier d'âge mûr.

C'était une pièce tout en longueur, bordée de part et d'autre d'une rangée de sièges en cuir, et au fond de laquelle trônait un grand bureau.

– Je te laisse ! déclara al-Ikhshidi. Je vais informer nos subalternes de ta prise de fonction.

Al-Ikhshidi se demanda tout bas s'il n'eût pas été plus sage d'affecter le jeune homme à un poste moins en vue. Car la présence, dans un même lieu, d'une personne en aussi étroite relation avec le bey n'était pas faite pour lui plaire. Mais qu'y faire ? La situation était urgente, le bey fébrile et angoissé, le poste vacant, et il aurait parié que s'il n'avait pas mis la main sur Mahgoub, il eût été le mari désigné. Peut-être l'avenir prouverait-il que le jeune homme était digne de ses faveurs…

Une fois seul dans son bureau, Mahgoub fut soulevé par une joie extraordinaire qui le fit presque danser. Il s'installa dans le fauteuil pivotant, un large sourire à la bouche, posa la main sur le combiné du téléphone, ustensile qu'il n'avait jamais encore utilisé, et commença à faire tourner le fauteuil de droite et de gauche. Quel important fonctionnaire que celui-ci, qui demain se remplirait la panse de viandes et de fruits. Au diable ces philosophes qui prônent le bonheur dans la simplicité ! Plutôt souffrir d'indigestion que du supplice de la faim ! Vivons pour aujourd'hui et demain. Quant au passé, à la trappe !

Au bout d'une heure, la solitude lui pesa, et l'envie lui vint de faire quelque chose, n'importe quoi. Il appuya sur le bouton de la sonnette, la porte s'ouvrit et le vieil huissier entra en demandant poliment :

– Vous désirez, Excellence ?

Son visage s'empourpra. Ce nouveau titre lui fit l'effet d'une musique enivrante. Mais, feignant le détachement, il dit simplement :

– Un café…

À peine la porte se fut-elle refermée que résonna la sonnerie du téléphone. Avec un pincement au cœur, il décrocha, anxieux, le combiné, et le porta à son oreille.

– Allô ? fit-il, d'une voix mal assurée :

– Le secrétaire de Qasim bey Fahmi ?

– Oui, effendi !

– Le bey est-il là ?

– Oui, effendi.

– Passez-le-moi voulez-vous, de la part de Mohammed Rachad.

Pensant qu'il devait pour ce faire se rendre dans le bureau du bey, Mahgoub raccrocha le combiné – coupant sans le savoir la communication, alla trouver le bey et lui annonça respectueusement :

– Mohammed Rachad bey désire parler à Son Excellence.

– Faites-le entrer.

– Je veux dire… au téléphone.

– Pourquoi ne m'avez-vous pas passé la communication ? s'étonna le bey.

Incapable de répondre, la gêne, pour une fois, colora son visage.

– Eh bien, passez-moi la ligne, reprit le bey en riant, et utilisez le commutateur !

Mahgoub quitta la pièce, rouge de confusion, réalisant qu'il avait commis un impair. Comment ça, passer la ligne ? Et qu'était donc ce commutateur ?

De retour dans son bureau, il décrocha le combiné, le porta à son oreille et, entendant un chuintement continu, il appela :

– Votre Excellence ?…

Mais, malgré son insistance, personne ne répondit. Il n'entendit qu'un long bourdonnement, et redoubla d'embarras. Il redoutait d'avoir commis une nouvelle erreur, et il resta là, à ruminer son amertume.

Il ignorait que le téléphone était un art particulier qu'il devait maîtriser et, à contrecœur, il fit venir l'huissier pour qu'il lui en enseigne les secrets. Il prit quelques notes, afin de ne pas oublier ce qui semblait essentiel à son avenir.

Sur ce, la pièce commença à s'animer, les gens à affluer, de toutes sortes et de toutes conditions, demandant à voir le bey. Il les reçut sans gêne. Son audace naturelle l'aida à se reprendre et à se donner l'apparence d'une impassible gravité. C'est ainsi qu'il accueillit un pacha de renom, de ceux qu'il n'apercevait jamais que de loin, lequel le salua, s'excusa de sa visite et lui demanda l'autorisation de voir le bey… Sous des dehors sereins, il se faisait violence pour dissimuler sa joie et sa satisfaction.

La journée s'écoula dans de continuelles allées et venues, une activité incessante et un bonheur parfait.

Ainsi distrait de ses pensées et de ses états d'âme, il se calma à son insu, et quitta le ministère en pleine forme, comme au sortir d'un profond sommeil.

Il n'était plus le jeune homme arrivé le matin même au pas de course. Il avait rencontré des beys et des pachas, appris l'art du téléphone, s'était entendu appeler « Mahgoub bey » des dizaines de fois, et en ressortait plus confiant et plus fier que jamais. Même sa démarche et son regard commençaient à changer et, dans l'ivresse de cette gloire soudaine, il repensa à son parent Ahmed bey Hamdis, espérant que celui-ci, un jour ou l'autre, vienne solliciter Qasim bey et passe par son bureau pour lui en demander l'autorisation. Quelle ne serait sa surprise ! Ils se serreraient la main d'égal à égal, puis le bey raconterait la scène à sa famille, Tahiyya écouterait, apprenant du même coup qu'elle avait claqué la portière de sa voiture au nez d'un jeune homme illustre et glorieux. Dieu qu'il aurait aimé que Tahiyya le voie en compagnie de sa ravissante épouse, autrement plus belle et désirable qu'elle. Qu'il aurait aimé la voir inspecter, l'œil en coin, le visage de sa femme, et découvrir sa fascinante beauté !

Mais patience, patience… La vie commençait à peine à lui sourire…

Ce même jour, al-Ikhshidi l'accompagna comme convenu à son nouveau domicile. Mahgoub avait apporté la valise qui contenait ses vêtements et ses quelques livres.

– L'appartement, et tout ce qu'il renferme, est à vous, à l'exception d'une petite penderie située dans la chambre à coucher…, dit l'homme en lui remettant la clé.

Mahgoub comprit que ladite penderie était réservée à Qasim bey. Le sang lui monta au visage, et il éprouva le violent désir de le rouer de coups.

– Il vaudrait mieux refaire le bail à ton nom, continua al-Ikhshidi.

– Il est au nom de Qasim bey ?

– Non, au mien, répondit l'autre froidement.

– Et le loyer est de combien ? s'enquit-il, soulagé.

– Dix guinées.

– Mon salaire, à peu de chose près ! s'exclama Mahgoub avec un sourire.

– Le bey les paiera, ainsi que les gages de la cuisinière et autres frais…

Ils visitèrent l'appartement. Bien que petit, c'était un chef-d'œuvre d'architecture et de décoration. Mahgoub en fut ébahi, réalisant qu'il voyait là nombre de meubles pour la première fois, et qu'il n'en connaissait même pas le nom… Il se composait de trois pièces et d'un salon. À droite de l'entrée se trouvait le salon d'accueil, puis un couloir menait à une salle de séjour équipée d'un poste de radio, et dont le mur de droite était percé de deux portes : celle de la chambre à coucher et celle de la salle à manger, l'une et l'autre ouvrant sur un long balcon commun surplombant la rue Nagui.

Il se remémora brièvement la masure d'al-Qanatir, le foyer des étudiants, la chambre en terrasse de l'immeuble de la rue Girkis, et il comprit que la réalité pouvait être plus belle et plus saisissante que le rêve. Il est vrai que le rêve procède habituellement des facultés d'imagination du rêveur, or voilà qu'il découvrait des objets de luxe dont il ne soupçonnait même pas l'existence, fût-ce dans son imagination ! Cette demeure était aussi différente de celle d'al-Qanatir qu'Ihsane était différente de la ramasseuse de mégots. Ces dernières étaient femmes l'une et l'autre, mais quel abîme les séparait ! Il en oubliait sa conviction que toutes les femmes se ressemblaient, et qu'Ihsane, Tahiyya et la ramasseuse de mégots se valaient.

– Ta femme t'attend demain soir, chez ses parents, ajouta al-Ikhshidi en prenant congé.

Puis il s'éloigna, sous le regard oblique de Mahgoub.

Le lendemain, à l'approche du crépuscule, il se rendit à Guizeh. Le quartier lui rappela Ali Taha. Où habitait-il ? Il savait que c'était à Guizeh, mais à quelle adresse ? Gardait-il les mêmes attaches et les mêmes prétentions envers Ihsane ? Son amour l'attirait-il encore aux alentours de la masure ? La nouvelle de son mariage lui était-elle parvenue ? Et si un jour il les surprenait, Ihsane et lui ? Bien que de nature insouciante, l'angoisse l'étreignit. En cet instant, il aurait presque aimé le rencontrer et qu'il fût édifié.

Il gagna la maison du père Shehata Turki où toute la famille l'attendait – à l'exception d'Ihsane qui arriverait plus tard, selon la tradition – preuve que les directives d'al-Ikhshidi avaient déjà fait leur chemin.

Tous, le père Shehata, son épouse et leurs six garçons, posaient dans des habits neufs, témoignages de la générosité et de la sollicitude de Qasim bey.

Il les salua ; on le salua chaleureusement en retour. Il baisa la main de sa belle-mère, taquina les bambins, et embrassa le petit dernier sur les deux joues. Le père Shehata l'embrassa sur le front.

Sitôt assis, il considéra les visages tournés vers lui, et s'aperçut qu'ils étaient tous beaux. Le père avait d'admirables traits, la mère était ravissante, et les petits frères semblaient autant de perles éparses. Il songea que la beauté était une arme redoutable dans les mains des pauvres gens.

On devisa longuement. Il prit part à la conversation, comme de juste, bien qu'il eût souhaité en finir au plus vite. Le père Shehata parla du foyer des étudiants, du jeune Mahgoub Abd el-Dayim, garçon poli et travailleur qui, ne fumant pas, n'avait jamais fait partie de sa clientèle. Il affirma que, pour sa part, il respectait les étudiants non fumeurs, même si (il eut un petit rire) leurs mœurs irréprochables ne lui profitaient guère. Il assura qu'il lui était indifférent de se passer de réception, que la véritable fête était tout entière dans la noblesse du mari, et qu'il n'avait invité aucun de ses intimes, ni aucun membre de sa famille, pour ne pas leur infliger, à eux qui vivaient à la campagne, la fatigue du voyage…

Mahgoub était persuadé que l'homme mentait, comme tous les fourbes et les vantards, mais songeant à ses parents avec amertume, il prétendit qu'il leur avait fait porter la nouvelle de son mariage, et que si son père, gros fermier à al-Qanatir, n'avait pas été souffrant, il aurait assisté à ce grand jour pour le bénir de ses vœux.

La mère parla de ses enfants, d'Ihsane en particulier, et bien qu'ignorant tout de son passé rue Mohammed-Ali, Mahgoub comprit à ses allusions, à sa façon de parler, d'incliner la tête, de jouer du sourcil ou de la paupière, que c'était une coquette, féminine, facétieuse et futée.

Elle l'interrogea sur son travail et, s'étant proposé de lui lire les lignes de la main, elle lui prédit une digne descendance et une excellente situation au gouvernement.

Mahgoub, cependant, écoutait, répondait, tout en lorgnant subrepticement la porte de la pièce entrouverte, d'un œil qui semblait dire : « Jusqu'à quand faudra-t-il attendre ? »

Ihsane arriva enfin, dans une robe de mariée blanche et transparente, sa chevelure roulée en tresses autour de la tête à la manière d'un turban, brillant halo dont la noirceur rehaussait l'éclat pur de son teint. Quatre femmes l'accompagnaient, qu'on lui dit être ses tantes, mais Mahgoub les ignora. Seule la beauté d'Ihsane captivait son regard, terrassant son habituelle indifférence, au point qu'une décharge électrique parcourut sa poitrine. Il serra les dents et, lorsque au moment de se saluer leurs regards se croisèrent, il se reput de la magie qui habitait ses yeux. Il se sentit comme ivre et titubant. Les souvenirs de son calvaire passé, de la tragédie de son désir ardent, rejaillirent à sa mémoire. Il ne pouvait croire, malgré son cynisme et son insouciance, qu'elle était devenue sa propriété, fût-ce une propriété « en communauté de jouissance », selon l'expression consacrée. Il songea alors à son « partenaire », cet homme qui l'avait précédé, et il en fut meurtri, puis, regardant de nouveau cette chair diaphane que la robe blanche de mariée révélait en transparence, il en fut meurtri davantage.

Le père Shehata avait préparé pour l'assistance un dîner somptueux qui lui avait coûté cher. Il invita chacun à passer à table, et les convives se levèrent, précédés du brouhaha des enfants.

La mère, malgré son humeur joviale, était contrariée. Elle eût ardemment souhaité faire des noces d'Ihsane un jour de réjouissance pour le quartier tout entier. Mais al-Ikhshidi lui avait avoué que Mahgoub n'avait pas les moyens de satisfaire sa requête et, sachant que son propre mari les avait encore moins, elle contint malgré elle son tempétueux désir.

On fit bonne chère, et chacun retourna s'asseoir heureux et rassasié. Puis, rien ne justifiant plus la présence des jeunes époux, ils se levèrent et saluèrent l'assemblée.

On appela un taxi que l'on chargea de la grosse valise contenant le trousseau de la mariée. Mahgoub prit Ihsane par la main, parada au milieu d'un demi-cercle d'invités qui leur disaient adieu, puis descendit lentement l'escalier. Alors, comme incapable de se contenir davantage, la mère lança un premier youyou qui, résonnant puissamment entre les murs, fit tressaillir le cœur du jeune homme et battre ses paupières. Les autres femmes, répondant à ce cri comme des soldats à un signal d'attaque, l'imitèrent et laissèrent fuser leurs trilles en un vibrant écho dont le hululement saccadé s'amplifia, faisant frissonner les poitrines des belles.

Puis le taxi emporta les époux qui, s'oubliant eux-mêmes dans ce concert joyeux, sourirent avec une grâce timide et suivirent du regard les femmes qui restaient là, debout devant la porte, jusqu'à ce que la voiture dépasse le foyer des étudiants en direction de la rue Rachad-Pacha.

Il voulut parler, mais ne sut que dire. Plus le silence durait, moins il osait le rompre. Aussi renonça-t-il et demeura-t-il silencieux.

Il la dévisagea avec attention, tandis qu'elle regardait la rue à travers la vitre, lui offrant sa nuque. Il ne doutait pas que bien des passants lui enviaient cette superbe femme qui le fascinait. Il en éprouva une joie intense. Ah ! si seulement les Hamdis avaient pu le voir, assis là, en ce moment ! Tahiyya surtout… Persuadé que la jeune fille avait étouffé son coup d'éclat, l'idée lui vint alors d'aller, comme le veut l'usage, rendre visite un jour à son éminent parent pour lui présenter son épouse. Cette idée le grisa jusqu'à l'ivresse.

Comme elle gardait la tête tournée vers le dehors, il posa son regard affamé sur son corps sinueux, le faisant glisser sur le cou, les épaules, les seins rebondis, la taille déliée, les cuisses pleines. Il soupira du fond du cœur et pensa : « Ah ! je meurs de faim… je brûle de désir… »

Le taxi stoppa devant l'immeuble Shlikhar. Il descendit et lui tendit la main pour qu'elle s'y appuie. Ils gagnèrent l'ascenseur et pénétrèrent dans l'appartement, suivis du portier qui portait la valise. Comme il lui indiquait la chambre à coucher, elle entra et referma la porte derrière elle. Il resta sur place, hésitant, puis recula vers un fauteuil du salon et s'y laissa tomber.

Tout d'abord, cette porte close l'inquiéta. Il se souvenait encore de la portière qu'on lui avait claquée au nez aux Pyramides. Mais bien vite il imputa ce geste à l'embarras de la situation. Puis, rattrapé par la causticité de sa nature cynique, il pensa : « Ce genre de pudeur siérait mieux à une vierge ! »

Il se rembrunit, se demandant ce que lui réservait sa nouvelle vie : bonheur ou chagrin ? Il ne prétendait pas à ce qu'elle le considère comme un époux au sens commun du terme, puisque lui-même ne pouvait porter sur elle ce regard-là. Il en déduisit qu'en son for intérieur elle devait forcément le ravaler au rang de proxénète, de même qu'il la considérait, au fond, comme une catin. Or maquereau et catin peuvent-ils faire bon ménage, être heureux ? Tel était son problème, ni plus ni moins !

Il ne demandait à la vie conjugale ni consécration sociale, ni digne descendance, ni respect mutuel. Il voulait simplement un désir partagé, un penchant équivalent au sien, un appétit pour l'autre. Voilà le mariage qui lui convenait. Un mariage comme moyen, non comme fin. Il voulait aimer sans jalousie, s'abreuver de temps à autre à la source fraîche, sans angoisse, souci ou arrière-pensée.

Il s'en remettait une fois pour toutes à son audace qui avait brisé toutes les chaînes, rompu toutes les entraves.

Ainsi songeait-il, le regard suspendu à la porte close. Attendre qu'elle s'ouvre ? Et si elle demeurait fermée ? Allait-il rester planté là jusqu'à l'aube ?

Il se leva d'un bond, s'approcha de la porte, frappa doucement, mais ne percevant ni bruit ni mouvement, il tourna la poignée et poussa le battant.

L'obscurité noyait la pièce, à l'exception d'une faible lueur venant du balcon. Il comprit qu'elle était sortie pour se ressaisir. Il alla la rejoindre à pas feutrés et la vit assise dans un coin, accoudée au rebord, le regard errant sur la rue. Comme elle ne réagissait pas, il la contempla un moment à la lumière de la lampe, puis finit par dire :

– Tu as bien fait d'aller sur le balcon. Les nuits de juillet sont si chaudes…

Elle tourna la tête et répondit après un temps d'hésitation :

– Très chaudes, oui…

Heureux qu'elle ait daigné lui parler, il avança un siège et s'assit tout près d'elle. Puis il la regarda, émerveillé par sa silhouette, par la courbe de son corps superbe et désirable. La pensée qu'il allait jouir de ce corps fabuleux cette nuit même, ou mieux, à l'instant même, lui fit perdre la tête et l'enivra, comme s'il prenait soudain conscience de cette réalité.

Ne supportant plus le feu de son regard, elle courba l'échine. Alors il lui prit le menton, lui releva la tête et la tourna vers lui en murmurant d'une voix tremblante :

– Laisse-moi voir ton beau visage…

Un instant leurs regards se croisèrent.

Plein d'ardeur, il reprit avec fièvre :

– Nos vies se sont miraculeusement rencontrées. Jusqu'à aujourd'hui, je ne pensais pas que le hasard pouvait jouer un aussi grand rôle dans la vie d'un homme. Or il se joue de notre logique et des lois de l'existence ! Tu ressens peut-être une vague répulsion. Mais tu la vaincras, grâce à ton intelligence et à ta finesse. Tout comme l'amour est prélude au mariage, le mariage est parfois prélude à l'amour… Et puis la vie commune peut rapprocher les âmes, unir les espérances… N'est-ce pas ?

Ses lèvres s'animèrent, comme pour parler, puis figées par l'embarras, une ébauche de sourire s'y dessina. Il poursuivit, redoublant d'ardeur :

– Tu comprendras bientôt ce que je veux dire… tu essaieras de le mettre en pratique. Essayons ensemble, nous verrons bien…

Il pensa : « Les femmes ne peuvent pas vivre sans amour (il avait lu ça dans ses livres). Elle aime, sans aucun doute. Mais qui est l'heureux élu ? » Il avait cru un temps qu'il s'agissait d'Ali Taha. Puis opté pour Qasim bey. Peut-être était-ce seulement l'argent qui l'attirait ? Tout son bonheur dépendait de sa réponse à cette question. Sans doute voyait-il juste en supposant qu'elle éprouvait une certaine répulsion. Oui, il l'avait deviné au premier coup d'œil. Il savait qu'en la laissant seule cette nuit, il lui eût témoigné son respect, sa délicatesse. Mais il rejeta cette pensée, persuadé que l'animal furieux qui habitait ses entrailles ne pouvait repousser plus longtemps l'échéance, ni attendre à aucun prix. Il cessa de tergiverser et dit, retrouvant son audace :

– Viens, rentrons…

Il lui prit le poignet avec douceur et se leva. Elle l'imita, docile. Il passa le bras autour de sa taille, et ils rentrèrent ensemble.

Tôt le matin, lorsqu'il ouvrit les yeux, son regard tomba sur le miroir de la somptueuse armoire qui reflétait son image et celle du précieux trésor couché à ses côtés. Il se redressa sur ses coudes, fixa ses yeux dans le vide et se laissa submerger par les souvenirs de la nuit qui imprégnaient encore son âme et sa chair.

Ihsane dormait toujours à poings fermés, cheveux épars sur l'oreiller de soie. Quel teint pur ! Quelle chevelure de jais ! Il en frémit intérieurement et laissa tomber ses lèvres charnues sur sa joue lisse…

Une semaine passa de cette nouvelle vie, durant laquelle il s'abreuva avec fureur à la source profuse.

Il comprit toutefois dès les premiers instants que son plaisir – leur plaisir – n'atteindrait sa plénitude que grâce à un ingrédient nouveau et essentiel, afin d'oublier, lui ce qu'il devait oublier, elle ce qu'il valait mieux qu'elle oublie, et de jouir pleinement de leur vie, dans un climat serein.

Il essaya donc cet ingrédient indispensable dont il avait tant entendu parler : l'alcool.

Un doigt leur suffisait, mais quelle efficacité ! Ihsane, l'ensorceleuse, fondait de douceur, et il savourait dans ses bras les délices de sa manne. Mais cette vie, vouée en apparence à l'ivresse du plaisir et aux effusions de la chair, cachait en son sein bien des turbulences.

Il ne cessait de s'interroger sur Ali Taha, Qasim bey Fahmi, et le cœur d'Ihsane. Lorsque le doute le tenaillait, il se tançait vivement, en se répétant que seule la sottise pouvait lui souffler de telles idées et l'arracher à sa jouissance, pour le plonger dans l'enfer de ses réflexions. Plus d'une fois il chercha refuge dans son cynisme. « Tue le doute, s'exhortait-il. Raye le mot dignité de ton vocabulaire ! Garde-toi de la jalousie ! Assouvis ta faim, comble ton désir, et dis-toi que ce que tu vis n'est que la première et dernière mise à l'épreuve de ta philosophie ; que le moment est venu de dire "baste", et de le dire avec ta langue, ton cœur et ta volonté ! »

Ihsane n'échappait pas non plus au bouillonnement de ses pensées. Elle acceptait sa destinée et avait jeté l'ancre. Elle avait tiré un trait sur ses rêves d'enfant, et abandonné l'espoir de devenir un jour l'épouse de l'éminent bey. Elle se retrouvait maîtresse de cette étrange demeure et ses deux souverains. Elle ne disait plus non. Pourquoi un noyé aurait-il peur de se mouiller ! Elle jugeait plus sage d'aller de l'avant. Le cœur qu'Ali Taha avait fait battre était à jamais brisé. L'avenir que Qasim bey avait fait miroiter était une promesse envolée. Seul lui restait cet instinct animal auquel son père avait très tôt lâché la bride.

Sans doute éprouvait-elle du remords envers Ali Taha, de la haine envers Qasim bey, du dégoût envers Mahgoub Abd el-Dayim, mais elle ne permettait à aucun de ces sentiments de la hanter ou de mûrir. Elle aspirait, à la fois par tempérament et par nécessité, au plus parfait renoncement. À quoi bon se lamenter sur un passé révolu ! Mieux valait se tourner vers le présent et l'avenir, jouir du plaisir, du pouvoir, dépenser sans compter, couvrir sa famille de bienfaits. Ainsi, son sacrifice n'aurait pas été inutile.

Elle pensait avant tout à son mari. Elle avait été plus d'une fois tentée de le mépriser. Mais pourquoi ? Parce qu'il… ? Mais elle aussi ! Ils n'avaient donc aucun reproche mutuel à se faire. Et puis, une chose encore les rapprochait. Mahgoub, visiblement, avait comme elle souffert de l'indigence et du besoin. Tous deux étaient victimes d'un seul et même fléau, et il valait mieux qu'ils vivent en bonne intelligence et qu'ils s'épaulent. Chacun soignait ses états d'âme avec sagesse, et s'efforçait de ne pas se laisser aller à la détresse.

Ainsi la vie s'écoulait, dans un plaisir conforté par la boisson et la recherche du bonheur.

Mahgoub, grâce à son insouciance légendaire, surmontait mieux de tels états d'âme. Ihsane, elle, entrait tout juste dans la perversion. Lorsqu'elle était seule, la tristesse souvent l'assaillait. Sans doute éprouvait-elle alors la nostalgie des radieux espoirs de jadis, fruits d'un amour et d'une vie honorables. Elle avait l'impression d'être une émigrée passant sa première nuit dans sa nouvelle maison, en terre étrangère. Pourtant, elle parvenait à surmonter ses maux – dont la nostalgie – grâce à ce sens pratique commun à toutes les femmes, et à ce désir sincère d'une vie agréable. C'est pourquoi, lorsque Mahgoub lui demanda dès la première semaine, en lui pinçant la joue, si elle était heureuse, elle répondit sans hésiter :

– Oui, par Allah Miséricordieux !

– Nous avons la vie à nos pieds, continua-t-il, radieux. Les occasions sont à portée de main. Nous n'avons plus qu'à les cueillir !

– Eh bien, cueillons..., opina-t-elle avec un sourire éclatant.

– Ne crois pas à toutes ces définitions stériles du bonheur. Le bonheur n'est pas inhérent à la vie. Il fleurit sous tous les climats. Le bonheur naît de la volonté, et celui qui le veut vraiment l'obtient de gré ou de force !

Comme ses beaux yeux noirs le regardaient d'un air pensif, il reprit avec plus de réserve et de modestie :

– Si ce que tu désires n'existe pas, désire ce qui existe !

– C'est inutile..., répondit-elle calmement.

Puis, se souvenant d'un vers d'al-Mutanabbi [1] :

– Tout lieu est bon où fleurit l'opulence...

Il prit sa main dans la sienne comme s'il prêtait serment, hésita un instant, puis déclara sur un autre ton :

– Il y a autre chose. Inutile de rester calfeutrés... Vivons la grande vie et tâchons de ressembler à l'image qu'on s'en fait !

1. Abu al-Tayyib « al-Mutanabbi » (915-955), grand poète arabe s'étant illustré dans le panégyrique et la poésie épique.

Il voulait profiter au mieux de sa promotion sociale, exalter les dehors trompeurs que les gens encensaient, et qui lui étaient indispensables pour masquer les travers de son existence. C'est pourquoi il se décida à présenter son épouse aux Hamdis, afin de panser une vieille blessure et de satisfaire sa soif de paraître. Mais l'épreuve n'était-elle pas insurmontable ?

Il ne renonça pas à son audacieux projet, désireux d'en faire l'étape liminaire de sa conquête de la haute société, et il jugea bon de préparer le terrain en appelant Hamdis bey au téléphone. Il saurait au ton de sa voix s'il avait eu vent de l'épisode des Pyramides, ou si la petite futée le leur avait caché.

Il l'appela donc et, le trouvant charmant, il l'informa de son mariage et lui fit part de son désir de lui présenter son épouse, proposition que le bey accueillit chaleureusement. Cela fait, il courut vers Ihsane et lui annonça avec une joie triomphante :

– Je vais te présenter à mes plus nobles parents !

C'est ainsi qu'au dixième jour de leur vie commune ils se préparèrent en fin d'après-midi à l'insigne visite.

Ihsane revêtit une de ses nouvelles robes, et sa ravissante silhouette resplendit, puisant son charme dans l'alliance de sa chevelure de jais, de sa peau d'ivoire et de ses lèvres roses. Mahgoub, qui commençait à retrouver santé et éclat, avait lui aussi fière allure.

Ils prirent un taxi en direction de Zamalek.

Si Ihsane éprouvait une certaine réticence et quelque appréhension, Mahgoub arborait un sourire placide, comme s'il allait retrouver la maison dans laquelle il avait grandi.

Ayant dans de telles dispositions traversé le jardin en direction du *salamlik*, quelle ne fut leur surprise de voir la respectable famille les y attendre tous quatre, alignés : Ahmed bey Hamdis, son épouse, Tahiyya et Fadil.

Mahgoub se réjouit du succès de l'accueil, d'ailleurs sûr de son fait, connaissant cette propension bien connue chez les femmes, quelles qu'elles soient, à détailler leurs semblables et à les critiquer.

On se salua, et rien de l'effet que produisit son épouse sur ses hôtes n'échappa à ses yeux saillants. Cela le remplit d'aise et d'allégresse.

Ils s'assirent et, tandis qu'on continuait d'échanger les formules usuelles de politesse et de bienvenue, ses yeux farouches observèrent la scène, scrutant les visages. C'est ainsi que, machinalement, il se mit à comparer sa superbe épouse et Tahiyya Hamdis.

Tahiyya était belle, avec en plus une touche d'élégance et de raffinement. Mais qu'elle était loin d'égaler la splendeur de sa femme ! Oui, Ihsane était la plus belle. Plus belle encore que la mère de Tahiyya jeune. Leurs regards ne le niaient pas, ni ne le mettaient en doute. Cela le transporta d'ivresse, et il songea avec une joie maligne : « Si j'ai perdu la partie lors de la visite de la tombe, aujourd'hui ma revanche est totale ! »

Puis, voulant mettre les formes à ces présentations, il dit avec son audace habituelle, en désignant sa compagne :

– Ihsane est la fille de Shehata bey Turki, gros négociant en tabac. Peut-être le connaissez-vous, Excellence ?

Ihsane rougit et baissa la tête pour dissimuler son embarras.

Ahmed bey fronça les sourcils, fouillant dans sa mémoire, et répondit d'un ton désolé :

– Non, j'en suis navré, ce nom ne me dit rien…

Puis, se tournant vers Ihsane :

– Nous sommes très honorés !

Désignant à nouveau sa femme, Mahgoub reprit en riant :

– C'est une ancienne camarade d'université !…

Le bey et sa femme sourirent. Ihsane sourit à son tour, horrifiée par l'audace de Mahgoub, et se demandant jusqu'où elle pouvait aller.

Tandis que Fadil considérait la jeune mariée avec ennui, Tahiyya la dévisageait d'un œil acéré. Elle avait deviné les véritables motifs qui avaient inspiré cette visite à Mahgoub. Elle ne l'en méprisait que davantage, et ses regards étaient lourds de dédain et de dérision.

– L'université prépare à un emploi dans la vie active, déclara Mme Hamdis, c'est pourquoi j'ai choisi pour Tahiyya une autre voie…

Puis, s'adressant à la jeune mariée :

– N'est-ce pas dans l'intention de travailler que vous vous êtes inscrite à l'université ?

Ihsane, à qui cette conversation pesait et qui redoutait les conséquences d'un mensonge, se vit obligée de répondre :

– Si, madame, mais le destin en a décidé autrement…

– Vous ne regrettez pas ce changement ? demanda Tahiyya, malicieuse.

L'assemblée sourit, et Mahgoub, comme amusé par cette duplicité, s'esclaffa :

– Allah me pardonne ! Ihsane était une étudiante brillante. Elle émerveillait M. Lechot, le professeur de philosophie, par son intelligence, et il s'est vivement opposé à ce qu'elle arrête ses études !

Il regarda Tahiyya pour lire dans ses yeux l'effet produit par sa réponse, et y vit une expression de mépris moqueur. Il ne s'en fâcha pas, mais au contraire s'en réjouit secrètement.

Sur ce, un serviteur nubien servit des rafraîchissements. On but posément, et le silence tomba, comme prélude à un deuxième acte.

Mme Hamdis bey relança la conversation en évoquant le souvenir lointain du garçonnet de jadis, en qui elle voyait aujourd'hui un digne mari, futur chef de famille. Elle parla aussi de la rapidité du temps qui passe, puis demanda au jeune homme :

– Comment vont vos parents ?

– Bien, merci…

Il avait répondu à la hâte, et il sentit aussitôt son cœur se serrer.

– Ont-ils assisté à votre mariage ?

– Ils ne l'ont pas pu à cause de la maladie de mon père…

Elle lui souhaita un prompt rétablissement et ajouta :

– Et al-Qanatir, c'est comment ?

– Aussi beau que vous l'avez connu !

– C'est incroyable, nous n'y sommes jamais retournés…

– Vous passez votre lune de miel au Caire ? interrogea Ahmed bey.

Mahgoub fut ravi de cette question qui lui donnait enfin matière à s'exprimer.

– Mon poste de secrétaire de Qasim bey Fahmi ne me laisse pour l'instant aucun loisir…

À ces mots, Tahiyya intervint pour donner à Mahgoub – au cas où cela lui aurait échappé –, les raisons de leur présence au Caire en juillet.

– Mon père prend toujours ses vacances en août, et nous partons ensemble en Europe…

Puis, changeant de ton, elle demanda d'un air entendu :

– Avez-vous emmené Mme Ihsane visiter les fouilles de l'université ?

Son cœur chancela. Il coula un regard discret sur les visages de ses hôtes et, voyant qu'ils souriaient et que rien ne venait confirmer l'objet de ses craintes, il poussa un soupir de soulagement et répondit, rasséréné :

– Oh non…

Puis il ajouta insidieusement :

– Nous irons sans doute bientôt, dès que nous aurons acheté une voiture.

– Je préfère les promenades à pied, rétorqua-t-elle sur le même ton…

Hamdis bey lui demanda des nouvelles de Qasim bey Fahmi, en lui expliquant qu'il avait été son camarade de promotion, et il lui promit de le recommander auprès de lui.

Ce lien d'amitié inopiné inquiéta Mahgoub. Qu'adviendrait-il si Hamdis bey découvrait le secret de son mariage ? Il sentit une main de glace se refermer sur son cœur et, dès lors qu'il s'agissait là d'une simple visite de courtoisie, il préféra ne pas la prolonger davantage, et il se leva pour prendre congé.

Sur le chemin du retour Ihsane le rabroua.

– Allah me protège de tes manigances…

Il éclata de rire et répliqua, moqueur :

– Un peu d'audace, voyons ! Les mensonges ne sont que des mots, comme la vérité, ni plus ni moins, mais eux au moins profitent !

– Et si on nous démasquait ?

– Et si, et si… toujours et si ! fit-il avec ennui. Ce « si » est une particule frustrante qui ôte à la phrase tout intérêt et paralyse l'action du sujet. Ne dis jamais « et si » !

Ihsane rit et reprit :

– La femme du bey est sympathique…

Il lui décocha une œillade malicieuse et s'exclama, aussi fourbe qu'un diable :

– Et Tahiyya alors ! Quelle jeune fille accomplie…

Elle garda le silence, ne sachant que dire, puis maugréa :

– C'est vrai…

Il l'épiait sournoisement, et se réjouit de ce trouble. En rentrant chez eux, il se sentait victorieux, triomphant, et resta guilleret jusqu'à ce que retentisse la sonnerie du téléphone. À peine eut-il porté le combiné à son oreille que ses traits se crispèrent et sa joie s'éteignit, comme si on avait jeté de l'eau froide sur son cœur embrasé. Salim al-Ikhshidi était au bout du fil. Le bey leur rendrait visite le lendemain soir…

« Nulle blessure à un mort n'est souffrance [1] », ressassait-il le lendemain, lorsqu'en début de soirée il s'apprêtait à quitter la maison.

Mais pourquoi souffrait-il alors ? Quoique animé d'une grande foi en lui-même et en sa philosophie, il devinait, à son émoi et sa douleur, que la philosophie, en passant du cerveau au monde réel, pouvait, comme l'obus en sortant du canon, exploser et voler en éclats. Aussi, soucieux de retrouver sa détermination et sa froideur, tenta-t-il de dire « baste ! », mais il échoua. Il échoua « provisoirement », selon son expression.

« Savait-elle ? » se demanda-t-il. Puis, avisant le téléphone, il présuma qu'on l'avait appelée pour lui transmettre l'heureuse nouvelle. Le téléphone servait-il aussi d'entremetteur dans cette maison ?

Que ressentait-elle vraiment ? Était-elle heureuse de cette rencontre prévisible ? L'attendait-elle avec impa-

1. Hémistiche d'un vers d'al-Mutanabbi (*cf.* supra note page 204).

tience ou indifférence ? Ah ! s'il avait pu casser cette jolie tête comme on casse une noix de coco, pour voir ce qu'il y avait dedans ! Le serpent de la jalousie s'entortillait dans son cœur, crachant son mortel venin.

Il quitta l'appartement et arpenta sans but la rue Nagui. Il ne voulait qu'une chose, reprendre ses esprits.

Avisant la taverne *La Rose*[1], il y entra sans hésiter, comme si c'était là sa destination initiale. Les amateurs de bière y affluaient pour échapper à la canicule de juillet, et se ruaient sur la partie du trottoir formant terrasse. Toutefois, détestant la bousculade, il choisit une place à l'intérieur, avec pour tout voisinage un jeune homme assis seul à une table, non loin de là, devant sa boisson.

Il n'était pas assis depuis cinq minutes qu'il portait déjà un verre à ses lèvres pleines, le vidait d'un trait, et frappait aussitôt dans ses mains pour en commander un autre.

Il buvait avec une avidité inhabituelle, bien que se trouvant dans une taverne pour la première fois de sa vie. Sa pensée néanmoins demeurait en éveil, malgré son trouble.

Sa rage envers son désarroi n'était pas moins vive que son désarroi lui-même. Il ne supportait pas de souffrir pour une de ces valeurs futiles contre lesquelles il s'était insurgé et qu'il avait répudiées. S'agissait-il d'un sursaut de dignité ? Mais de quelle dignité ? N'avait-il pas jeté

1. En français dans le texte.

bas toutes ces chaînes ? Non, ce n'était pas un sursaut de dignité ! Sa dignité ne méritait aucun sursaut ! Pourtant la jalousie le dévorait bel et bien. Il réfléchit un temps, puis s'interrogea encore : « La jalousie est-elle innée ou est-ce, comme la dignité, une convention sociale ? Non, elle est innée, sans aucun doute ! Les animaux en souffrent comme les humains, ni plus ni moins ! Nous sommes jaloux à partir du moment où nous aimons, et où nous nous estimons dignes d'être aimés ! »

Ainsi se chapitrait-il, mais sans grande conviction ni réconfort parfait. Un doute subsistait. Allons donc ! Cette jalousie était-elle en train de corrompre le fruit de sa philosophie et de sa liberté ? Il avait beau critiquer, analyser, décortiquer, des images effrayantes le hantaient : une voiture qui s'arrêtait devant l'immeuble Shlikhar, l'élégant bey qui en descendait, l'ascenseur, la sonnette, la porte de l'appartement qui s'ouvrait : « Bonsoir, jeune mariée ! Voici votre époux naturel… » Où le recevrait-elle ? Dans la même chambre ? Dans le même lit ?

Il frappa fort dans ses mains pour commander à boire, puis, son regard se posant sur le jeune homme esseulé devant son verre – *ses* verres –, il s'aperçut que celui-ci le dévisageait avec de grands yeux étonnés et joyeux.

De fait, le jeune homme l'avait épié depuis son arrivée et, remarquant son trouble, ses gestes machinaux, il s'était interrogé sur la raison de cette angoisse, mais avec le plaisir et la jubilation d'un homme ivre.

Leurs regards se croisèrent. Le jeune homme sourit, et Mahgoub lui rendit son sourire. L'ivresse crée des liens, même si ce lien reste superficiel.

Ils se saluèrent. Le jeune homme semblait chercher en son voisin refuge à une solitude que l'ivresse avait rendue insupportable. Mahgoub y vit un exutoire à ses pensées et à ses peines, et l'appela à sa table. L'instant suivant, ils étaient face à face, deux garçons ivres, insoucieux de tout, et faisaient connaissance.

– Je vous voyais tempêter à voix haute, et je brûlais de venir vous réconforter, dit le jeune inconnu.

Mahgoub partit d'un bruyant éclat de rire, reflet de son ébriété, et s'étonna :

– Je parlais vraiment tout seul ?

– Oui, et avec rage en plus… avec haine, même !

Il fallait bien qu'il parle, puisqu'il avait convié quelqu'un pour s'épancher et soulager son âme. Il n'y voyait aucun mal. Son état et celui de son compagnon favorisaient les confidences échevelées, mutines et libres de toute entrave.

– Quand un homme parle-t-il tout seul ? demanda-t-il.

– En quelques rares occasions…

– Par exemple ?

– Quand il est très gai, ou très triste, ou en d'autres circonstances qui n'ont rien à voir avec la tristesse ou la gaieté.

– Que reste-t-il, à part ça ?

– Les situations où un homme s'adresse à un autre homme !

– J'ai du mal à vous suivre ! fit Mahgoub, perplexe, la main crispée sur son verre.

– Moi aussi ! L'assemblée des convives, c'est comme l'Assemblée nationale, l'important n'est pas de comprendre ce qu'il s'y dit, mais de parler.

– À tort et à travers ?

– À votre fantaisie !

La proposition lui plut et, oublieux de la raison, ses yeux protubérants rougis par l'alcool, il annonça :

– Je suis dans la chambre et le bouc dans le pré.

– La leçon n'est pas d'aujourd'hui…

– Agis ici-bas comme si tu devais mourir demain, et prépare l'au-delà comme si tu devais vivre éternellement[1].

– Mais tu ne vivras pas éternellement ! Peut-être que tu ne tiendras même pas jusqu'à l'aube, avec ce que tu bois !

– Dans ce cas, commandons un autre verre !

– Les bars sont pleins… Qu'est-ce que ça prouve à ton avis ?

– Que la Constitution de 1923 est supérieure à celle de 1930 !

– Tu crois au retour de la Constitution de 1923 ?

– Pourquoi, où est-elle aujourd'hui ?

– Dans la tombe de Saad[2], avec les momies des pharaons !

1. Hadith.
2. Saad Zaghloul pacha (*cf.* supra, note p. 35).

– Eh bien, qu'ils la gardent jusqu'à ce que nous la méritions !

– Tu es wafdiste ?

– Pas du tout ! Je suis hanbalite…[1].

– Quelle différence entre les deux ?

– Le hanbalite, l'ombre d'un chien trouble ses ablutions.

– Et le wafdiste ?

– C'est le théâtre d'ombres qui le trouble, lui !

– Alors tu es un libéral-constitutionnel ?

– Moi ? Je suis dans le pré !

– Donc tu es un bouc, avec deux cornes…

Mahgoub tressaillit et resta bouche bée, comme assommé par un coup de marteau. Il lança à son convive un regard enflammé, mais le voyant sourire d'un air réjoui, prêt à encaisser n'importe quelle pique, il opta résolument pour la gaieté et reprit :

– Dis-moi, c'est vrai que les maquereaux ont la belle vie ?

Le jeune homme éclata de rire et, voyant que Mahgoub amenait de l'eau au moulin, il renchérit :

– Tu en es la meilleure preuve !

Mahgoub partit d'un rire à faire trembler les murs.

– Que sais-tu des différentes sortes de proxénétisme ?

– Il y a le proxénétisme aveugle, perpétré à l'insu de la victime, du genre de celui dont le mari de ma maîtresse a fait les frais.

1. Adepte de la doctrine d'Ahmed ibn Hanbal (m. 855), réputée la plus rigoriste de l'islam en matière d'interprétation du droit religieux.

– Et d'un !

– Le proxénétisme que le mari est conscient de perpétrer, mais qu'il fait semblant d'ignorer pour son salut. C'est une mode en vogue dans certains milieux.

– Et de deux !

– Enfin, le proxénétisme consciemment choisi par le mari pour son plaisir ou son intérêt... Tu es marié ?

Un rire le secoua, auquel il s'abandonna pour dissimuler son excitation, puis il conclut avec une haine secrète :

– Il en existe un quatrième, qui réunit les caractéristiques des précédents et qui est le tien : Au début tu ignorais ce dont tu souffrais. Puis, l'ayant compris, tu as fait semblant de l'ignorer pour ton salut. Enfin, tu t'y es habitué, et tu y prends plaisir !

Ils partirent d'un grand rire.

– En vérité, reprit le jeune homme avec un sérieux affecté, le proxénétisme est l'un des plus épineux problèmes du mariage d'aujourd'hui !

– Disons plutôt que le mariage est l'un des plus épineux problèmes du proxénétisme !

– Bien dit. Tu as vu comme les jeunes rechignent à se marier ? Ils préfèrent rester chez eux, en famille !

– Ça leur coûte moins cher...

Ils délirèrent longuement, sans ennui ni lassitude, jusqu'aux alentours de minuit.

Avant de rentrer chez lui, il erra avec plaisir au hasard des rues, en fredonnant à voix basse : « Je suis dans la chambre et le bouc dans le pré », puis : « Je suis dans la taverne et le bey dans la chambre ! » Il était ivre et parfaitement heureux. Sa félicité atteignait à cette incandescence où fondent tous les soucis. Il lui semblait même que rien en ce monde ne méritait une once de tristesse. Il se sentait désormais en état d'appliquer ses principes à son gré, sans hésitation ni états d'âme, et réalisa alors que sa philosophie et l'alcool participaient d'une seule et même essence.

Rentré chez lui, il pénétra dans la chambre où tout était calme et silencieux. Ihsane dormait à poings fermés.

Il se planta au centre de la pièce, fixa son visage de ses yeux rouges et flétris, et demeura ainsi jusqu'à ce qu'il sentît le sol chavirer sous ses pieds. Il lui vint alors une idée dont il se réjouit sans trop y réfléchir, et qu'il exécuta plus vite qu'elle ne lui était venue. Il s'approcha du lit et s'abattit sur sa femme de tout son long, comme en un exercice de gymnastique suédoise.

Ihsane se réveilla d'un bond et laissa échapper un cri. Puis, écarquillant sur lui deux grands yeux effarés, elle s'aperçut de son état et le repoussa furieuse.

– Tu es soûl… Tu aurais pu me tuer… Fiche le camp ! hurla-t-elle.

Il la regarda, hébété, se repaissant de son air rageur et indigné, puis il lui sourit d'un sourire béat, ou plutôt ravi de la colère et de la douleur qu'il lui avait causées.

– Tu m'as brisé les côtes, espèce de fou ! s'écria-t-elle, redoublant de fureur. Va-t'en, tu es soûl… va dormir ailleurs !

Un petit rire léger fusa entre ses lèvres où s'attardait encore une ombre de sourire, puis, la voyant fulminer de plus belle, il fut pris d'une hilarité qui le secoua tout entier.

Il se réveilla tard dans la matinée, et ayant passé sa nuit sur la *chaise longue*[1], il se leva fatigué, le crâne douloureux. Il jeta un regard inquiet sur le lit et, le trouvant vide, il se souvint avec effroi de la nuit passée. Mais il finit par hausser les épaules et sortit.

Il la retrouva au salon, et comme elle affichait un air renfrogné il céda un instant à l'embarras, puis sourit, les yeux baissés, et lui demanda gentiment :

– Tu es toujours fâchée ?

– L'ivresse te rend bestial et fou ! fit-elle sèchement. Ne te soûle plus jamais ! Boire un verre ou deux comme nous le faisons, passe encore, mais rentrer à minuit passé, ivre et titubant, pour te comporter de cette manière abominable, c'est impardonnable !

Ils passèrent dans la salle à manger et y prirent leur petit déjeuner, d'abord en silence, puis en échangeant quelques mots, et ils se quittèrent en bons termes.

1. En français dans le texte.

Il se rendit au ministère peu avant midi. Le bey était parti le jour même à Alexandrie pour passer quelques jours à Bulkili[1]. Il était assis à son bureau et lisait la presse, lorsqu'un moment plus tard entra un visiteur pour le moins inattendu. La porte s'ouvrit et, levant les yeux de son journal, il vit Ma'moun Radwan qui s'avançait vers lui.

Saisi d'étonnement, il se leva, empressé. Les deux amis se serrèrent la main chaleureusement.

– Toutes mes félicitations ! dit Ma'moun en s'asseyant.

Devinant qu'il le complimentait pour son poste, Mahgoub, ô combien ravi, répondit :

– Merci… Mais… je te croyais à Tanta ?

– Je suis arrivé il y a deux jours, pour affaires personnelles. Le premier soir, j'ai rencontré l'ustadh Ahmed Badir au club de l'université, et il m'a appris ta nomination. Ça m'a fait très plaisir !

Ahmed Badir ! Son cœur se serra à l'évocation de ce nom fatidique. « Que peut bien savoir ce journaliste au courant de tous les potins de la société ? se demanda-t-il. Qu'a-t-il pu raconter à Ma'moun ? »

Il dévisagea son ami mais le trouva serein, le regard franc comme à son habitude, miroir d'une âme pure, insensible aux commérages.

– Et comment va l'ustadh ? s'enquit-il avec un sourire forcé. Je ne l'ai pas vu depuis longtemps… Il n'est pas venu me féliciter !

1. Quartier d'Alexandrie, résidence d'été du gouvernement sous la monarchie.

Ma'moun sourit et répondit :

– Tu ignores bien des choses ! Il m'a dit que la nouvelle de ta nomination avait paru dans son journal, et il considère que tu devrais le remercier…

Ils parlèrent des bourses d'étude, des emplois administratifs et techniques, du métier d'enseignant à l'université et dans les collèges. Ma'moun critiqua le système injuste qui empêchait les experts de travailler dans leur spécialité. Mahgoub, mécontent du peu de considération accordé aux emplois administratifs, assura à son ami qu'ils bénéficiaient au contraire d'un prestige particulier dont le métier d'enseignant ne jouissait pas. Ma'moun avait une tout autre conception du prestige, mais ils donnèrent chacun leur avis, dans la simplicité et la tolérance. Puis, la conversation prenant un tour plus personnel, Ma'moun avoua qu'il était venu au Caire pour des raisons liées à son prochain mariage. Mahgoub, alors, l'informa du sien, et l'autre le félicita, lui souhaita tout le succès possible, puis reprit :

– J'ai rencontré hier soir notre ami Ali Taha, et nous avons passé un long moment ensemble…

À cette digression soudaine, le cœur de Mahgoub fit un bond. L'angoisse l'étreignit. Avait-il mentionné Ali Taha par hasard, ou ce dernier avait-il parlé de lui à Ma'moun ? Ce mariage ne pouvait rester éternellement secret ! Ali l'apprendrait un jour ou l'autre. Mais par quel biais ? Et comment le lui aurait-on justifié ?

Il observa Ma'moun ; leurs regards se croisèrent. Dès cet instant, lisant la gêne et le soupçon dans les yeux noirs et purs, il comprit qu'il savait : les yeux de Ma'moun, franc miroir inapte à dissimuler et tromper, lui demandaient ouvertement : « Est-ce vrai ce qu'on raconte ? As-tu vraiment trahi ton ami ? »

Dès lors, ne voyant aucun intérêt à laisser à l'autre l'initiative de l'interrogatoire, il demanda :

– Comment va-t-il ?

– Pour le mieux..., répondit Ma'moun posément

Un silence se fit. Mahgoub baissa les yeux. Son intuition se confirmait, sans aucun doute. Mais savaient-ils toute la vérité ? Les seuls à la connaître, les parents d'Ihsane, le bey et al-Ikhshidi, n'auraient pu la dévoiler sans se nuire. Et si Ma'moun savait, il aurait refusé de le voir. Il n'était certainement pas dans sa nature de témoigner du respect à quelqu'un qu'il jugeait méprisable ! Il n'était là que pour l'entendre se disculper de l'accusation de leur ami, celle de trahison, non celle d'avoir épousé une fille qui avait fait ci et ça, dans le but d'obtenir un poste. C'était évident.

Satisfait de sa logique, et dédaigneux de la tristesse d'Ali comme de l'opinion de Ma'moun, il regarda ce dernier avec son audace coutumière et reprit :

– Qu'est-ce qui le tracasse ?

Ma'moun ne sut que répondre. Il se mordit la lèvre, gêné, et garda le silence. Mahgoub eut un rire nonchalant et compléta, comme à part soi :

– Mon mariage ?...

– C'est vrai que... ? s'enquit Ma'moun fiévreusement.

– Oui, c'est vrai ! coupa Mahgoub. J'ai épousé notre ancienne voisine, Ihsane Shehata Turki !

Le visage de Ma'moun afficha une stupeur mêlée de colère.

– Mais je n'ai pas été malhonnête…, ajouta l'autre en souriant.

Il lui raconta comment la relation d'Ali et Ihsane s'était détériorée jusqu'à la rupture, et l'assura qu'il n'avait demandé sa main qu'ultérieurement.

– Ne serais-tu pas responsable de cette détérioration et de cette rupture ? interrogea Ma'moun avec sa franchise habituelle.

– Absolument pas ! certifia Mahgoub.

Ainsi s'acheva l'entretien. En serrant la main de son ami, Mahgoub sentit que son adieu était définitif, puis, entendant la porte se refermer brutalement, il cracha de mépris et de colère et grommela, haineux : « Et baste… »

À l'heure de la sieste, il s'allongea sur le lit, les yeux grands ouverts. Ihsane dormait à ses côtés. Il écouta sa respiration régulière, familière, puis s'abandonna aux tumultueuses pensées qui le tenaient en éveil.

Aujourd'hui Ma'moun avait mis un terme à leur amitié, hier c'était lui qui délaissait Ali. Le lien était rompu avec ses plus proches amis.

Il ne s'était jamais beaucoup soucié de ses amitiés. Toutefois, il se sentait mis à l'écart et solitaire, lui d'un côté, le monde de l'autre. Si, de fait, il n'avait jamais cultivé l'amitié d'un autre être, plus d'un avait recherché la sienne, ce qui lui avait donné le sentiment de la fraternité. Mais aujourd'hui, les fils ténus qui le liaient à autrui craquaient les uns après les autres, le plongeant dans une profonde solitude.

Auparavant, c'était la singularité de ses opinions qui provoquait en lui un sentiment d'isolement, et plus encore lorsqu'il se risquait à les mettre en pratique. Il avait alors l'impression qu'un océan le séparait du reste du monde, et se demandait avec amertume comment chasser de son cœur le brouillard de cette solitude. Son univers ne comptait aucun être aimé. Les fonctionnaires qu'il côtoyait ne représentaient qu'une forme de compagnonnage forcé. Salim al-Ikhshidi ne se souciait que de son intérêt personnel. Alors, où trouver le remède ?

Il jeta un regard de côté et vit le visage endormi, écouta la respiration régulière. Oui, c'était elle la consolation. La distraction. Tout ce qui lui restait en ce bas monde. S'il avait pu la conquérir, il ne se serait plaint de rien. Car en réalité, son angoisse présente provenait moins de la rupture de Ma'moun que du souvenir d'Ali et de son amour.

La jalousie s'était emparée de son cœur. Il ne pensait plus que sa relation fût une simple affaire de soupape de chaudière, comme il se plaisait à dire jadis en parlant de l'amour et des femmes. Son violent besoin d'un lien conjugal était peut-être l'effet de son sentiment de solitude, à moins qu'il n'en fût la cause.

Il ne croyait pas à l'amour tel que l'avait vécu Ali Taha, fût-ce dans sa situation présente. Jamais il ne portait un regard éperdu sur le ciel, ni ne rêvait de quelque idéal ou de quelque chimère. Il ressentait son besoin de stabilité conjugale comme une force tyrannique et brutale, qui n'était pas le seul fait de la maturité charnelle, mais qui aspirait à régir son désir, ses penchants et son amour, pour en faire un désir partagé, une affection partagée. Il ne pourrait sans cela éprouver le sentiment d'avoir vaincu la solitude et trouvé la consolation. Cette force tyrannique et brutale se jouait des esprits supérieurs, des moi arrogants et des philosophies cyniques.

Il esquissa un sourire moqueur et pensa : « Au diable cette odieuse jalousie ! À quoi bon prétendre vivre si le monde perd sa saveur à la moindre dérobade de cet animal charmant ? »

Il n'était pas dupe de la réalité de ses nouveaux sentiments. Il avait d'abord accepté le mariage sur la base d'un marché intéressé. Puis il avait voulu compenser sa situation singulière par une absolue liberté et une convoitise sans bornes. Maintenant, il désirait davantage que le corps de son épouse. Il aspirait à conquérir son cœur. Et peut-être que si le sort l'avait uni à une autre qu'Ihsane, son amour d'antan, il en eût été autrement. Ihsane, il ne pouvait que l'aimer !

Ces pensées lui gâchèrent sa bonne humeur. Il y vit un mauvais présage menaçant sa vie et son être, et il songea, attristé : « Ce sont peut-être les symptômes d'une maladie chronique, causée par cette effroyable solitude ! »

Le soir, ils s'assirent sur le balcon pour boire le café. Il n'avait pas cessé un seul instant de réfléchir, et paraissait anxieux et fatigué.

Ses yeux saillants se mirent à dévisager Ihsane, qui le remarqua, tout comme elle remarqua sa fatigue et son anxiété. Elle en pressentit les causes, qu'elle attribua tout entières à la soirée de la veille. Sans mot dire, elle posa sur lui un regard interrogateur :

– Je n'ai pas dormi cet après-midi…, avança-t-il pour se justifier.

– Et pourquoi ? demanda-t-elle, feignant l'indifférence.

Il éluda la question, mais ressentant le violent désir de balayer l'obscurité et l'incertitude où il était plongé, il la regarda dans les yeux et dit :

– Tu es une énigme que je voudrais élucider !

L'étonnement se peignit sur le beau visage encore ensommeillé.

– Une énigme ? bredouilla-t-elle.

– Oui… Nous devrions parler à cœur ouvert…

– À cœur ouvert ! ?

Il pensa qu'elle feignait la surprise et, passant outre, il reprit :

– Je me pose des questions troublantes sur ta vie…

Elle baissa les yeux sans mot dire, le visage fermé. Mahgoub, qu'aucune force au monde n'aurait pu détourner de son but, poursuivit :

– Dans notre situation, la franchise n'a pas de prix. Nous devons pouvoir nous comprendre, afin d'unir nos efforts pour le bonheur de notre vie commune. N'oublie pas que nous sommes associés, et que tout est éphémère, sauf cette association…

Elle but la dernière gorgée de son café et, sans dire un mot ni manifester le désir de parler, reposa sa tasse sur la petite table basse située entre eux.

– Pourquoi as-tu fait ce que tu as fait ? insista-t-il avec son éternel aplomb.

Elle rougit et répondit sèchement :

– Et toi, pourquoi as-tu accepté ?

Il s'empressa de répondre, d'un ton conciliant, comme s'il s'excusait :

– Je ne te demande pas de comptes… Je veux simplement comprendre pourquoi… tu n'as pas…

Il s'interrompit malgré lui, le rouge aux joues, puis ajouta :

–… Ali Taha… ?

– L'endroit est mal choisi pour en parler ! objecta-t-elle vivement, courroucée.

– Et Qasim bey ? demanda-t-il à voix basse.

Elle se rembrunit, se mit à se ronger nerveusement les ongles, puis répondit sèchement :

– J'ai accepté de le rencontrer pour les mêmes raisons qui t'ont fait accepter de m'épouser !

Soulagé par sa réponse, il dit avec douceur :

– Ne te fâche pas… Je te l'ai dit, je ne te demande pas de comptes. Je voudrais seulement savoir si… je veux dire, est-ce que… ce qu'il en est de… ton cœur… oui, c'est ça, de ton cœur !

– Mon cœur ! Te l'ouvrir ne mènerait à rien. En tout cas, à rien de bon. Mon cœur ? De quoi parles-tu ? Ne sommes-nous pas… heureux ?

– Mais si… mais si…, opina-t-il à la hâte.

Puis, après un temps de réflexion, il reprit avec un incroyable aplomb :

– Et si je t'interdisais de voir le bey ?

– J'obéirais à mon mari…, ânonna-t-elle en soupirant de dépit.

Conscient du cynisme de sa réponse, il se sentit profondément meurtri. Il s'interrogea sur le bilan de sa téméraire enquête et, se retrouvant dans le même état de perplexité et d'angoisse qu'au début, il s'aperçut qu'Ali Taha demeurait à la source de sa colère et de sa rancœur. « L'endroit est mal choisi pour en parler… » Qu'est-ce que cela voulait dire ? Pourquoi ce ton rageur ?

Il s'insurgea contre cette langueur qui l'affectait. Que ne partait-il en guerre contre ces sentiments empoisonnés ? Allait-il capituler devant quoi capitulaient les plus sots des êtres humains ? Qu'elle aime donc Ali Taha ! Qu'elle aime donc Qasim bey ! Qu'il vienne donc tous les soirs s'il voulait ! À lui de faire front, avec une indifférence et une ironie surhumaines. C'était tout, ni plus ni moins. Par contre, ses exigences devaient rester sans bornes. Aux grands maux les grands remèdes ! Or les remèdes à sa solitude étaient le prestige et l'alcool. On l'attaquait ? Soit, il contre-attaquerait ! Demain, il courrait les maisons closes et s'offrirait toutes les femmes ! Car si le secret de son mariage était percé à jour, il souhaiterait qu'on dise : « Sa femme ? Son cynisme l'a pervertie… Ce n'est qu'un jeune dépravé ! »

Parvenu à cette conclusion, il soupira, presque soulagé. Mais cette trêve ne dura pas. Il se rappela, la mine sombre, qu'il avait toujours peur des gens, une peur démesurée, et que cette peur allait surtout à l'encontre des principes de sa philosophie. À quoi bon ces pensées confuses, cette perplexité ? Quand porterait-il enfin sa vie au degré de perfection rêvé ?

Il n'aborda plus ce genre de sujet, s'efforçant d'éviter ce qui pouvait troubler leur sérénité ou brouiller leurs pensées. Il mettait dans la défense de son bonheur une énergie implacable et désespérée.

Puisqu'il ne lui était pas donné d'avoir une vie conjugale normale, il jouait le rôle de son mieux, tout comme un comédien joue le sien, au point de s'oublier, et de rire et pleurer pour de vrai. Ils offraient aux gens l'image d'un couple heureux. Tous deux voulaient réussir et aspiraient au bonheur. Et quand ils sentaient naître entre eux une tension ou un froid, un verre ou deux détendaient l'atmosphère.

Il avait résolu de consacrer tout son temps à sa nouvelle vie afin de fermer à ses obsessions le chemin de son cœur. Son travail lui prenait la majeure partie de sa journée. Il projeta par ailleurs, pour occuper le reste de son temps, de faire assaut dans le monde, comme il avait commencé à le faire avec la visite chez les Hamdis, et afin de goûter à ce que procurait à quelqu'un comme lui la jouissance de paraître.

Il en avisa Ihsane et lui dit un jour, saisissant au vol l'occasion propice :

– J'ai fait la connaissance d'un groupe composé de jeunes cadres d'élite et de plusieurs personnalités. L'un d'eux m'a, ou plutôt, nous a invités à une soirée qu'il organise pour l'anniversaire de son fils. J'ai accepté avec plaisir…

Comme elle levait vers lui ses grands yeux noirs, ne sachant que répondre, il ajouta, enthousiaste :

– Nous ne devons pas rester cloîtrés chez nous. Regarde al-Ikhshidi, il connaît toutes les têtes de la haute société. Ce sont ces relations qui étayent sa vie et cimentent son avenir…

Elle aspirait au fond à la distraction, à la consolation, au bonheur, et désirait voir, apprendre et oublier. C'est pourquoi elle accueillit la proposition avec joie et répondit, avec un sourire qui en disait long :

– D'accord, allons-y !

Mahgoub s'en réjouit. Il aimait qu'elle partage ses intérêts et ses espoirs, et sentait que s'il parvenait à l'attirer dans l'océan de ses ambitions, il remporterait une immense victoire. C'est pourquoi il renchérit :

– Qui se lance dans la grande vie avec une âme d'explorateur ne peut en revenir les mains vides. Nous avons deux atouts maîtres, moi ma fonction, toi ta beauté !

Ils se rendirent donc à cet anniversaire.

Le charme fascinant d'Ihsane fit grande impression. Mahgoub joua son rôle avec audace et ne manqua pas de créer l'occasion de faire valoir sa parenté avec Ahmed bey Hamdis. À la fin de la soirée, Ihsane avait conquis l'admiration d'un jeune homme très en vue nommé Ali Iffat, lequel les invitait deux jours plus tard à partager une loge au théâtre Fantasio.

Les derniers jours de juillet, ils vécurent une existence joyeuse et trépidante, fréquentèrent les cinémas, les salons estivaux. On l'invita à la Bodega, chez Groppi, chez Solt [1].

Un jour qu'il confessait sa joie à al-Ikhshidi, ce dernier rétorqua, avec une moue méprisante :

– En ce moment la haute société est à l'étranger. La vraie vie ne reprendra au Caire que vers la mi-octobre…

Cette remarque le terrifia. Il se contenta cependant de ses nouvelles connaissances. Peut-être lui étaient-elles plus accessibles – ou leur était-il plus proche – que ces écumeurs de paradis lointains. Une seule chose l'ennuyait : le coût de cette vie luxueuse, vie qui lui imposait d'apporter à sa tenue autant de soin qu'une femme, ni plus ni moins, d'acheter des tissus de qualité, de choisir de beaux coloris, et d'en changer souvent, afin que nul regard aigu ne tombe deux fois sur la même chose.

Parmi ces jeunes gens, il ne s'en trouvait point pour parler d'arabisme, de socialisme ou d'Auguste Comte.

1. Trois célèbres cafés et salons de thé cairotes d'avant-guerre. Groppi existe encore.

Beaucoup avaient certes étudié à l'université, mais en province, et on ne mentionnait jamais les jardins d'el-Ormane ni le foyer des étudiants ! Si bien qu'il se mit à fumer, et à se passionner pour les jeux de hasard.

Mais comment faire face avec son malheureux salaire ? Qasim bey avait beau payer les charges de l'appartement et entretenir sa femme, il restait ses propres dépenses, qui augmentaient jour après jour, et se diversifiaient d'heure en heure. Il y réfléchit longuement et conclut : « Les fonctionnaires à mon échelon grimpent en flèche. Je ne dois pas rester à la traîne ! »

Ihsane aimait cette vie en société, séduite par tout ce qu'elle offrait de gaieté, de distractions, d'occasions de paraître, de se mesurer aux autres, de susciter l'admiration. Elle s'intéressait à des choses nouvelles, y insufflait le sens de l'effort et de l'enthousiasme, et échappait ainsi à la contemplation de son existence passée, présente et à venir, comme au gouffre de ses pensées.

Le succès et l'affection qu'elle rencontrait étaient sa joie. Qasim bey Fahmi lui vouait une passion effrénée qui le rendait fou. Il quémandait son amour, insoucieux de son rang, de sa famille, de ses enfants, et dépensait pour elle sans compter, au point qu'elle était devenue, par sa beauté et son élégance, le joyau de toute assemblée. Voilà la vraie vie ! Quant à attendre entre quatre murs l'un ou l'autre de ses deux hommes, c'était insupportable. Elle ressentait souvent, malgré tout, le vide et l'ennui, comme toute jeune fille dont l'amour a déserté le cœur. Elle n'aimait pas le bey. Son charme extraordinaire n'avait plus d'emprise sur elle, sans doute évanoui du jour où elle avait compris sa trahison. Peut-être même nourrissait-elle à son égard une haine mêlée de rancœur, mais elle tenait jalousement à lui, afin que « son sacrifice » ne s'avère pas vain. De nature pragmatique, elle avait jeté le passé aux oubliettes, et lui tournait le dos, sourde aux appels qu'il lançait parfois à son cœur. Le passé et son vivant symbole, Ali Taha, étaient deux images à jamais ensevelies.

Elle reportait toute son attention sur son mari, le compagnon de son existence présente et à venir, à qui la vie avait imposé – comme à elle – un terrible sacrifice, et qui, également comme elle, ne visait qu'un seul but. D'ailleurs, hormis quelques détails, c'était un jeune homme capable d'aimer et d'harmoniser leur vie conjugale. C'est pourquoi elle encourageait ses efforts dédiés à leur bonheur commun, buvait en sa compagnie, lui rendait ses caresses, espérant que la comédie deviendrait un jour réalité. Si elle avait été d'une nature purement animale, elle aurait atteint au bonheur convoité. Mais son cœur recherchait toujours une tendresse et un amour absents des plaisirs et de l'aisance que sa vie lui procurait. Voilà pourquoi la hantait encore ce sentiment de vide et d'ennui. Et plus ce sentiment la poursuivait, plus elle se jetait à corps perdu dans la frivolité et le luxe, jusqu'à surpasser les appétits de son époux.

Chaque matin, elle sortait sitôt son mari parti. Son foyer lui inspirait une telle répulsion qu'elle était incapable d'y rester seule. Les grands magasins constituaient sa cible favorite. Elle allait d'un étalage à l'autre, arpentait les travées encombrées, achetait ce dont elle avait besoin, sans prêter attention aux jeunes gens qui, de-ci de-là, lui barraient le chemin pour lui faire la cour. Qu'avait-elle besoin d'un autre homme lorsqu'elle en avait déjà deux à sa disposition ? Et puis elle avait toujours l'intuition qu'elle finirait par s'habituer à son mari, par l'aimer, et qu'elle n'aurait plus alors aucun souci. Mais si la lassitude avait raison d'elle, si l'ennui la taraudait, sa sagesse l'abandonnait, elle se remémorait les misères de sa vie passée, songeait à ses parents, à son faux pas, à sa vie présente, et une vague de révolte grondante l'emportait, lui insufflant le désir d'une course effrénée à la jouissance. Cependant, elle n'en faisait rien, ni ne prenait de décision irrévocable comme l'eût fait Mahgoub à sa place. Chaque matin, elle errait comme les désœuvrés, prenait le tram ou l'autobus, se perdait aux confins de la ville, puis revenait.

Elle apprit un jour qu'une de ses amies partait pour Rome où son mari venait d'être nommé. La nouvelle lui fit grande impression. Elle aurait voulu pouvoir visiter tous les pays du globe. Une existence pareille devait permettre à chacun d'oublier ses soucis et de jeter un voile opaque sur les futilités de la vie. Elle s'en ouvrit à Mahgoub.

– Comme j'aimerais aller à Rome !

– Tu as vraiment envie de voyager ? demanda-t-il, étonné.

– Naturellement ! Pourquoi pas ?

– Et le bey ? fit-il, un sourire aux lèvres.

– Peut-être me fera-t-il ce plaisir plus tard…

Comprenant ce qu'elle entendait par « plus tard », il haussa les épaules et rétorqua :

– Si un jour ou l'autre il se refroidit, il ne fera rien du tout !

Ils échangèrent un regard lourd de sens. Puis il reprit, soucieux de faire valoir son opinion :

– Pour le moment, il comble tous tes désirs, alors ne laisse pas filer cette superbe occasion. Elle ne se représentera pas. Oublie cette envie soudaine de voyager, c'est une lubie. Sache que s'il cessait de t'aimer, ta vie ne serait plus si rose ! Si nous ne savons pas aujourd'hui tirer parti de notre situation, nous serons obligés demain de quitter ce quartier pour un quartier pauvre. Et là, la haute société nous fermera ses portes ! Nous serons la risée des gens ! Soyons très vigilants pour notre avenir…

Il reconsidéra brièvement son discours et s'aperçut qu'il parlait avec la même aisance, la même désinvolture, que les proxénètes. Il se réjouit de cette aptitude, et l'attribua aussitôt aux effets de sa philosophie et de sa volonté. Ihsane, de son côté, médita longuement les recommandations de son époux, et ne tarda pas à se convaincre de leur sagesse et de leur perspicacité.

Le 1er août, il toucha son premier salaire, une somme dont il n'aurait même pas rêvé aux jours de disette. Chose étonnante, il n'en éprouva aucune satisfaction. Tiraillé entre mille convoitises, ses désirs étaient de plus en plus nombreux, et semblaient un feu insatiable et inextinguible. Ce salaire lui rappela ses parents qui en attendaient leur part avec impatience. Aucun doute que l'indemnité de son père était épuisée. Peut-être, comme lui en février dernier, était-il contraint de vendre des meubles et, fatalement incapable de payer son loyer, se retrouverait-il bientôt, avec les siens, sans toit ni nourriture. Mais que pouvait-il faire ?

Il avait sans doute été sage de lui cacher sa nomination. Il avait pris toutes ses précautions en la matière, priant al-Ikhshidi de ne pas ébruiter la nouvelle dans al-Qanatir, afin que nul ne l'apprenne avant le moment opportun. Mais quand viendrait ce moment-là ? Son salaire ne couvrait pas les frais de leur somptueux train de vie, et il se savait incapable de satisfaire aux règles du paraître. Qu'il concède seulement à ses parents deux ou trois guinées, et son budget en pâtirait, son fait serait découvert et ses espoirs ruinés. Comment résoudre un tel problème ?

Il céda à la colère, comme chaque fois qu'il était en proie à l'incertitude ou à l'embarras, persuadé en son for intérieur que rien ne les justifiait, mais repensant malgré lui à ses parents et se les représentant, son père cloué au lit par la maladie – cela à vrai dire ne l'émut guère –, et sa mère avec ses yeux fragiles, son mutisme effrayant, et sa foi profonde en son fils et son avenir. Il tenta d'effacer cette image, de la chasser de son esprit, mais comme il échouait, il résolut d'étouffer sans faiblesse les sentiments qu'elle éveillait en lui.

Il ne pensait pas à ses parents parce qu'il les aimait, mais parce qu'il se sentait responsable envers eux. Cette incontournable évidence était l'un des ressorts de sa colère. Des lambeaux de chimères restaient donc incrustés en lui ? Qu'était ce lien filial, sinon une convention stupide liée au phénomène de la famille ? Cette convention, il la répudierait, comme d'autres auparavant, pour ne se préoccuper que de lui-même, de son prestige et de sa jouissance. « Pourquoi sont-ils encore en vie ? songeait-il. À quoi leur sert de vivre ? Quel sens donnent-ils à la vie ? Que ne meurent-ils donc, pour se reposer et reposer les autres ? Il est criminel pour l'enfant de respecter ses parents, si cela fait obstacle à son bonheur. Plus encore, il est criminel d'entraver le bien-être individuel. »

C'était clair et indubitable. Il y croyait profondément. Mais que faire ? Rompre tous ses liens avec al-Qanatir et laisser ses parents face à leur destin ? Sinon, comment se débrouiller pour trouver l'argent nécessaire ? Le fait est qu'il semblait incapable de subvenir à leurs besoins. Et il semblait tout aussi incapable de les oublier.

Il demeura soucieux et pensif jusqu'à sa sortie du ministère. Il n'avait pas encore tranché, même si la conscience de son égoïsme n'avait pas triomphé.

Rue Qasr al-Ayni, il tomba sur Ahmed Badir qui quittait le siège du journal. Ils se serrèrent chaleureusement la main, et Mahgoub ne tarda pas à éprouver ce sentiment de crainte qui le tenaillait à la seule évocation de ce redoutable ami.

Ils marchèrent côte à côte, en devisant, fidèles à leur vieille habitude de la rue de l'Université et du jardin d'el-Ormane. Le journaliste l'interrogea sur sa santé, son travail, Qasim bey, et l'entretint des déboires de sa carrière.

– Le journalisme est un art difficile. Être fonctionnaire, à côté, c'est de la rigolade ! le consola Mahgoub, comme par souci de complaisance.

– Tu l'as dit, cher ami ! s'exclama Ahmed Badir avec entrain. C'est pourquoi je m'étonne qu'un de nos camarades puisse renoncer à un honorable poste de fonctionnaire pour aller se battre dans le journalisme !

– Vraiment ?... bredouilla Mahgoub, l'air interrogateur.

– Oui. Je veux parler de notre camarade, l'ustadh Ali Taha.

Une lueur inquiète brilla dans les yeux globuleux qui s'assombrirent, puis feignirent de s'étonner.

– Ali Taha ! s'exclama-t-il.

– C'est un garçon entreprenant, comme moi, opina Ahmed Badir. Il en a eu vite assez du bureau de la bibliothèque, et il a créé avec quelques-uns de nos confrères une revue hebdomadaire prônant la réforme sociale.

– Et le magistère ?

– « Laissons la recherche aux chercheurs, m'a-t-il dit, et concentrons-nous sur des choses plus essentielles. Dédions notre combat tout entier à l'Égypte, et à son passage d'une nation d'esclaves à une nation d'hommes libres. »

Mahgoub réfléchit un instant, sans rien laisser paraître de ses sentiments, puis déclara :

– Il est vrai que l'ustadh Ali Taha est un homme pratique. Il n'est pas fait pour la réflexion scientifique et la théorie !

Le journaliste lui décocha une œillade acérée et rétorqua :

– C'est tout à son honneur ! Pratique ou théorique, ces deux qualités, si différentes soient-elles, se valent. Notre ami est en fait un garçon sincère et passionné. Il a abandonné une vie tranquille pour prêcher ses idéaux, malgré tout ce que cela comporte de difficulté et de risque. Ses principes ne sont pas communs à tous les journalistes. Il va sans doute se heurter à la bêtise, aux attaques d'ignorants fanatiques, peut-être même sera-t-il entraîné vers de pires dangers. À quoi peut s'attendre celui qui prêche la foi en la science, la société et le socialisme ?

– Sa revue a déjà paru ? demanda Mahgoub pour toute réponse.

– Au début du mois.

– Et où a-t-il trouvé l'argent nécessaire à un tel projet ? risqua Mahgoub après un temps d'hésitation.

– Son père lui a donné cent guinées.

– Et ce père fortuné croit au socialisme ? ironisa-t-il.

Ahmed Badir éclata de rire.

– Peut-être voit-il dans ce projet une affaire commerciale ! Il y a contribué à sa façon. Après, à Ali de se débrouiller.

Mahgoub hocha la tête et dit avec un certain mépris :

– Combien de fois Ali Taha nous a-t-il rabâché ses principes au foyer des étudiants ! Prêcher, c'est bon pour les soirées entre amis. Mais démissionner pour faire de ces palabres un métier qui peut vous conduire tout droit au cachot, c'est de la folie, c'est le moins qu'on puisse dire. Or notre ami n'est pas fou, alors comment en est-il arrivé là ? Regarde Ma'moun Radwan, il nous parlait des heures entières de l'islam, pourtant il a décidé d'aller à Paris et de se préparer au noble métier de professeur. Voilà un garçon sensé !

À quoi Badir répondit aussitôt, d'un ton dénotant la surprise :

– Ma'moun Radwan est un garçon sincère lui aussi. Il achèvera brillamment sa formation comme toujours, et deviendra imam, je n'en doute pas !

– Moi j'en doute beaucoup !

Badir haussa les épaules mais, comme ils approchaient de la place Ismailiyya où ils devaient se quitter, il ne voulut pas pousser la polémique et se contenta d'ajouter :

– L'ustadh Ma'moun s'est marié hier et part pour l'étranger avec sa femme à la fin du mois…

Ces vies dispersées tissaient leurs toiles à la surface du vaste monde, et nul ne pouvait prédire ce qu'elles deviendraient dans un proche ou lointain avenir, ni le sort et le destin qui attendaient leurs acteurs. Mahgoub savait simplement qu'elles pouvaient être étalées au grand jour par quelqu'un comme Ahmed Badir, alors que la sienne, si on la racontait telle quelle, ferait scandale ! Il ne s'en souciait guère. Mais il devait en redouter les conséquences, comme tout être raisonnable vivant dans un monde de fous et d'imbéciles.

Il ne put recouvrer sa sérénité ni balayer la tristesse qui l'envahissait. Le plus étrange était que, bien qu'Ali Taha et lui fussent aux antipodes l'un de l'autre, la société pouvait les jeter tous deux en prison, sans distinction entre celui qui la vénérait et celui qui la répudiait !

Parvenus sur la place, ils entendirent les cris des vendeurs de journaux annonçant la réunion extraordinaire du parti au pouvoir. Ahmed Badir réagit en journaliste et conclut en serrant la main de son ami :

– Au fait, le chef du gouvernement a perdu la confiance du Palais !

Mahgoub se troubla et, se rappelant que Qasim bey Fahmi était l'un des hommes du régime, il s'enquit :

– Et les Anglais ?

Badir fit la moue.

– Le haut-commissaire a le cœur changeant…

Sur ces mots ils se séparèrent, et Mahgoub, morose et renfrogné, prit en direction de la rue Sulayman-Pacha. Toutefois, cette émotion nouvelle l'arrachait au désarroi qui l'avait accablé en recevant son salaire et, face au danger imminent, il n'hésitait plus à décider du sort de ses parents : ils seraient les premières victimes de la crise politique.

Il apprit la nouvelle à sa femme. Ils en discutèrent à table, puis sur le balcon, anxieux de savoir si Qasim bey allait survivre ou succomber à la chute du pouvoir en place. Le bey était connu, parmi les hommes du régime, pour son agressivité partisane, et il n'y avait aucun espoir qu'il se maintînt si le cabinet démissionnait.

– Si le bey est mis à la retraite, s'inquiéta Mahgoub, je serai inévitablement muté à un poste obscur – si on ne m'expédie pas au fin fond de la campagne – et je perdrai tous mes espoirs, sinon mon poste.

Avait-il tant lutté pour être payé de ce sinistre dénouement ? Ainsi couronnait-on l'audace, l'esprit d'aventure, l'indifférence à tout ? Accablé de chagrin, il posa sur son épouse un regard triste, vide.

Ihsane n'était pas moins affligée. Elle songeait comme lui à ce que demain leur réservait, et ce destin prévisible se dessinait sous ses yeux. La perte d'ambitieux espoirs ne la concernait guère. C'était le coup porté à sa sécurité présente qui la chagrinait. Cette vie douce et riante allait-elle prendre fin ? La source qui abreuvait sa famille assoiffée allait-elle se tarir, et elle se retrouver dans un bourg de campagne, maîtresse d'une masure sans âme dont l'entretien quotidien et le service de son homme constitueraient les seuls horizons ? Ces pensées faisaient plutôt figure de cauchemars, dont elle ne savait comment elle les affronterait s'ils devenaient, demain, réalité.

Mais la nouvelle semblait prématurée. Ils n'en trouvaient nul écho dans la presse qu'ils s'étaient mis à compulser avec soin. Nombre d'amis leur certifiaient que l'heure n'avait pas encore sonné.

Les journées d'août se succédèrent dans le calme, et ils recouvrèrent leur sérénité. Mahgoub recommença même à penser à ses parents et à se demander ce qu'il devait faire d'eux. Mais cette fois, sa résolution était prise, et il écrivit à son père une lettre dans laquelle il exprimait ses regrets de ne pouvoir l'aider. Il ajoutait qu'il recherchait toujours activement un emploi, et il lui promettait une proche délivrance. Pour se donner bonne conscience, il se dit que son père pouvait bien patienter encore un ou deux mois, et qu'il serait toujours temps de voler à son secours dans des circonstances plus favorables.

Le répit fut de courte durée. La nouvelle annoncée par Ahmed Badir au début du mois refit surface. La rumeur courut de plus belle. L'horizon prenait des teintes menaçantes.

Les deux époux retrouvèrent leurs sombres pensées et leur inquiétude, au point que Mahgoub alla interroger son directeur, Salim al-Ikhshidi, sur la situation. Il le trouva aussi calme et impassible qu'à l'accoutumée, mais il ne se laissa pas impressionner, sachant pertinemment qu'il ne se départait jamais de ce masque, même dans les moments les plus critiques.

Al-Ikhshidi leva simplement sur lui ses yeux ronds, feignant de ne pas comprendre, et Mahgoub, resté debout, lui demanda :

– Sur quoi reposent les rumeurs qui courent ?

– Quelles rumeurs ? rétorqua al-Ikhshidi d'une voix qui n'avait rien perdu de son autorité.

– La chute du ministère. Qu'est-ce que ça cache ?

– Ce que ça peut cacher…, éluda l'homme avec un sourire.

– Est-ce que l'alliance peut vraiment prendre fin ?

– Tout a une fin ! répliqua-t-il, pris d'une perfide envie de le torturer.

Ce flegme l'emplit d'une fureur telle qu'il dut sourire pour la dissimuler.

– Votre Excellence sait sûrement beaucoup de choses…

Mais l'autre tenait absolument à prétendre qu'il ne savait rien. Il arbora un sourire énigmatique et dit avec assurance :

– Attends… Tout vient à point à qui sait attendre.

– Vous n'aurez pas même un mot rassurant ?

De nouveau taraudé par l'envie de le torturer, il lui demanda avec une fausse innocence :

– Qu'est-ce qui te fait peur ?

Mahgoub écarquilla ses gros yeux étonnés, et son front se plissa :

– Assouan au mois d'août !

– Tout lieu est bon où fleurit l'opulence ! rétorqua l'autre en haussant les épaules.

– Alors, ces rumeurs sont fondées ?

Al-Ikhshidi marqua une pause, en quête d'une réponse qui ne trahirait pas son ignorance dans les jours à venir.

– Jusqu'à présent, personne n'en sait rien. Cela dit, la politique n'en fait qu'à sa tête…

Mahgoub regagna son bureau, écumant de colère, en se disant tout bas : « Monsieur le fils de sa paysanne de mère voudrait me faire croire qu'il est un fin politicien. Qu'il crève ! »

Vers midi, la rumeur de la démission réelle du cabinet envahit le ministère. Untel annonça qu'il avait joint Bulkili par téléphone, et que la nouvelle lui avait été confirmée. Une tempête caractéristique de ce genre de situation souffla sur le bâtiment. On arpentait les couloirs en tous sens, on nommait à grands éclats de voix les nouveaux ministres. Mahgoub céda à une violente confusion et la consternation se peignit dans ses yeux. Sur ce, le portier l'informa que Qasim bey avait quitté le ministère. Aussitôt, il appela al-Ikhshidi au téléphone pour lui demander où le bey avait été muté, mais l'autre lui répondit qu'il l'ignorait. Il interrogea nombre d'amis dans divers secteurs ; les réponses ne variaient guère : « Tu as des nouvelles ? La situation est préoccupante !… Quelles sont les dernières nouvelles, ustadh ? C'est la poisse !… Du nouveau, untel ? Ils ont touché l'œil du borgne !… Vous avez entendu ces étranges rumeurs, mon cher ? Rapport au ministre ? Au diable, monsieur ! » Et ainsi de suite, jusqu'à ce qu'il ait la certitude que le ministère rendait son dernier soupir.

La sonnette du téléphone retentit. C'était Ihsane. Il eut un mauvais pressentiment.

– Tu connais la nouvelle ? fit-elle.

– Le ministre ?

– Oui… Il a démissionné.

– Comment le sais-tu ?

– Les éditions spéciales des journaux…

– Alors ?…

– Je t'appelle pour te rassurer.

– Quoi ? Tu veux rire !

– Pas du tout ! Je te donnerai les détails à la maison. Mais sache que malgré la dissolution du ministère, le régime reste en place. C'est le bey qui me l'a dit.

– Tu en es sûre ?

– Oui, et j'ai d'autres nouvelles qui vont te réjouir. Tu sauras ça en rentrant !

Elle raccrocha. Mahgoub se leva sur-le-champ et sortit.

En chemin, il entendit les vendeurs de journaux annoncer à tue-tête le remaniement du cabinet. Partout la joie semblait flotter dans l'air. Les tyrans s'en allaient. La vague de sang refluait. Le carcan de l'arbitraire se dénouait du cou des Égyptiens, ou tout comme. Quant à lui, sans le coup de téléphone de son épouse, il aurait éclaté en sanglots.

Ihsane l'attendait. Elle l'accueillit avec un doux sourire et lui fit part avec empressement des nouvelles dont elle disposait. Elle confirma ce qu'elle lui avait appris, et ajouta :

– Tu sais le nom de ton nouveau ministre ?

– Non ! admit-il, surpris.

– Qasim bey Fahmi !

Il la regarda, éberlué, le rouge aux joues.

– C'est lui qui te l'a dit ?

– Parfaitement !

Une vague de soulagement et de joie le submergea. Mais il ne s'y complut guère. Il tritura son sourcil en maugréant :

– Ministre… Il aurait mieux fait de rester où il était ! On n'est pas ministre à vie. Qui est-ce qu'ils vont nous coller demain…

– Aujourd'hui, c'est lui le ministre ! Tu ne comprends donc pas ? le rabroua-t-elle, étrangère à son inquiétude, comme si le ministère lui revenait en personne.

– Mais si, ma chérie ! C'est une aubaine… mais les ministres ont la vie courte, comme les beaux rêves. Bientôt il démissionnera, et nous nous retrouverons sans appui, ou à la merci d'ennemis implacables !

Elle ne souffla mot. L'angoisse la gagnait, et elle le maudit en secret.

Mahgoub se mit à évaluer avec intelligence et lucidité la tournure des événements et leurs possibles conséquences.

– C'est notre dernière chance ! conclut-il. Soit nous savons la saisir et nous vivons dignement, soit elle nous échappe et c'est l'humiliation.

Leurs regards se croisèrent. Elle comprenait l'allusion, mais attendait qu'il s'explique.

– S'il démissionne alors que nous sommes dans une situation « avantageuse », nous ne regretterons pas son départ…

Puis, après une courte pause :

– Il faut que je sois rattaché à son cabinet !

– Comme secrétaire ?

Il secoua la tête, l'air de dire « ce serait inutile ! ».

– Son secrétaire est au sixième échelon. Aucun intérêt ! Par contre, directeur de cabinet, c'est le quatrième !

– On peut sauter du sixième au quatrième ?

– On pourrait m'élever au cinquième avec option sur le quatrième. Certaines interprétations du règlement donnent toute licence ! Qu'en penses-tu ?

Elle se mordilla les lèvres pour dissimuler un sourire de contentement. Elle savait que tout nouvel échelon gravi par son mari, serait aussi pour elle une promotion. Elle ne doutait pas un instant que le quatrième échelon convoité fût seul en mesure de préserver le niveau de vie dont elle jouissait.

Partageant, loyale, les vues de son époux, elle murmura d'une voix ténue :

– Je pense qu'il ne saurait rien me refuser…

– Alors, à toi de jouer ! fit-il, enthousiaste. À toi de jouer, championne ! Notre destin dépend du résultat de ta démarche…

Le lendemain matin, il lut l'*Ahram* avec attention, scruta la première page, balaya du regard une colonne de photographies, celles des nouveaux ministres, et trouva son bonheur : le portrait de Qasim bey Fahmi. L'œil fixe, il poussa un profond soupir. Ah ! si seulement cet espoir pouvait se réaliser. Un baiser, une œillade, un soupir, pouvaient-ils changer sa situation ? Le hisser à un autre rang ?

Quelques jours plus tard, le nouveau ministre établit sa résidence au Caire – et non plus à Bulkili, en raison d'un asthme dont il souffrait depuis plusieurs années.

Au quatrième jour de son entrée en fonction, Mahgoub apprit sa nomination au poste de directeur de cabinet.

Ihsane l'accueillit avec le sourire et s'exclama fièrement :

– Félicitations !

Son cœur en frémit de joie, et il en fut soudain bouleversé, comme s'il n'avait pas caressé cet espoir ces quatre derniers jours durant. Le rêve était enfin réalité. Il allait devenir haut fonctionnaire. Passer au cinquième échelon était un sort appréciable, surtout s'il ne constituait qu'une courte étape vers le quatrième, lequel miroitait à ses yeux, écrit en toutes lettres, accompagné de la vision de certains privilèges, comme un large fauteuil, entouré d'assistants, avec une foule de gens de toutes conditions défilant devant lui. S'il avait pu se voir ainsi, en train de se représenter sa gloire future, le visage sévère, l'air hautain, regardant de haut ce qui l'entourait, il se serait moqué, fidèle à son habitude, de sa propre fatuité !

Il effeuilla avec plaisir les pages d'un passé encore proche, les nuits de février, l'échoppe de *foul* de la place Guizeh, la promenade aux Pyramides, les allées et venues entre Guizeh, la rue Fostat, et Ikhshidi, la main tendue comme un mendiant, son mariage et… ce dénouement ! Son cerveau bouillonnant d'audace et de philosophie lui semblait être une lumière dans les ténèbres. Il en fut bien aise et se frotta les mains de jubilation.

Le lendemain, il se rendit très tôt au ministère et s'assit à ce bureau qu'il allait quitter sous peu et qui lui semblait dérisoire.

Il n'était pas seul en avance. La porte s'ouvrit et l'ustadh Salim al-Ikhshidi apparut sur le seuil. Sa poitrine se serra, sans que ses traits bien sûr n'en laissent rien paraître.

Il se leva, souriant, pour accueillir le visiteur, tout en se demandant ce qui l'avait poussé à renoncer à sa superbe pour venir jusqu'à lui.

Il lui tendit joyeusement la main.

– Bienvenue, Excellence ! Asseyez-vous, je vous en prie…

Ils s'assirent. Al-Ikhshidi se fendit d'un de ses rares sourires, dit quelques mots du nouveau ministère et du bey supposé succéder à Qasim bey, puis ajouta avec son calme habituel :

– J'ai à te parler. J'ai donné ordre à ton huissier de ne laisser entrer personne.

Pressentant ce que l'autre voulait lui dire, Mahgoub se sentit ulcéré, mais il répondit, avec ce même ton joyeux de bienvenue :

– Vous avez bien fait. Je suis à votre entière disposition !

Al-Ikhshidi riva sur lui ses yeux ronds et déclara :

– La chose est d'une grande importance puisqu'il s'agit de notre avenir. Nous en tirerons tous deux un profit certain. Mais je voudrais avant tout te poser une question : n'as-tu pas toujours trouvé en moi un ami sincère ?

– Le meilleur qui soit, vous voulez dire !

En disant ces mots, Mahgoub s'étonna de ce ton conciliant et affable qu'il ne lui connaissait pas. Où étaient l'injonction, l'interdiction, le blâme ? Où étaient la froideur et l'orgueil ? Il sentit la haine et l'ironie ramper au fond de lui.

– Merci, dit l'autre. Notre amitié est un trésor précieux. Elle nous permet d'affronter les difficultés comme un seul homme !

– Vous parlez d'or, cher bey, comme d'habitude…

Il pensait secrètement : « C'est ça, parle d'amitié avec toute l'hypocrisie que tu veux ! Je te connais comme si je t'avais fait, scélérat ! Il me suffit de me connaître pour te connaître de fond en comble. Toute médaille a son revers ! »

Al-Ikhshidi le dévisagea d'un regard perçant et reprit :

– Il paraît qu'on va te nommer directeur de cabinet du ministre…

En plein dans le mille. Il voulait peut-être qu'il lui laisse le poste ? L'imbécile ! Il ne savait donc pas qu'il était son disciple ? Si ni la religion, ni la morale, ni les traditions n'avaient pu l'empêcher d'arriver à ce poste, pensait-il sérieusement que « son amitié » allait réussir là où toutes les autres forces avaient échoué ?

– C'est vrai ! opina-t-il calmement. Je le sais seulement d'hier.

– Je m'en réjouis autant que toi. Je voudrais seulement attirer ton attention sur le fait que l'échelon correspondant au poste de directeur de cabinet est le quatrième, et que tu n'es qu'au sixième. S'il se trouvait un poste vacant au cinquième échelon, tu y trouverais ton compte. Prends le mien, laisse-moi le tien, et nos vœux seront comblés !

Mahgoub se demanda s'il était idiot ou s'il feignait seulement de l'être. Il n'avait donc pas compris qu'il visait en fait le quatrième échelon ? Même en admettant qu'il était impossible d'y accéder directement, qui pouvait douter qu'il préférerait se retrouver avec lui au cinquième, à égalité, plutôt que de lui permettre de le surpasser ?

Il le regarda d'un air faussement pénétré :

– Que voudriez-vous que je fasse ?

– Dis au ministre que mon poste te suffirait !

La minute de vérité ! Nul doute que le mythe de l'amitié qu'ils avaient entonné en chœur ne tenait maintenant qu'à un mot. Il hésita un instant, sans perdre de vue que la rancœur d'al-Ikhshidi n'était pas chose à négliger. L'homme n'avait rien d'un Ali Taha ou d'un Ma'moun Radwan que leur honnêteté empêchait d'avancer. Non, cet homme-là était, comme lui, sans morale ni principes, et qui plus est, il savait tout. Alors que faire ?

Il réfléchit, songea que son secret se saurait tôt ou tard, si tant est que des gens comme Ahmed Badir ne le connussent pas déjà. Mais après tout, en quoi les railleries d'Ahmed Badir avaient-elles porté atteinte aux héros de la soirée de l'Association des Femmes aveugles ? Baste ! Il n'y avait pas à hésiter. Au diable al-Ikhshidi et son amitié !

Secoué par une vague de mépris, il répondit :

– Ne voyez-vous pas, Salim bey, que ce que vous me proposez équivaudrait à refuser un honneur dont M. le Ministre lui-même m'a gratifié ?

Al-Ikhshidi lui lança un regard étrange, l'air de dire : « Fils de traînée ! » Mais il se domina avec une force prodigieuse, marqua une pause, préparant sa réplique, faillit esquisser un de ses fameux sourires, agença en son for intérieur quelques formules délicates, voulut dire deux mots de l'amitié et de l'entraide, mais sa volonté le lui interdit, et il se ravisa, le visage et le regard froids.

– C'est là ton point de vue ? se borna-t-il à dire d'un ton neutre.

À quoi Mahgoub répondit avec désinvolture, aiguillonné par son démon :

– Oui… Vous ne le partagez pas ?

– Si, bien sûr ! maugréa al-Ikhshidi en détournant les yeux. Tu as raison. Je te remercie… Félicitations…

Il quitta les lieux de son pas princier, avec un orgueil retrouvé.

Mahgoub s'accouda à son bureau, songeur. Il avait déjà perdu Ali Taha et Ma'moun Radwan, et les avait vite oubliés. Mais cette fois, la peur l'assaillait. Et il en était furieux. Il serra son poing de colère et, comme voulant chasser son inquiétude, il se leva d'un bond et quitta son bureau, pour aller lire de ses propres yeux à la direction du personnel son avis de mutation.

L'ustadh Mahgoub Abd el-Dayim – désormais Mahgoub bey Abd el-Dayim – s'installa à son bureau de directeur de cabinet du ministre, et les hauts fonctionnaires du ministère vinrent en délégation le complimenter. Ce fut un grand jour, auréolé d'une gloire mémorable. Certains le félicitèrent même pour le quatrième échelon « par anticipation », comme s'il s'agissait d'une affaire entendue. Seul Salim al-Ikhshidi s'abstint, manifestant ouvertement son hostilité. Le bruit courait dans les couloirs du ministère qu'il allait être muté aux Affaires étrangères et y serait promu au quatrième échelon.

Sans être dupe de la source de la rumeur, Mahgoub ne mit pas en doute son authenticité, sachant les relations de l'intéressé avec les plus hautes personnalités de l'État. « Al-Ikhshidi est fort, c'est incontestable ! pensa-t-il. Sans ma femme, je n'aurais jamais pu le surpasser et il serait aujourd'hui à ma place ! » Un souffle de joie s'insinua en lui.

Si al-Ikhshidi était réellement muté, il aurait le champ libre et deviendrait le bras droit du ministre – tout comme son épouse était déjà sa favorite ! Il s'en réjouit, bien sûr. Mais sa joie ne dura pas. Il repensa à la colère d'al-Ikhshidi, à sa vengeance, et aux conséquences qu'elles pourraient avoir sur lui.

Plus tard, retrouvant son entrain et son esprit de dérision, il se dit que les gens aimaient les apparences et se laissaient bercer par l'hypocrisie. S'il devait se défendre, il leur en donnerait tout leur soûl, dût-il aller pour cela jusqu'à adhérer à l'Association des Jeunes Musulmans, par exemple. Alors « baste » à tout, sauf aux gens… officiellement du moins !

Mais l'éventualité de la revanche d'al-Ikhshidi ne le laissait pas en paix. Une pensée lui traversa l'esprit, qui l'inquiéta au plus haut point, et dont il s'étonna qu'elle ne l'eût pas effleuré plus tôt. Al-Ikhshidi était un ancien voisin d'al-Qanatir. Il pourrait se venger en s'arrangeant pour révéler à ses parents son secret !

Il avala péniblement sa salive, le visage blêmissant, et commença à triturer son sourcil, l'air soucieux et pensif. Il resta ainsi jusqu'à ce que l'idée de gâcher son bonheur en réfléchissant à d'improbables éventualités lui soit insupportable. Il soupira de dépit, referma son poing avec hargne et conclut : « Les dés sont jetés. Ce qui est fait est fait. Advienne que pourra. » Il restait peu plausible qu'al-Ikhshidi ébruite le secret de son mariage, car Mahgoub savait sur lui des choses aussi compromettantes. Et puis l'homme était trop avisé pour s'exposer aux foudres de Qasim bey. D'un autre côté, il fallait s'attendre à ce que son père apprenne sa nomination, et il valait mieux trouver tout de suite de quoi subvenir à ses besoins et préserver sa dignité.

Soucieux de dissiper son angoisse, il prit une feuille, y inscrivit le montant de son nouveau traitement – vingt-cinq guinées, et le fixa de ses yeux globuleux, jusqu'à ce que ses traits s'illuminent. Il serait payé le 1er octobre, or le 1er octobre n'était pas loin. Le marchand de *foul* de la place Guizeh se serait-il figuré une chose pareille ! Même Ma'moun Radwan, à son retour, dans huit ans, ne gagnerait pas plus. Son « baste » remportait une victoire éclatante. Il en éprouva une satisfaction qui le consola de toutes les douleurs, angoisses, peines et chagrins éprouvés, et il se réjouit sincèrement d'avoir échappé à cette maladie imaginaire et pernicieuse appelée crise de conscience ou remords. Bien sûr, il avait parfois craint les gens, et avait connu d'autres fois le supplice de la jalousie. Mais c'était une chose, et le remords en était une autre. Son rejet des valeurs communes et de la société était total et éclatant. Il était sûr de demeurer fort et libre aussi longtemps qu'il vivrait, sans jamais plier ni faiblir, même diminué par la maladie ou réduit à la dernière extrémité. Qu'il ferait bon se jouer de la mort – si toutefois elle venait – et regarder le néant d'un œil résigné, sans crainte d'une puissance imaginaire ou d'un dieu inutile ! C'était ça la victoire de la raison souveraine sur les instincts aveugles et les fausses chimères !

Il repensa à Qasim bey Fahmi, à al-Ikhshidi et aux dizaines de personnes côtoyées dans sa nouvelle vie. On aurait pu croire tous ces gens formés à son école. Que non ! Il opposait à cette idée un refus hautain. Certains faisaient le mal en sachant que c'était le mal, d'autres le faisaient sans le différencier du bien, d'autres ne se donnaient pas la peine de réfléchir, d'autres enfin le faisaient tout en croyant au bien.

Lui n'avait rien à voir avec aucun d'eux. Il niait à la fois le bien et le mal et rejetait la société qui les avait inventés. Il croyait en lui seul. Il y avait, certes, le plaisant et le douloureux, l'utile et le nuisible, mais le bien et le mal ? De vaines chimères ! On pouvait objecter que si tout le monde pensait ainsi, l'humanité courrait à sa perte. C'était vrai, incontestablement. Mais il n'était pas assez bête pour divulguer son point de vue. Il le gardait pour lui. Et s'il en parlait à d'autres, c'était pour en faire profiter les libres penseurs, pas ces crétins de croyants. La société tolère les gens de son espèce, à condition qu'ils sachent passer inaperçus. Elle ne s'intéresse qu'à sa survie. Elle combat en cela jusqu'à ses défenseurs qui la voudraient parfaite, genre Ali Taha ou Ma'moun Radwan. Elle est comme une femme prétentieuse qui, à la moindre critique de son amant, le rejette. Voilà pourquoi le lot de ces gens-là est la fatigue, la lutte, et parfois la prison !

« La vie est donc belle », songea-t-il. Mais, après réflexion : « Elle serait idéale s'il n'y avait pas… Ihsane ! » Ihsane, aimante, tyrannique, et qui ne voulait que l'amour. Mais quel amour ? Bien sûr, elle faisait écho à ses espoirs, le traitait avec gentillesse, mais il sentait bien qu'elle ne faisait qu'accomplir son devoir, avec conviction. Un peu comme un fonctionnaire qui aime sa situation mais pas son travail, autrement dit, l'aime sans l'aimer, tout en l'aimant.

Son destin était simplement lié au sien. Comme lui, elle aimait la vie, comme lui, elle raffolait du luxe. Mais il manquait quelque chose pour que l'osmose fût complète. Quelque chose dont l'absence le poursuivait jusque dans ces menus instants où ils semblaient grisés, heureux, lèvres contre lèvres, poitrine contre poitrine. Et ce quelque chose, qu'il balayait au plus fort du désespoir d'un « baste » rageur, n'était pas négligeable, au contraire, il le révoltait autant que jadis la faim.

C'est pourquoi il songea sérieusement à rendre coup pour coup. L'idée le taquinait de louer une chambre et de la meubler en cas d'imprévu, qui sait ? Il n'était pas improbable qu'y vienne un jour quelqu'un dans le besoin. S'il donnait, il devait aussi recevoir !

Le soir de ce même jour – son jour de gloire –, les amis affluèrent dans le coquet appartement de l'immeuble Shlikhar pour présenter leurs félicitations à l'épouse du directeur de cabinet. On conversa joyeusement, et quelqu'un proposa d'organiser une sortie pour célébrer la promotion de Mahgoub.

– Jeudi prochain, c'est la pleine lune. Al-Qanatir sera très animé. Que diriez-vous d'une promenade nocturne ?…

Puis, avec un clin d'œil à Iffat :

–… Et Iffat bey a un joli petit yacht !

Iffat fut ravi. Son penchant pour Ihsane augmentait de jour en jour. Aussi répondit-il avec un empressement qui trahissait son enthousiasme :

– Le yacht et son capitaine sont à vos ordres !

Au seul nom d'al-Qanatir, un frisson glacial parcourut Mahgoub de la tête aux pieds. Sachant qu'il n'était pas le véritable objet de l'enthousiasme de leurs amis, il protesta :

– Avec le froid et l'humidité de septembre, cette promenade au clair de lune ne me semble pas très indiquée !

Craignant de laisser filer sa chance, Iffat s'esclaffa :

– On dirait que ton auguste fonction t'a fait prendre un léger coup de vieux et qu'un rien te fait frissonner !

Cet éloge railleur l'aurait réjoui en d'autres circonstances, mais, dans sa panique, il fut incapable de l'apprécier, et il insista :

– Le monde est grand… Choisissez n'importe quel endroit, mais pas al-Qanatir…

La fin de sa phrase se perdit dans un concert d'objections, et il ne sut comment les convaincre ou les faire changer d'idée.

– Inutile de protester ! trancha Iffat. Écoutez-moi. Le yacht vous attendra à Qasr al-Nil à l'heure dont nous serons convenus. Un délicieux buffet… une bouteille de whisky pour trois… voyons… combien sommes-nous ?

Un brouhaha satisfait s'éleva. Tandis qu'Ihsane s'associait à la joie des convives, Mahgoub les dévisagea un par un, désarmé, un sourire éteint flottant sur ses lèvres. Pas moyen de se soustraire à la promenade ! Mais en arpentant les jardins d'al-Qanatir au clair de lune, ne risquait-il pas de tomber sur quelqu'un qui le connaissait ? Si, bien sûr ! Il ne devrait donc quitter le yacht sous aucun prétexte. Puisqu'il ne pouvait contredire ces fêtards entêtés, il irait. Les jardins, de toute façon, étaient loin de la gare, loin de la misérable bicoque…

Quatre jours passèrent, durant lesquels il jouit pleinement de son nouveau rang. Tous ceux qui l'abordaient, grands ou petits, devinaient qu'ils avaient devant eux un fonctionnaire imbu de sa personne, dont toutes les prérogatives devaient être respectées, qui ne pardonnait aucune erreur et ne parlait que pour donner des ordres.

Plus ses subalternes courbaient l'échine – et il fallait bien qu'ils la courbent –, plus il se complaisait à les maltraiter et en jouissait, au point qu'il eût souhaité parfois passer toute sa journée au ministère à rabrouer et régenter.

Le jeudi arriva, jour convenu de la promenade, et les époux quittèrent leur domicile en direction de Qasr al-Nil.

– Tu es peut-être le seul du groupe à ne pas avoir de voiture ! se plaignit Ihsane tandis qu'ils marchaient.

– Qui va lentement va sûrement ! rétorqua Mahgoub en riant.

La remarque l'incita pourtant à héler un taxi, malgré la courte distance à parcourir. Puis, au souvenir de ce ton plaintif, il songea, railleur : « Quel crime en effet que la fille du père Shehata Turki n'ait pas sa voiture personnelle ! »

Il repensa aux charges que lui imposait sa nouvelle vie, à son désir de louer une chambre et de la meubler, aux quelques guinées à réserver sur son salaire pour son père, et aux autres nécessités que dictaient le luxe et la prodigalité. Cette pensée l'effraya : « Je serai toute ma vie à court d'argent ! » se dit-il.

Ils atteignirent rapidement le mouillage du yacht. Le soir rampait déjà à l'horizon, et ils descendirent du taxi pour rejoindre à la hâte les amis qui les attendaient. On leur fit excellent accueil. Iffat bey alla à leur rencontre, leur serra la main puis, offrant son bras à Ihsane, avança vers le yacht en tête du cortège.

Mahgoub n'aimait pas l'homme au yacht. Il lui était antipathique depuis le jour où il avait accepté son invitation au Fantasio, et où il avait décelé dans ses beaux yeux les signes de son attirance pour sa femme. Il en éprouvait un dépit et une colère à peine contenus, et lorgnait ses cheveux auburn, sa peau blanche et son corps athlétique avec ressentiment.

Le yacht était petit, mais gracieux et pimpant. Il comprenait deux niveaux, un étage de cabines et un pont entouré d'un bastingage, sur lequel étaient disposés en cercle des fauteuils moelleux, et à la proue, des tables couvertes de bonnes choses.

Iffat bey ayant donné ordre d'appareiller, on leva l'ancre et le yacht cingla en direction du nord, sous la lumière joyeuse de la lune qui se levait à l'est, derrière les palmiers.

Ainsi commença la promenade. Les convives s'installèrent dans leurs fauteuils et se mirent à deviser. La brise était fraîche et légère.

Mahgoub promena son regard sur les visages resplendissants, les tailles élancées, et toute cette jeunesse, toute cette beauté, l'éblouirent. Puis, apercevant sa femme au milieu d'un cercle d'admirateurs empressés, il se rappela l'époque où il l'épiait de la fenêtre du foyer des étudiants. À la voir ainsi, étincelante de grâce et de charme, il ressentait plus que jamais l'immense fossé qui les séparait.

Des images fugitives et floues défilèrent devant ses yeux : Ali Taha, heureux puis malheureux, le père Shehata Turki, le ministre, Salim al-Ikhshidi, le boudoir de l'immeuble Shlikhar, et il se prit à se demander s'il n'eût pas préféré qu'Ihsane lui appartînt corps et âme dans un foyer conjugal paisible et « honorable », quitte à n'être qu'un petit fonctionnaire sans éclat. Il ne trouva pas la réponse. Certes, son ambition était grande et l'emportait sans doute sur la profondeur de ses sentiments. Mais à quoi bon comparer ?

Il jeta un regard sur le Nil pour se distraire, puis leva les yeux vers la pleine lune qui montait, et dont l'éclat laiteux était avivé par les ténèbres qui s'assombrissaient. Mais il n'était pas de ceux qui succombent aux charmes de la nature. Au contraire, il se plaisait à dire : « Aimer la nature gâte l'esprit… Elle est à l'origine de vieilles superstitions dans lesquelles nous nous débattons encore ! »

Il songea à son ami Ma'moun Radwan qui se levait à l'aube pour prier et méditer, ou s'absorbait dans la contemplation des étoiles en récitant : « Par la nuit, quand elle enveloppe la terre… [1] » ou « Par le ciel et par l'astre nocturne… [2] », d'une voix douce, ses yeux purs illuminés par l'éclat radieux de la voûte étoilée… Parmi ces jeunes gens, en étaient-ils qui aimaient la nature ? Il les enveloppa d'un regard circulaire, et les vit plus préoccupés d'eux-mêmes que du monde.

Il entendit soudain Mlle Fifi proposer avec entrain :

– Si nous dansions ?

– Dansez si vous voulez, mais je n'ai pas de musique ! s'excusa Ali Iffat.

– Réjouissez-vous, rétorqua Ahmed Asim, j'ai apporté mon accordéon !

Un brouhaha satisfait s'éleva. On chercha des yeux un partenaire. Ahmed Asim saisit son instrument et se mit à jouer, en se balançant sur son siège au rythme de sa musique.

Tout le monde se leva, sauf Ihsane et Mahgoub qui ne savaient pas danser, et Iffat bey qui préféra leur tenir compagnie. Comme ils regardaient les danseurs dans un silence admiratif, Iffat bey se déclara désolé qu'Ihsane ne s'y joigne pas et lui dit :

– Je vais vous apprendre. Il est impardonnable que vous ne sachiez pas ! Qu'en dites-vous ?

1. Coran, XCII, 1.
2. Coran, LXXXVI, 1.

– Eh bien, je…, bredouilla-t-elle, les yeux fixés sur les danseurs.

– Ce serait bizarre de ne pas savoir danser au prochain grand bal, tu ne trouves pas Mahgoub bey ?

Conscient du danger qui le menaçait, Mahgoub chercha la parade et répondit, l'air indifférent :

– Non, pourquoi ?…

Iffat partit d'un grand rire :

– Vous parlez d'un couple sorti tout droit du XIXe siècle !

– Peut-être nous apprendrez-vous un autre jour…, hasarda Ihsane en riant à son tour.

– Quand vous voudrez ! répondit le jeune homme, rayonnant d'enthousiasme.

Mahgoub garda le silence, réprimant son indignation et sa révolte, et feignit d'observer les danseurs. Ce jeune imbécile imbu de sa personne s'apprêtait donc à ravir son honneur ! Il le ferait à coup sûr, à la moindre faute d'inattention de sa part. Mais pas question de lui en laisser l'occasion ! Ce n'était sûrement pas un crétin de son espèce qui lui ferait pousser une autre paire de cornes sur la tête ! Sa tête, il l'avait offerte à des cornes d'or, celles de la gloire et de la puissance… Mais Ihsane répondrait-elle à ses avances ? Sa mystérieuse et fascinante épouse se laisserait-elle séduire ? Il sentit les crochets venimeux de la jalousie lacérer sa poitrine.

Les danseurs continuèrent à tournoyer jusqu'à ce qu'Ahmed Asim, pris de fatigue ou de lassitude, s'arrête de jouer. Alors les couples se délièrent et chacun retourna s'asseoir, le visage radieux. La lune était haut dans le ciel et sa lumière éclaboussait les eaux ondoyantes du Nil de nuées de perles chatoyantes.

– Quand entamons-nous le buffet ? demanda quelqu'un.

– Pas avant que nous ayons jeté l'ancre sur la berge du parc, eh l'affamé !

– Si on jouait aux cartes ? proposa un autre.

Beaucoup protestèrent, par crainte de troubler la sérénité ambiante, et l'on se remit à converser.

Mahgoub fut tiré de ses pensées par la voix de l'ustadh Hosni Shawkat qui s'exclamait :

– Comment, ce n'est pas grave ? L'arrivée au pouvoir du parti nazi est un événement extrêmement grave !

– Bien sûr, mais le président Hindenburg est à même d'éclipser Hitler, répondit Ahmed Asim.

– Songe un peu à l'avenir ! Tu ne vois pas qu'Hitler est dans la fleur de l'âge et le président sur sa fin ?

– Alors tu nous prévois une guerre sanglante ?

– Probable… Néanmoins la France n'attendra pas que l'Allemagne ait reconstitué ses forces et resserré ses rangs pour lui tomber dessus. De plus l'Allemagne est cernée par un halo de pays alliés de la France, dont la Pologne, la Tchécoslovaquie et les Balkans. Et n'oublie pas que la puissante Italie se considère comme le protecteur de l'Autriche. Il suffit que tous ces pays, auxquels se joindra vraisemblablement la Russie, fassent front, pour que le cercle d'acier se resserre peu à peu et finisse par étrangler l'Allemagne et lui porter le coup fatal.

– Et l'Angleterre ? Elle va regarder l'Allemagne suffoquer sans broncher ?

– Pourquoi pas ?

– L'Angleterre est trop avisée pour laisser la France ou un autre pays dominer l'Europe !

Mahgoub écoutait la conversation avec intérêt. Bien que très au fait de la politique intérieure, il ignorait tout de la politique internationale. Aussi se promit-il de se tenir au courant, afin de pouvoir placer son mot à bon escient. Il fit mine de contempler la lune et d'avoir l'esprit ailleurs, pour que personne ne remarque son silence.

Il resta de fait quelques minutes absent de la conversation et, lorsqu'il reprit conscience, le propos avait subrepticement glissé sur la situation intérieure. Il entendit un des convives déclarer :

– Quant à l'Égypte, n'importe quel dirigeant peut l'asservir sans grand risque !

– En réalité, n'importe quel système de gouvernement, dès qu'il est appliqué en Égypte, tourne à la dictature !

– Oui… c'est la patrie du « Vos gifles m'honorent, effendi[1] » !

– L'Égypte n'obtiendra jamais son indépendance ! assura Ahmed Asim d'un ton convaincu.

– Elle a pris le pli de la domination étrangère…

1. Titre donné par les Égyptiens aux anciens khédives. L'anti-ottomanisme est ici évident.

– Mais pourquoi voudrait-elle l'indépendance ? s'esclaffa Iffat. Nous avons d'un côté des chefs qui se disputent le pouvoir, de l'autre un peuple qui n'est pas mûr pour elle.

Mahgoub trouva ici l'occasion rêvée de placer une remarque moralisatrice et de se forger une image positive, chose qu'il avait résolu de faire depuis qu'il avait pensé adhérer à l'association des Frères musulmans.

– Ça ne vous choque pas de parler ainsi de vos compatriotes ? dit-il, souriant.

Iffat partit d'un nouvel éclat de rire et rétorqua d'une voix claironnante :

– Pas une goutte de sang égyptien ne coule dans mes veines !

Sa réponse déclencha une tempête de rires. Quant à Mahgoub, il ne l'en haït que davantage, non par susceptibilité patriotique, mais par sursaut de dignité. Puis, se souvenant d'une vibrante allocution prononcée par le père d'Iffat au Sénat, et pensant tenir le jeune homme au collet, il répliqua d'un ton triomphant :

– Et que dis-tu du discours où ton pacha de père a pris la défense du fellah en glorieux patriote, lors du vote du budget, au Sénat ?

Iffat éclata de rire et dit, non sans cynisme :

– Ça, c'était au Sénat ! À la maison, mon père et moi nous nous entendons sur le fait que la meilleure politique avec le fellah, c'est la cravache !

L'assemblée tout entière – hommes et femmes – partit d'un grand éclat de rire. Mahgoub sourit, dissimulant sa défaite. Mais sa peur s'était évanouie, et il se félicita de sa prise de position solitaire en faveur du « nationalisme égyptien ». « Le plus honorable uniforme est le voile de l'hypocrisie, songeait-il, et je ne me prive pas de l'endosser ! Mais… comment fera Ali Taha pour réformer ce noble peuple ? Comment va-t-il réaliser son idéal ?… »

Le temps passa. Le yacht fendait les flots, comme voguant sur un lac de lumière. Mahgoub fut une nouvelle fois tiré de ses pensées par la voix d'un jeune homme :

– Il est un fait que la femme du pacha a contraint son mari à aller coucher à l'hôtel, pour garder le chauffeur !

– Et le pacha l'a vraiment obligée à choisir entre eux deux ? s'enquit une jeune femme, attentive.

– Oui.

– Et qui a-t-elle choisi ?

– Le chauffeur !

Il continua à glaner çà et là des bribes de conversation, tantôt alerte et attentif, tantôt distrait et rêveur, jusqu'à ce que le parc apparaisse au clair de lune, comme dans un songe. Les convives se levèrent alors avec entrain, et Iffat bey les convia au buffet.

On se rua sur les tables et chacun prit place. Les verres se remplirent ; Iffat servit Ihsane qui, buvant pour la première fois en société, dit à voix basse :

– Juste un verre…

– Que ne revêtez-vous le voile de la piété et allez à la Sayyida[1] pour prêcher et prier ! s'esclaffa le jeune homme.

Puis il lui susurra à l'oreille :

– Regardez Hikmat, elle peut boire une bouteille entière sans que sa langue la trahisse !

Voyant tous les regards braqués sur elle, attendant qu'elle donne le coup d'envoi de la soirée, Ihsane leva son verre, quelque peu gênée, et les mains se levèrent pour l'imiter. Puis l'assemblée porta un toast au directeur de cabinet, et on vida les coupes jusqu'à la lie.

1. Sayyida Zaynab (litt. « Notre-Dame-Zaynab »), du nom de la petite-fille du Prophète, célèbre mosquée du Caire connue pour son mouled.

Sitôt fait, les couteaux cisaillèrent les viandes, les fourchettes s'y plantèrent, les bouches voraces se tendirent. Le buffet devint une arène où se jouait une bataille d'une extrême violence, d'une extrême jouissance, et où l'on compta de nombreuses victimes parmi les mets et les boissons.

Ihsane remarqua qu'Iffat bey faisait exprès de la toucher chaque fois qu'il se penchait sur elle pour emplir son verre, et que sa chaussure frôlait abusivement la sienne. Toutefois, elle ne l'encouragea pas.

Mahgoub, lui, mangeait et buvait avec voracité, non pour le plaisir mais pour fuir ses pensées. Car depuis que le yacht avait accosté sur la rive du parc, il ne cessait de se remémorer la masure face à la gare, en proie à un sentiment de tristesse mêlé d'appréhension, dont il ne pouvait se défaire. Que faisait son père en ce moment ? Était-il toujours cloué au lit ? Et sa mère ? Leurs ressources étaient-elles épuisées ? Avaient-ils commencé à vendre une partie des vieux meubles ? Les reliefs de cette table auraient-ils assouvi leur faim ? Comment se défaire de ce sentiment de gêne et d'affliction ? Qui pouvait l'aider à le soumettre à l'inflexibilité de sa raison souveraine ?

Ayant beaucoup bu, il bavarda sans frein, se mêla aux convives, participa à la conversation, dans le seul espoir de se fuir. Lorsque quelqu'un demanda aux couples mariés si le mariage avait comblé leurs espérances, chacun regarda sa chacune, interloqué, et un concert de rires retentit. Comme un autre voulait savoir ce qu'il y avait de mieux dans le mariage, un jeune homme répondit : « l'amour », un second : « être débarrassé de l'amour », et un troisième : « la contraception ! » À quoi Mahgoub répondit en secret : « Mais non, des cornes en or ! »

Hosni Shawkat annonça à brûle-pourpoint :

– La semaine dernière, j'ai perdu quinze guinées !

– Et le reste, la semaine prochaine ! s'exclama sa fiancée.

– « Malheureux au jeu, heureux en amour », nota Ahmed Asim.

– On dit ça parce que si on est malheureux au jeu, c'est qu'on ne sait pas tricher ! rétorqua une jeune fille souriante.

– Le pari le plus invraisemblable que je connaisse, c'est celui d'un gars qui a joué sa fiancée..., reprit Shawkat.

L'intérêt se peignit sur tous les visages et les questions fusèrent.

– C'est vrai ? Comment ça ?

Le jeune homme ivre répondit :

– C'est un ami intime... Un jour où il avait emmené sa belle dans une salle de jeu privée, il a tout perdu. L'assemblée commençait à être joliment éméchée quand un type soûl lui a proposé de jouer sa fiancée contre le montant de ses dettes. Soit il se refaisait, soit il perdait la fille. Il a accepté, il a joué, et il a perdu sa fiancée !

– Et la fille n'a rien dit ?

– Elle était soûle... C'est ainsi qu'elle est devenue la propriété du gagnant ou, plus exactement, que le gagnant est devenu sa propriété.

– Qui est l'ami en question ?

– Ça, je ne peux pas le dire, vu qu'une des parties est ici présente !

On échangea des regards offusqués, des sourires soupçonneux. La curiosité dévorait les visages, surtout ceux des femmes.

– Mais qui est donc ce joueur ? demanda Ihsane à Iffat bey.

La question ravit le jeune homme qui commenta selon sa fantaisie :

– Seul l'ustadh Shawkat est à même de répondre, à moins qu'il ne sache pas lui-même !

– Vous aimez ce genre de pari ?

– Je ne joue pas ceux que j'aime ! rétorqua-t-il, l'air indigné.

Elle comprit qu'elle avait trop parlé et résolut de s'en tenir à son troisième verre. Bien des têtes commençaient à tourner. Deux époux se chamaillèrent puis s'injurièrent ouvertement. L'ustadh Shawkat était à deux doigts de perdre la raison. Mahgoub était ivre. L'alcool lui taquinait l'esprit ; il en oubliait ses soucis et se fondait dans la conversation et les rires.

Lorsque plats et bouteilles furent vides, Iffat héla l'assemblée en lançant :

– Tous au parc !

– Tous au parc, tous au parc !... reprirent-ils en chœur, et ils débarquèrent par petits groupes.

Mahgoub avait résolu de rester seul à bord, et malgré son ivresse il se mit à l'écart. Toutefois, apercevant son épouse en tête du cortège, au bras d'Iffat bey, son sang s'échauffa et il grinça des dents de fureur. Et comme un des convives, le découvrant par hasard, lui prenait le bras et l'entraînait à sa suite, il oublia sa résolution et ses appréhensions, et n'offrit aucune résistance.

Le parc grouillait de promeneurs, hommes et femmes, les uns marchant et riant, les autres assis, mangeant et buvant, tous rayonnant de gaieté. Un même penchant pour l'allégresse, les affinités de la jeunesse, le goût de la bonne humeur et de la plaisanterie, unissaient ces gens. On liait conversation sans se connaître, on se lançait des boutades sans crier gare, on escaladait un tertre verdoyant, on dévalait un sentier bordé de fleurs, on s'abritait sous un buisson de lierre et de jasmin, on empruntait une passerelle au-dessus d'un ruisseau argenté, tandis qu'au-dessus d'eux, sous la voûte du ciel, dans son éternel cortège de planètes et d'étoiles, la lune inondait le monde d'une lumière souveraine.

On était joyeux et serein. Ceux qui chantaient bien donnaient de la voix, d'autres faisaient parler les cordes. La bande du yacht arpentait les allées à grand bruit, et l'ustadh Shawkat gesticulait en tous sens, au point d'attirer sur eux les regards.

Ihsane était entourée d'Iffat bey sur sa gauche, et de Mahgoub, ivre, sur sa droite. Celui-ci devisait et riait, quoique furieux contre ce garçon qui suivait sa femme comme son ombre.

Mais son ivresse et sa joie ne pouvaient lui faire oublier qu'il se trouvait à al-Qanatir, son village, tout près de ses misérables parents. Aussi se mit-il à regarder autour de lui avec circonspection, tentant par tous les moyens de chasser l'angoisse qui l'étreignait. Il avait songé à plusieurs reprises à retourner au yacht, mais s'abandonnait, soumis, au courant de ses amis qui l'entraînaient.

Soudain, Hosni Shawkat s'arrêta pour acheter des figues à un vieillard courbé sur un bâton par le poids des années et de la fatigue. Mahgoub pensa aussitôt à son père. Puis le groupe repartit d'un bon pas, sans que l'image de l'homme ne quitte son esprit. Son père, si la providence l'avait arraché à son lit, ressemblait sans doute à cet homme, et ne pouvait faire un pas sans s'appuyer sur une canne. « Peut-être que, à court de ressources, il va lui aussi ramasser des figues pour les vendre à la sauvette… songea-t-il. Qui sait s'il n'arpente pas les rues du village, un panier au bras, en ce moment ? » À demi titubant, il tourna la tête vers la gare, le cœur brisé. Il ne partageait plus la joie de ses compagnons. La gaieté et la bonne humeur s'étaient envolées, pour faire place à l'angoisse, à la tristesse et à la peur. Venir en ces lieux représentait un réel danger. Mais s'en abstenir eût-il changé quoi que ce soit à l'affaire ? Si les prévisions de son père s'étaient avérées, cela faisait trois mois qu'il était sans ressources. Que devenaient-ils, lui et sa femme ? Comment faisait-il face, avec l'âge et la maladie, à l'adversité de la vie ? Trois mois et même davantage, juin, juillet, août, et cette première semaine de septembre ! Plus de trois mois pendant lesquels, lui, leur fils, avait goûté à la douceur de vivre…

Sa tête s'alourdit. Le reflux de l'ivresse laissait place à un voile douloureux. Son audace insouciante le trahissait, au point qu'il se demanda, effrayé : « Serait-ce le réveil de cette prétendue conscience ? » Allait-il, après s'être révolté durant toute sa vie d'étudiant, après avoir affronté trois mois durant une si rude épreuve et remporté un si total succès, se retrouver dans cet état méprisable de démission et de souffrance ?

Il serra son poing avec rage, refusant obstinément de s'avouer son désarroi et sa peur, d'admettre que ce qui résonnait au fond de lui était le cri de sa conscience, ou qu'il était toujours sensible au sentiment filial.

Il se rebella sauvagement contre cette pensée, se disant pour se consoler et reprendre courage que ce n'était là que la peur d'un scandale susceptible de menacer sa position, qu'il n'avait pour ses parents aucune compassion, mais craignait simplement que la misère ne les pousse à venir troubler la plénitude de sa gloire. Il les verrait le 1er octobre. Son nouveau salaire en poche, il achèterait sa tranquillité pour quelques guinées qu'il donnerait à son père, et il en finirait avec cette torture. Il se répéta cette résolution et l'imprima dans son esprit, s'efforçant de retrouver joie et courage.

Lorsqu'il reprit conscience des choses alentour, il s'aperçut qu'il était seul. Regardant autour de lui, hagard, il ne trouva que l'ustadh Ahmed Asim qui, lorsqu'il lui demanda où étaient leurs amis, répondit en haussant les épaules : « Je n'en sais rien ! » Ils les avaient perdus.

Au même instant, ressentant une faiblesse puis une nausée soudaines, il se mit à vomir. Son ami lui prit le bras et le reconduisit au yacht où il l'accompagna dans une cabine. Là, il se laissa tomber sur une couchette et s'assoupit.

Il ne sut s'il dormit longtemps, mais la silhouette du marchand de figues hanta ses rêves, au point qu'il crut reconnaître son père, contraint par la misère au déshonneur de la mendicité.

La compagnie regagna le yacht épuisée, la voix cassée. On leva l'ancre peu avant minuit.

Comme Ihsane s'inquiétait de son mari, Ahmed Asim lui dit qu'il dormait dans une cabine et s'offrit de l'y accompagner. Mais Iffat le devança, et entraîna la jeune femme vers le fond du bateau. Il la précéda dans la coursive, ouvrit la porte d'une cabine, s'effaça pour la laisser passer et, lorsqu'elle fut entrée, s'y engouffra et referma la porte derrière lui.

Ihsane s'aperçut que la cabine était vide ; sur une table basse, au milieu, trônait une photographie d'Iffat bey. Elle se retourna et le vit, debout devant la porte, qui lui souriait avec des yeux brûlants et triomphants. Comprenant qu'il l'avait attirée à dessein dans sa propre cabine, elle fut prise de panique et demanda innocemment :

– Où est Mahgoub ?

À quoi Iffat répondit, gardant le sourire, ses beaux yeux rougis par l'alcool :

– Nous le rejoindrons lorsque nous nous serons reposés un moment…

– Pourquoi m'avez-vous amenée ici ? demanda-t-elle d'une voix calme.

Alors Iffat, qui avait en lui une confiance sans bornes, s'agenouilla à ses pieds, lui enlaça les jambes, la pressa contre sa poitrine, leva les yeux et lui dit :

– Ne me le demandez pas, Ihsane. Vous savez tout. Dans l'état où je suis, parler serait superflu. Mon cœur ne vous a-t-il pas tout dit dès notre première rencontre ? N'a-t-il pas crié toute la nuit, au point de me faire craindre que ces aveux ne soient entendus par chacun ?

À la fois troublée et offusquée, elle lui empoigna les bras pour rompre leur étreinte, puis le repoussa violemment en lui criant d'une voix rageuse :

– Laissez-moi, s'il vous plaît… laissez-moi !

Ses traits s'assombrirent, son visage se ferma. Y lisant le sérieux et la répulsion, Iffat rougit de honte, laissa mollement retomber ses bras, puis se leva, consterné, sans mot dire. Il ouvrit la porte, la laissa sortir, lui indiqua la cabine de son mari et repartit.

Elle trouva Mahgoub endormi, ou tout comme, dans un état d'extrême faiblesse, le visage d'une pâleur blafarde.

Le yacht accosta à Qasr al-Nil aux environs de deux heures du matin, et les époux regagnèrent l'immeuble Shlikhar dans la voiture d'Ahmed Asim.

Mahgoub avait repris conscience, encore à bout de forces. Mais ce qui affectait son cœur et son moral était plus âpre et pernicieux. Les méfaits de l'ivresse se faisaient sentir. Sa poitrine se serrait, sa joie s'était éteinte, et amer, il percevait le monde avec les sens d'un malade.

Ihsane s'absenta un instant et revint avec une tasse de café. S'asseyant face à lui sur la chaise longue, elle murmura :

– Tu as trop bu...

Il hocha la tête, bien que son malaise eût bien d'autres raisons, et répondit avec colère :

– Je n'aurais jamais dû accepter cette promenade !

– La promenade n'a rien à voir là-dedans ! protesta-t-elle. C'était très agréable...

– Quel rustre, cet Iffat bey..., fit-il sèchement.

Ihsane sourit, puis, après une courte hésitation :

– L'incident est clos..., bredouilla-t-elle. Je l'ai remis à sa place.

Comme il écarquillait ses gros yeux offensés, l'air ébahi, elle résuma brièvement l'incident, mais Mahgoub voulant tout savoir dans les moindres détails, elle raconta par le menu ce qui s'était passé, au point qu'il explosa, rageur :

– L'impudent ! L'effronté !... Mais tu as très bien fait... Quelle bande de vicieux tous autant qu'ils sont !

Ses yeux s'enflammèrent. Toutefois, il se demanda de quel droit il condamnait quiconque, étant ce qu'il était, en actes et en pensées, et il ajouta comme pour répondre à sa question :

– Nous pouvons nous ficher du monde si ça nous chante, mais ne laissons personne se ficher de nous…

Elle médita ses paroles, un vague sourire aux lèvres. Quant à lui, il repensa à ses parents et se jura de leur venir en aide, afin de bannir de sa vie toute ombre de déplaisir. Il s'étonnait du fait que la moindre altération des sens et du physique puisse en un clin d'œil effacer la gaieté du monde, et transformer sa jouissance et sa sérénité en une douleur et un trouble déchirants.

Ihsane lui suggéra de dormir, mais il préféra se reposer où il était, et elle alla se coucher.

Il continua à se demander ce qu'il adviendrait si cette altération de son moi persistait, au point qu'il ne puisse plus appréhender la vie qu'avec ce sentiment morbide et amer. Il en frémit de tous ses membres et ne trouva qu'une seule réponse : le suicide ! Voilà comment pouvait en finir qui avait dédié sa vie à l'égoïsme. Néanmoins, certains en ce monde préféraient la besogne et la peur à leur propre salut, tel son vieil ami Ali Taha. Nul ne saurait prétendre que ces gens-là ne retiraient pas de leurs efforts et de leur lutte un plaisir personnel. Mais alors, quel plaisir ? L'altruisme avait-il donc son charme, comme l'égoïsme ? Il glorifiait un tel plaisir et le méprisait à la fois.

Il se remémora Ma'moun Radwan, Ali Taha, avec son beau visage et son zèle enflammé, l'époque du foyer des étudiants, puis, tournant machinalement la tête vers le lit et découvrant Ihsane plongée dans un profond sommeil, ses souvenirs se parèrent d'un halo d'étonnement et de rêve.

Le lendemain, un vendredi, il se réveilla tard dans la matinée, et les souvenirs de la nuit passée lui revinrent aussitôt, avec leur lot de tristes sensations.

Il sauta du lit dans un élan vigoureux, se lava à l'eau froide pour rafraîchir son corps et son esprit, puis se dirigea vers le salon où son épouse l'attendait.

– Comment te sens-tu ce matin ? lui demanda-t-elle d'une voix douce.

– Bien… merci, marmonna-t-il avec un sourire qui trahissait sa honte et son embarras.

Il s'habilla et sortit pour gagner la terrasse du Solt, où il se joignit à un petit groupe de collègues. Il but un verre de citronnade, bavarda une petite heure, puis quitta l'endroit, laissant ses pas le conduire au hasard des rues, tout au plaisir de la marche.

Mais son visage se crispa lorsque, évoquant la nuit précédente, il fut horrifié par la douleur, le désespoir, les idées noires, et l'esprit de faiblesse et de démission qu'elle avait fait naître en lui. Songeant à la défaillance à laquelle il avait cédé corps et âme, un sentiment d'humiliation l'envahit, et il se chapitra : « J'ai triomphé jusqu'à présent grâce à ma liberté d'esprit, à ma volonté, et à cette devise magistrale : "Baste !". À l'avenir, je ne devrai négliger aucun de mes précieux trésors ! » Haute fonction, ambition, prestige, alcool, femmes, argent, nourriture, luxe… il avait tout. Comment laisser un père impotent, des idées morbides, une jalousie démente, lui gâcher ces plaisirs ?

C'est ainsi que, recouvrant rapidement sa vigueur, son esprit incisif et railleur, il appréhenda à nouveau l'existence avec son audace coutumière et son ambition sans limites. La vie suivait son cours normal, à croire qu'elle resterait toujours soumise à sa logique.

Vint le samedi. On était mi-septembre. Et les événements allaient lui prouver que, s'il pouvait se maîtriser, il ne pouvait prétendre à maîtriser les événements…

Le samedi était le jour de Qasim bey Fahmi, et Mahgoub quittait l'appartement à dix-neuf heures précises, afin de ménager au visiteur la tranquillité souhaitée. Cependant, il n'était que dix-huit heures quand la sonnette retentit.

N'attendant donc personne, il sortit dans le couloir à la rencontre de l'intrus et, la cuisinière ayant ouvert la porte, il vit l'homme en question et n'en crut pas ses yeux !

Les prunelles agrandies de stupeur, il découvrit son père, son père et nul autre. L'homme se tenait sur le seuil, appuyé sur sa canne, et le tançait d'un regard froid et ombrageux. Ils restèrent de part et d'autre cloués sur place, l'œil fixe. Mahgoub éprouva, en cet instant terrible, un sentiment de frayeur, de désespoir et de défaite comme jamais il n'en avait éprouvé.

Le père rompit ce silence douloureux, disant d'une voix faible mais claire, chargée de douleur et d'âpre ironie :

– Tu ne me reconnais plus ? Qu'est-ce que tu attends pour venir m'accueillir ?

Revenu de son hébétude, Mahgoub s'approcha d'un pas chancelant et lui tendit la main, mais l'homme l'ignora.

– Entre père, entre..., bégaya-t-il.

L'homme avança à pas pesants, appuyé sur sa canne, le dos voûté, le corps brisé, puis, inspectant la pièce et le mobilier d'un œil plein d'une railleuse admiration :

– Mon Dieu, mon Dieu... ! s'exclama-t-il. Quelle misère et quel dénuement tu endures, mon pauvre petit !

Mahgoub redoubla d'embarras et, acculé, demeura incapable d'articuler un mot. Dire que son père venait semer la terreur dans l'appartement au moment où Qasim bey allait arriver ! Deux êtres, deux réalités, qu'il ne pouvait imaginer côte à côte. Pourtant, la rencontre allait avoir lieu, fatalement, même s'il en redoutait les conséquences. Comment se souviendrait-il demain de ce jour fatidique ? Comme d'une impasse redoutable dont il était sorti par miracle, ou comme d'un jour funeste qui avait vu s'effondrer toutes ses espérances ? Encore sous le choc, il était incapable de réfléchir ou de prévoir.

La porte de la chambre s'ouvrit et Ihsane apparut, sans doute alertée par ce remue-ménage inhabituel. Étonnée par la présence du vieillard, elle jeta sur sa silhouette misérable un regard réprobateur.

Abd el-Dayim effendi la dévisagea, un sourire triste flottant sur ses lèvres, et s'adressant à son fils, il dit froidement :

– Ta femme… ?

Puis se tournant vers elle :

– Mes hommages à l'épouse de mon fils… Votre beau-père, madame la jeune mariée…

Ihsane observa le visage de Mahgoub et fut effrayée par son expression figée, son désarroi, sa tristesse. Puis, découvrant dans ses yeux un accablement qu'elle n'y avait jamais vu, elle ne douta plus que l'homme disait vrai. Bien qu'ignorant ce qui, dans le passé des deux hommes, motivait l'attitude de son époux, elle n'hésita pas à faire son devoir et, s'approchant du visiteur, elle lui tendit respectueusement la main et l'invita à s'asseoir.

Mahgoub assistait à la scène avec des yeux hagards, mais il était passé d'une hébétude passive à une stupeur active. Adjurant sa volonté et sa raison de le tirer de l'ornière, il commença peu à peu à revenir du choc de la surprise et, gêné par la présence de son épouse, il lui fit discrètement signe de se retirer. Elle s'effaça promptement en silence. Alors, ayant rassemblé ses forces, il se hâta de reprendre en main la situation et de recouvrer ses esprits et sa volonté, aidé en cela par le danger menaçant de l'arrivée imminente du ministre. Il lui fallait cacher son père aux yeux du visiteur, et lui régler son affaire dans le calme et l'intimité. C'était son père, après tout, pas un démon ni une fatalité !

– Viens avec moi, papa…, lui dit-il, aimable.

Il lui offrit son bras et l'homme, comprenant que son fils voulait lui parler seul à seul, s'y appuya pour se relever. Mahgoub le conduisit dans le petit salon situé à droite de l'entrée, et referma la porte.

Il ne cessait de s'interroger : Comment était-il venu jusqu'ici ? Qu'est-ce qui l'amenait ? Sa visite ce jour-là, précisément, juste avant l'heure du rendez-vous du ministre, était-elle un hasard ? Il flaira dans l'air un relent de conspiration, et le spectre d'al-Ikhshidi, avec son visage pointu et ses yeux ronds, s'agita devant lui. Un frisson lui traversa le corps, et la haine l'envahit. Avait-il tout raconté ? Seigneur, quelle catastrophe le guettait ? Mais non ! Son père ignorait son lourd secret, sinon il n'aurait jamais pu, lui l'orgueilleux fellah, contenir ses nerfs. Tout de même, ce salaud l'avait fait venir juste au bon moment, sans doute pour qu'il découvre seul la vérité, et que le choc soit d'autant plus terrible. Les gouttes d'une sueur froide perlèrent sur son front.

L'homme lui jeta un regard ardent.

– Pourquoi restes-tu planté là devant moi ? dit-il. Tu ne me souhaites pas la bienvenue ? Quoi, tu ne me félicites pas d'être guéri ?

Furibond, il marqua une pause, le temps de reprendre souffle, puis enchaîna, avec une ironie cruelle :

– Si tu savais comme j'ai souffert de te savoir si pauvre et miséreux, d'apprendre tous tes vains efforts pour trouver du travail… C'est ce qui m'a décidé à laisser ta mère seule à al-Qanatir et à venir en personne compatir à ton malheur. Allah te vienne en aide, pauvre garçon…

Mahgoub qui, la porte fermée, se sentait rassuré, put enfin parler.

– Papa, plaida-t-il, ne te moque pas de moi… je sais que je mérite ta colère, mais laisse-moi t'expliquer ce que tu n'as pas compris, et ensuite, à toi de juger…

– Est-il besoin d'expliquer quoi que ce soit, garçon ? Il me suffit de regarder autour de moi pour voir dans quelle misère tu vis !

– Père, reprit Mahgoub en se mordant les lèvres, je ne vous ai pas oublié, Allah m'en soit témoin. Je jure que je n'ai négligé aucune occasion de vous venir en aide, mais malgré les apparences trompeuses, ma situation est difficile. C'est pourquoi j'étais si inquiet, et je ne voulais rien vous dire avant de pouvoir vous aider, toi et maman.

Le visage du vieillard s'assombrit davantage.

– Ta situation est difficile, ô fils prodigue ? répliqua-t-il, furieux. Qu'est-ce que tu attends pour nous faire l'aumône de deux guinées ? De devenir ministre ? Je me demande comment tu as pu trouver goût à la vie, en sachant ton père et ta mère réduits à la misère, à la faim et à l'errance ! Je t'avais imploré à genoux, mais j'ai compris plus tard que je m'adressais à une conscience vide. Tu nous as abandonnés à l'indigence et à la misère, au point que nous avons dû vendre nos meubles. Pendant ce temps-là, Monsieur jouissait d'une belle situation, d'un gros salaire, d'un logement douillet, et trouvait que sa situation « difficile » ne lui permettait pas de nous arracher à la mendicité ! N'est-ce pas, jeune homme au grand cœur ?

Mahgoub était pâle comme la mort. Il avait l'impression d'étouffer et de se débattre en vain pour une maigre bouffée d'air pur. Les paroles de son père ne l'avaient pas ému. Elles l'avaient simplement importuné, attristé et jeté dans un cruel embarras.

– Papa, ce que tu dis me fait très mal. Écoute-moi. Je veux te dire la vérité, réparer mon erreur, et expier l'ingratitude dont tu m'accuses. Allah m'est témoin que je m'apprêtais à vous annoncer mon succès et à vous venir en aide au début du mois prochain. J'ai obtenu ce poste il y a deux mois. Étant sans le sou, il m'a bien fallu me donner l'apparence requise, sinon j'aurais gâché une occasion qui ne se représente pas deux fois. J'ai donc emprunté une grosse somme que je n'ai pas encore remboursée. C'est comme ça que je suis monté en grade, mais je suis toujours aussi pauvre, voilà la vérité !

L'homme hocha la tête, dubitatif, et dit avec amertume :

– Tu accordes trop d'importance aux apparences, aux logements coquets, aux festins somptueux…

Mahgoub comprit qu'al-Ikhshidi l'avait joliment vendu.

– Ces apparences, répliqua-t-il en réprimant sa fureur, même si elles semblent fastueuses, font partie des obligations de mon métier !

– Et ça fait aussi partie des obligations de ce glorieux métier que nous crevions de faim ?

– Bien sûr que non, papa ! répondit Mahgoub en luttant comme un forcené pour dissimuler sa colère. Je t'ai fait part de mes bonnes intentions. Ne brise pas mon élan par ta rancune, et laisse-moi parfaire mon succès.

– Je présume qu'il ne sera parfait qu'à notre mort ?

– Non, il ne le sera qu'avec notre bonheur à tous les trois !

Abd el-Dayim effendi se tut un moment, considérant son fils d'un œil lourd de soupçon et de doute, puis il reprit :

– Dans une situation pareille, pourquoi t'es-tu marié ? Pourquoi n'as-tu pas attendu d'être riche ? Et puis, comment as-tu osé te marier sans nous prévenir, pis encore, sans nous demander notre avis ?

Mahgoub fut soulagé par cette question, qui prouvait son ignorance de l'affreuse vérité.

– Le mariage, dit-il à voix basse, était la condition du poste, comme il arrive fréquemment de nos jours. Je me suis uni à une honorable famille très proche du ministre. Mais ce mariage est une des raisons de mes difficultés financières. Voilà, tu sais tout de la situation critique dans laquelle je me trouve depuis deux mois.

L'homme n'était pas convaincu pour autant. Mahgoub se sentait de plus en plus tendu et contrarié. Chacun avait encore son mot à dire. Mais la sonnette retentit dans l'entrée. La porte s'ouvrit puis se referma. Ils entendirent dans le couloir un bruit de pas lourds, que Mahgoub connaissait fort bien.

Son cœur se mit à cogner et un frisson de terreur parcourut ses membres. De nouveau s'agita devant lui l'odieuse silhouette d'al-Ikhshidi. Comment cette soirée allait-elle se terminer ? S'en souviendrait-il en riant ou en pleurant ?

En entendant les pas du visiteur, son père demanda :

– Tu attendais quelqu'un ?

– Oui ! dit-il sans hésiter, affectant le calme. C'est mon beau-père qui vient voir sa fille…

– Tu ne vas pas le saluer ?

Il bégaya quelques mots, puis répondit d'une voix ferme :

– Non. Ma femme trouvera une excuse… Je te le présenterai un autre jour.

Un silence se fit. Le vieil homme, croyant que son fils répugnait à le présenter à son beau-père, baissa le menton dans un silence attristé. Mahgoub tâcha de se contenir et s'assit à proximité de la porte, en glissant vers son père des regards furieux.

Il fallait que la soirée se termine bien. Il avait le sentiment que si elle se terminait bien, sa vie et ses espoirs seraient à jamais sauvés. Mais que redoutait-il ? Le ministre avait gagné la chambre sans histoires. Tout chez son père indiquait l'ignorance de son lourd secret. Il ne lui restait plus qu'à s'armer de patience et attendre que le bey s'en aille comme il était venu, sans histoires.

Il restait cependant, malgré l'heureuse tournure des événements, soucieux et angoissé. Et ses nerfs se tendirent à se rompre lorsque son père reprit de son ton aigre et réprobateur :

– Si tu avais le cœur sensible mon fils, il se soucierait peu des obligations du métier que tu prends pour prétexte, et tu souffrirais de laisser tes parents mourir de faim. J'admire ta mère qui s'obstine à t'innocenter de toutes les médisances, et reste sourde aux commérages. « L'avenir prouvera que je connais mieux notre fils que toi ! » m'a-t-elle dit... Elle aurait dû m'accompagner jusqu'ici pour constater d'elle-même !

Mahgoub se sentit las, repu de cet homme dont la présence l'acculait au fond d'une impasse. Il s'apprêtait à lui répondre quand la sonnette retentit, annonçant un nouveau visiteur.

Son cœur se mit à battre douloureusement. Qui était-ce ? Y avait-il du nouveau ?

La cuisinière alla ouvrir, et il entendit une voix aux accents tapageurs.

Furieux, il s'avança, et vit une femme qui, écartant d'un geste la servante, entra dans un état de folle excitation.

C'était une femme d'allure aristocratique, élégamment vêtue. Mahgoub, d'abord inquiet et surpris, céda bientôt à un sentiment de terreur, qui le rendit muet.

La visiteuse fondit sur lui, l'air arrogant, les yeux jetant des étincelles, puis se campa sur ses deux jambes et demanda avec mépris :

– C'est vous, le dénommé Mahgoub Abd el-Dayim ?

Mahgoub avait sombré dans le pessimisme et l'effroi les plus absolus. Sa conscience troublée lui soufflait qu'il était victime d'un complot perfide dont son père n'était qu'un des instruments meurtriers et, convaincu que sa gloire ne tenait plus désormais qu'à un fil prêt à rompre, il succomba au désespoir.

Il regarda la femme avec reproche et répondit à voix basse, redoutant que la voix sonore de l'intruse parvienne aux oreilles de son père :

– Oui, madame, c'est moi…

Elle grimaça de fureur et dit d'un ton pincé, tordant ses lèvres de dégoût :

– Alors conduisez-moi à la chambre où mon mari se cache avec votre honorable épouse !

Ces mots lui fendirent le cœur. Ses forces vacillèrent et il faillit perdre conscience.

La femme s'élança comme une damnée vers la porte du boudoir, tourna la poignée, mais, trouvant porte close, elle se mit à en frapper violemment le battant de la paume de sa main.

– Ouvrez, vous deux ! hurla-t-elle. Ouvrez, monsieur le Ministre insigne ! Assez joué ! Je vous ai vu de mes yeux entrer dans ce lupanar ! Ouvrez ou je défonce la porte !

Mahgoub toucha le fond du désespoir. Il resta figé sur place, de glace, comme s'il assistait à un violent scandale qui ne le concernait pas ni n'engageait son destin, comme s'il refusait de croire que sa gloire, à laquelle il avait consacré tant d'efforts et d'esprit, sur laquelle il avait bâti tant et tant d'espoirs, pût en quelques minutes être réduite à néant.

Il sentit son père approcher, et l'entendit demander de cette voix qu'il haïssait désormais de toutes ses forces :

– Qu'est-ce qui se passe ? Que dit cette femme ?

Mais, feignant de ne pas avoir entendu, il ne se donna pas la peine de répondre et cessa de lui prêter attention. La femme, qui martelait assidûment la porte, s'écria furieuse :

– Je vous avertis que si vous n'ouvrez pas cette porte immédiatement, je la ferai forcer par la police.

Mahgoub rassembla ses nerfs épars, s'approcha de l'intruse et commença d'un ton suppliant :

– Madame…

Mais, sans lui laisser le temps d'achever son propos, elle se jeta sur lui, le gifla rageusement et cria :

– Pas un mot, espèce de sale maquereau !

Mahgoub recula, effrayé, là où se tenait son père, inconscient de sa présence. Au même moment, la porte de la chambre s'ouvrit, Qasim bey Fahmi en sortit, referma la porte derrière lui, et l'on entendit à l'intérieur crisser la clef dans la serrure.

L'homme essayait de faire bonne figure, mais sa gêne était trop grande pour que toute feinte ne fût pas vaine. Il dit brièvement à sa femme :

– Sortons, veux-tu…

Mais elle s'écria, folle de rage :

– Ouvrez cette porte ! Il faut l'ouvrir !

– Parle plus bas, ma chère, lui dit-il à voix basse. Ce raffut n'est pas digne de toi…

– C'est ça ! hurla-t-elle, cynique. Parlez-moi, Excellence, de ce qui est digne et de ce qui ne l'est pas ! Est-ce digne, croyez-vous, de se faire surprendre dans la chambre de la femme de ce sale maquereau ? Vous aimeriez que votre fils et votre fille soient informés de votre conduite édifiante ?

– Suffit… suffit ! Allons régler notre querelle chez nous…

Il tenta de lui prendre le bras, mais elle le retira d'un geste méprisant en criant :

– Oui, je vais quitter ce nid de débauche. Mais n'espère pas régler cette querelle. La coupe est pleine. Plus de compromis à présent ! Je vais m'accorder une vengeance qui restera à jamais un exemple pour tous les débauchés de ton espèce !

Sur ces mots, elle gagna la porte d'entrée, le bey marchant sur ses talons, et ils sortirent tous les deux.

– Tout est fini ! bredouilla Mahgoub d'une voix étranglée.

Quelle incroyable fatalité ! Cette lutte titanesque allait-elle échouer juste au moment d'empocher son nouveau salaire ? La chance pouvait-elle comme la vie succomber à un arrêt cardiaque ?

Il fut tiré de ses pensées par la voix de son père qui demandait tristement :

– Qu'est-ce que tout ça signifie, garçon ?

Ce fut comme si on jetait du pétrole sur sa poitrine en feu. Il se tourna, furieux, vers son père, les yeux jetant des étincelles, et répondit avec une haine féroce :

– Tout est fini ! Fini le poste et le salaire ! Allons mendier tous les deux…

Un regard hagard et incrédule se dessina dans les yeux usés du vieil homme qui, ne pouvant croire ce qu'il venait de voir et d'entendre, semblait en proie à une cruelle perplexité et une immense tristesse. Il étouffait de douleur et de colère, et s'il n'avait pas pressenti le désespoir et le vertige de son fils, il eût laissé jaillir ce qui bouillait en lui. Mahgoub n'avait pas seulement perdu son poste et son salaire, il avait aussi perdu son père. Le vieillard n'avait plus ni argent ni fils, et dirait à sa femme en rentrant au village : « Ne me demande pas de nouvelles de Mahgoub. Il n'y a plus de Mahgoub. Il n'est plus qu'un souvenir ! »

À cet instant, il se sentit pris de faiblesse et de vertige et crut qu'il allait s'effondrer s'il ne trouvait pas un siège pour l'accueillir. Il fit demi-tour et repartit d'un pas lourd, appuyé sur sa canne, tout près de s'écrouler.

Mahgoub se laissa tomber dans un fauteuil du salon et enfouit sa tête entre ses deux mains.

Un silence total baignait les lieux ; l'appartement semblait désert. Tout était à sa place comme si rien ne s'était produit. Son esprit rebelle pouvait-il résister à cette avalanche de coups du sort ? Pouvait-il, devant ce désastre, s'armer de son « baste ! », son bouclier attitré ? Que faire sinon ? Que pouvait faire un égoïste de sa trempe qui ne se souciait ici-bas que de sa personne, lorsque les forces du malheur se liguaient contre son bonheur ? Il ne lui restait qu'une issue : la mort ! Maudit soit le destin ! Comment sa gloire avait-elle pu s'éteindre si vite ? Le monde ne regorgeait-il pas d'aventuriers de son espèce, à qui la chance souriait jusqu'au bout ?

Un bruit de pas légers le tira de sa méditation. Il leva sa tête lourde et vit Ihsane devant lui, le visage pâle comme la mort. Ils se regardèrent dans un silence douloureux, où ils semblaient se dire : « C'est donc la fin de notre lutte, la fin de tous nos efforts ? »

Elle rompit le silence pour demander d'une voix éteinte :

– Ils sont partis ?

– Oui, comme tu vois…, répondit-il du même ton.

– Qu'allons-nous devenir ? demanda-t-elle, après une courte hésitation.

Comment l'aurait-il su… Toutefois, il secoua la tête et répondit, en se triturant le sourcil de sa main gauche :

– Je ne suis pas devin ! Tout peut arriver. Mais le pire est à craindre, fatalement. Ce qui est sûr, c'est que nos rêves sont à l'eau, voilà la vérité…

Un lourd silence s'ensuivit. Le regard absent, elle fouilla sa mémoire pour y retrouver un passé révolu. Elle se souvint de ses espoirs, déçus les uns après les autres. Le remords et la douleur s'emparèrent de son cœur et ses yeux s'emplirent de larmes.

Mahgoub se replongea dans ses pensées, mais sans éprouver de regrets ni confesser sa faute. Non. Fidèle à son idée, il se demanda si demain lui réservait une vie nouvelle, ou s'il ne lui restait que la mort. Mais cette fois-ci il perdit pied et succomba au désespoir. Le regard assombri par une chape obscure, il s'efforça d'aiguillonner son esprit rebelle et murmura un faible « baste », qui, chose extraordinaire, trahissait tout son désespoir et sa soumission.

Les trois compagnons, Ali Taha, Ahmed Badir et Ma'moun Radwan, se retrouvèrent à la direction de la revue *Lumière nouvelle*, éditée par Ali Taha.

Ma'moun Radwan multipliait les rencontres avec ses amis, comme pour jouir de leur présence avant son départ tout proche.

Ces derniers jours, les gens ne parlaient que du prodigieux scandale que la rumeur colportait à tout vent. On disait que l'épouse de Qasim bey Fahmi s'apprêtait à publier dans la presse un communiqué sur les raisons de son divorce. On disait aussi que certain parti s'était mêlé de l'affaire pour la convaincre de revenir sur sa décision, et la question fut réglée par la démission du ministre, le retrait du conseil des ministres de l'ordre d'avancement de son directeur de cabinet, et la mutation de ce dernier à Assouan.

Ainsi donc, l'affaire, bien que tenue à l'écart des colonnes des journaux, n'avait plus de secret pour personne, et les trois compagnons, respectueux de leur ancien camarade et de l'époque de leur voisinage à l'université et au foyer des étudiants, ne l'évoquaient qu'avec regret. Ali Taha en éprouvait la plus vive douleur. Mais une douleur enfouie, remontant à des sources lointaines.

– Vous vous souvenez du cynisme de notre malheureux camarade ? soupira Ahmed Badir. Vous vous rappelez son fameux « baste » ? J'ai toujours considéré ça comme un jeu, une boutade sans rapport avec ses convictions et sa situation…

À quoi Ma'moun Radwan répondit d'un ton affecté :

– Quand sa foi en Allah vacille, l'homme devient la proie facile de tous les maux !

Malgré sa tristesse et son désarroi, Ali Taha protesta avec un sourire :

– Permets-moi de rejeter une telle accusation !

– Tu es croyant, d'une certaine manière, rétorqua Ma'moun Radwan, même si j'ai toujours jugé ta foi insuffisante…

Un sourire s'alluma dans les yeux en amande et il ajouta tout à trac :

– Allons-nous devenir des ennemis jurés ?

– Ça ne fait aucun doute ! s'esclaffa Ahmed Badir. Cette revue que tu loues aujourd'hui, t'attaquera demain, et te traitera de réactionnaire et d'attentiste. Et toi, tu accuseras son rédacteur – ton ami – de perversion, d'impiété et de licence ! Qui vivra verra…

Les frères ennemis sourirent. Ma'moun Radwan reprit avec assurance et conviction :

– Le drame d'aujourd'hui, c'est que les gens s'écartent du droit chemin !

Ali Taha secoua la tête, dubitatif, et rétorqua :

– Bien des croyants sont des crapules ! La réalité n'est pas ce que tu crois. Notre malheureux camarade est à la fois victime et prédateur. N'oublie pas la part de la société dans son forfait ! Des centaines de croyants bâtissent leur bonheur sur les souffrances de millions de leurs semblables, et leur crime n'est pas moindre que celui de notre pauvre camarade. La société dans laquelle nous vivons pousse au crime, protège le puissant cartel des escrocs et s'acharne sur les faibles. Je vous le demande : est-ce assez que ce ministre démissionne ?

– Omar ibn al-Khattab[1] n'aurait pas hésité à le faire lapider ! lança Ma'moun Radwan.

– Épargne-nous ton Omar ! répliqua Ahmed Badir d'un ton railleur. Notre société peut digérer ce ministre – et ses semblables – si elle l'assaisonne d'un zeste d'oubli. Il croupira un an, deux ans, peut-être davantage, au club Muhammad-Ali, et puis demain peut-être, les manifestations nationalistes l'exhumeront de sa retraite pour le porter une autre fois en héros au poste de ministre, où il reprendra le même chemin ou jouera un nouveau rôle… Qui vivra verra !

– Le problème au fond, soupira Ma'moun Radwan avec dépit, c'est que moi je vois le bien comme participant de l'essence de l'âme, et que vous deux – surtout toi,

1. Deuxième calife de l'Islam (581-644).

ustadh – le voyez dépendant d'une galette de pain : Si le partage est bien fait, le mal est aboli !

– Je ne suis pas d'accord avec ta façon de raisonner ! répliqua Ali, non sans sécheresse. La société à laquelle nous rêvons n'est pas exempte de mal. Une société qu'aucun défaut n'inciterait à rechercher la perfection serait sans valeur. Simplement, nous rêvons d'une société qui annihilerait les maux que nous considérons actuellement comme des sortes de fatalités !

Ahmed Badir partit d'un grand rire.

– Pourquoi vous battez-vous déjà ? s'écria-t-il. L'heure de la bataille n'a pas encore sonné !

Les trois amis, frères ennemis, sourirent, puis échangèrent un regard entendu, comme s'ils se demandaient tous trois : « Que nous réserve l'avenir ? »

Cet ouvrage
a été transcodé
et achevé d'imprimer
sur Roto-Page
en janvier 2000
par l'Imprimerie Floch
à Mayenne.

D.L., février 2000.
Éditeur, n° 9001.
Imprimeur, n° 47731

Imprimé en France